W0356745

rororo panther
herausgegeben von
Jutta Lieck und Uwe Wandrey

Deutsch von Jürgen Lassig

Maria Marcus

Ein starkes Frühjahr

Roman

rororo

Rowohlt

Maria Marcus hat vergleichende Literaturwissenschaften studiert. Heute lebt sie in Kopenhagen und arbeitet für verschiedene Zeitungen, Zeitschriften und für das dänische Fernsehen sowie als Schriftstellerin. Sie nimmt aktiv teil an der Frauenbewegung. In ihren Büchern greift sie viele der dort diskutierten Fragen auf.

Deutsche Erstausgabe
Veröffentlicht im Rowohlt Taschenbuch Verlag GmbH, Reinbek bei Hamburg, Juni 1981
Copyright © 1981 by Rowohlt Taschenbuch Verlag GmbH, Reinbek bei Hamburg
Die dänische Originalausgabe erschien 1977 bei Høst & Søns Forlag, Kopenhagen
«Alle tiders forår» Copyright © 1977 by Maria Marcus
Umschlagentwurf Dieter Wiesmüller
Alle Rechte an dieser Ausgabe vorbehalten
Gesetzt aus der Garamond (Linotron 404)
Gesamtherstellung Clausen & Bosse, Leck
Printed in Germany
580-ISBN 3 499 14769 6

JANUAR

Im «Ristorante Roma»

Einen Moment lang möchte Ulla ihrer Mutter am liebsten ins Gesicht spucken, so wie sie damals ihrem Vater ins Gesicht gespuckt hat, als sie noch klein war und er sie nicht verstehen wollte und sie nicht wußte, wie sie sich wehren sollte. Daß ihr Vater sie jetzt im Stich ließ, war für sie nicht unerwartet gekommen. Aber ihre Mutter ...

Ulla spürt einen stechenden Schmerz im Magen. Gleich wird sie anfangen zu heulen.

«Verstehst du das denn nicht, Ulla?» fragt Hanne.

«Jetzt redest du genau wie Vater», sagt Ulla hart.

Hanne murmelt etwas vor sich hin.

«Was hast du gesagt?» Ulla redet laut und unbeherrscht. Sie sieht die anderen Gäste wie durch eine Nebelwand. Sie zählen nicht. In diesem Augenblick gibt es nur sie und ihre Mutter. «Was hast du gesagt?» fragt sie noch einmal.

Hanne räuspert sich. Ulla sieht ihr Gesicht nicht. Sie sitzen nebeneinander an dem kleinen Tisch mit der rotkarierten Decke, und ihre Mutter hat das Gesicht zum Fenster gewandt. Jetzt dreht sie den Kopf und blickt vor sich auf den Tisch. Sie hat Tränen in den Augen.

«Nein», sagt Ulla, «du darfst jetzt nicht weinen. Das ist nicht fair. Du weinst nur, damit ich Mitleid mit dir habe.»

Sie holt tief Luft. Der Abend hat so gut angefangen. Kerzen auf den Tischen, feurige Blicke von schwarzhaarigen Kellnern, Bastflaschen an der Decke, Knoblauchzöpfe an den Wänden. Massenhaft Knoblauch in der Spaghettisoße und Unmengen von Parmesankäse darüber. Und das alles mitten in Kopenhagen!

Ulla ißt unheimlich gern Spaghetti bolognaise. Und besonders gern im Restaurant. Irgendwie schmecken sie da noch besser, als

wenn man sie selber kocht. Außerdem ist sie diesmal diejenige, die einlädt, nicht ihre Mutter. Es ist das erste Mal. Und den Rotwein hat auch sie bestellt.
Sie sitzen nebeneinander an der breiten Seite des Tisches, Ulla in hellblauer Tunika, ihre Mutter in der hübschen Strickbluse aus braunmelierter Wolle. Die Plätze ihnen gegenüber sind noch frei. Sonst ist das Lokal schon ziemlich voll. Trotzdem – oder gerade deshalb – hat Ulla das Gefühl, daß sie hier ungestört reden können. Wie zu Hause bei Hanne in der Küche. Und mit ein paar Glas Rotwein geht es noch besser.
Sie hatte zu Hanne gesagt, daß sie sich einmal mit ihr aussprechen müsse, es gebe etwas zu bereden. Nachdem sie nun schon eine Zeitlang gegessen haben, gibt sich Ulla einen Ruck: «Ich möchte gern wieder zu dir nach Hause ziehen.»
«Also, ich muß sagen, das ist wirklich eine Neuigkeit! Hast du das freie Leben satt?» fragt Hanne.
«Das nicht, aber weißt du, Bolette und ich gehen uns allmählich auf die Nerven. Irgendwie kommen wir nicht mehr miteinander klar.»
«Ihr habt euch doch immer so gut verstanden.»
Ulla schüttelt den Kopf: «Das ist lange her. Wir dachten immer, wir passen unheimlich gut zusammen. Früher war das auch so, aber jetzt geht es einfach nicht mehr. Außerdem ist die Wohnung zu klein. Du hast nie deine Ruhe, und ich kann es nicht mehr ertragen, wenn Bolette mit ihren verschiedenen Typen knapp zwei Meter von meinem Bett entfernt bumst.»
Vielleicht nicht gerade geschickt, das Wort bumsen zu gebrauchen, denkt Ulla. Es ist ihr so rausgerutscht. Andererseits, wenn sie mit Bolette so redet, kann sie es doch wohl auch mit ihrer Mutter tun. Sie haßt es, sich verstellen zu müssen, und sie will es schon gar nicht, wenn sie mit ihrer Mutter redet.
«Ja, aber hast du nicht auch manchmal Besuch?» fragt Hanne vorsichtig.
«Ich bumse zur Zeit nicht viel, wenn du das meinst», antwortet Ulla trotzig. «Nur hin und wieder mit Hans-Jørgen. Bei ihm zu Hause!»

«Und was ist mit Kim?»
Ulla sieht ihre Mutter an: «Warum fragst du?»
«Ach, nur so; ich dachte, du wärst ganz glücklich mit ihm.»
«Kann sein. Aber – Kim geht jetzt mit Bolette. Die haben nur noch Augen füreinander, total abgefahren, zum Kotzen. DAS PAAR DES JAHRES!»
«Oje», sagt ihre Mutter, «das ist allerdings schlimm. Und wie steht Bolette dazu? Ist es ihr nicht unangenehm?»
Ulla zuckt mit den Schultern. «Wir haben darüber gesprochen, und ich hab ihr gesagt, daß das okay ist mit Kim und ihr, wenn sie selbst auch der Meinung ist. Bloß – ich kann es jetzt nicht mehr aushalten, in der Wohnung zu sein und mir das auch noch mit anzugucken.»
Ullas Mutter nickt. «Warst du schon bei Vater? Hast du mit ihm darüber gesprochen?»
«Ich habe mit Vater geredet, und Vater hat mit Lisbeth geredet. Sie mußten erst mal nachdenken. Das hat drei Tage gedauert. Ist mir schon seltsam vorgekommen – aber ich weiß ja, wie komisch die manchmal sind.»
Hanne sagt nichts. Wie immer, denkt Ulla, wenn Pelle und ich Vater kritisieren. Ulla holt tief Luft. «Dann war ich wieder bei ihnen. Vater hat mir mein Zimmer gezeigt. Das hättest du sehen sollen: Die haben da allen möglichen alten Mist gestapelt. Die alten Stühle und das Sofa von Oma, und massenweise Bücher, und Pernilles Laufgitter, und was weiß ich nicht alles.»
«Hätte man das nicht auf den Boden bringen können?»
«Das hab ich auch sofort gefragt.»
«Und?»
«Nein, geht nicht, auf dem Boden wäre kein Platz, hat Vater gesagt, deshalb müßten sie mein Zimmer als Rumpelkammer benutzen.»
Hanne sagt nichts.
Ulla trinkt einen Schluck Rotwein. Woran ihre Mutter jetzt wohl denkt? Mit möglichst beherrschter Stimme sagt sie: «Die haben eine Sechs-Zimmer-Wohnung und haben trotzdem keinen Platz für mich! Ein starkes Stück! Das habe ich ihnen auch

gesagt. Und dann bin ich abgehauen. Ich hab es da keine fünf Minuten länger ausgehalten. Vater und Lisbeth haben blöde Blicke gewechselt, und Lisbeth kam noch damit raus, daß sie doch extra für mich Schokoladenpudding gemacht hätte ... Sollte wohl ein Trostpflaster sein. Erst einen Tritt in den Hintern und dann Schokoladenpudding? Nein danke.»
«Hm», macht Ullas Mutter. Ihre Hände zittern etwas. Sie hebt ihr Glas an, setzt es aber sofort wieder ab.
Fängt sie endlich an zu begreifen? denkt Ulla. Laut sagt sie: «Bei dem Gespräch mit Vater und Lisbeth ist mir endgültig klargeworden, daß ich eigentlich schon lange mit den beiden fertig bin.»
«Du hast früher doch ganz gern bei ihnen gewohnt.»
«Aber inzwischen ist so viel passiert ... jetzt kann ich es, glaube ich, richtig beurteilen, wie weit Vater und ich auseinander sind. Und das wird immer schlimmer. Er sieht es ja anscheinend auch so. Mit dir ist das anders. Bei dir hab ich das Gefühl, wir sind jedenfalls auf gleicher Wellenlänge ...»
Ulla macht einen Moment Pause, dann bricht es aus ihr heraus: «Deshalb möchte ich auch lieber bei dir wohnen. Ich weiß, du hast nicht viel Platz, aber ich hab schon ein paar Ideen, wie wir uns da zu dritt einrichten können. Es wird Klasse, bestimmt!»
Wieder sagt Hanne nur: «Hm.»
Ulla redet schnell weiter: «Erinnerst du dich an das große Stück Stoff, das ich aus Ungarn mitgebracht habe? Das könnten wir als Vorhang im Wohnzimmer aufhängen und damit ungefähr ein Drittel abteilen. Tagsüber ziehen wir den Vorhang zur Seite, und wenn ich schlafe, wird er zugezogen. Bolette hat mir ein paar von ihren alten Holzbierkästen versprochen. Darauf kann ich meine Matratze legen. Mein Schreibtisch ist so klein, der paßt unters Fenster. Und wenn du deine Sachen im Schrank etwas zusammenrückst, müßte mein Zeug auch noch reinpassen. Außerdem wollte ich sowieso ein paar Sachen verkaufen, ich zieh ja doch nur die Hälfte davon an. Und dann hab ich gedacht ...»
Ulla verstummt, als sie den abweisenden Ausdruck im Gesicht ihrer Mutter sieht.

Hanne nippt an ihrem Rotwein. Ihre Stimme klingt jetzt skeptisch, unsicher, fast ein wenig schroff: «Aber Ulla ...!»
«Keine Angst», fällt Ulla ihr ins Wort, «ich kenne mich inzwischen aus mit Saubermachen und so. Du brauchst also keine Angst zu haben, daß du meinetwegen mehr Arbeit hast. Im Gegenteil!»
«Das kann ich mir nicht so recht vorstellen, Ulla.»
Bevor ihre Mutter weiterreden kann, sagt Ulla schnell: «Warum denn nicht? Wir können es doch ausprobieren! Stell dir vor, wir könnten zusammen meine Platten hören, und ich würde deine Bücher lesen. Es gibt so viel, worüber wir noch nie miteinander gesprochen haben. Und ...»
«Ulla! Du und Pelle! Das geht doch keine drei Tage gut, dann streitet ihr euch wieder.»
«Mutti, ich verspreche dir, ich werde Pelle nicht stören, wenn er Schularbeiten macht! Ich werde ihm helfen!»
Hanne schüttelt den Kopf. «Ulla, überleg es dir. Ich habe Angst. Wir haben ein gutes Verhältnis zueinander in der letzten Zeit. Das kann leicht kaputtgehen, wenn wir zusammenwohnen.»
«Das ist doch nicht dein Ernst! Ist es wegen Simon? Vor mir brauchst du dich doch nicht zu genieren, weil er ab und zu da ist ...»
«Nein, mit Simon hat das nichts zu tun.»
«Dann weiß ich wirklich nicht, was los ist», sagt Ulla. «Wenn Pelle bei dir wohnen kann, warum kann ich dann nicht auch bei dir wohnen?»
«Pelle kommt doch allein noch nicht zurecht, Ulla. Er braucht mich.»
«Und was ist mir mir? Pelle! Immer nur Pelle! Und ich? Denkst du, ich brauche niemanden, bloß weil ich manches selbständig mache?»
«Darum geht es doch nicht, und das denke ich auch nicht. Es ist nur jetzt der denkbar ungünstigste Zeitpunkt, wenn du zu uns ziehen willst.»
«Aber was ist denn so verdammt ungünstig? Du bist arbeitslos, ich weiß. Aber jeder weiß doch, wie schädlich es für Arbeitslose

ist, wenn sie sich zurückziehen und zu sehr abkapseln. Sie kriegen das Gefühl, überflüssig zu sein. Vielleicht würde es dir sogar ganz gut tun, wenn ich zu Hause wäre.» Ulla weiß nicht weiter. Und sie hatte sich alles so gut überlegt!
«Mag sein», sagt Hanne mit müder Stimme. «Aber im Augenblick sehne ich mich nur danach, endlich einmal ein bißchen allein zu sein und Ruhe zu haben, um alles gründlich durchdenken zu können. Ich verstehe sehr gut, daß du gern wieder nach Hause ziehen möchtest, aber es geht nicht.»
«Ich will nicht nur *wieder nach Hause ziehen*! Ich brauch dich! Alle lassen mich im Stich ... Begreifst du denn nicht, wie beschissen es mir geht?»
«Begreifst *du* denn nicht, daß es mir auch nicht viel anders geht? Ich muß endlich versuchen, wieder Ordnung in mein Leben zu bekommen. Wenn du jetzt bei uns einziehen würdest, dann ...»
Ulla hört den Rest nicht mehr. Nur: «Wenn du jetzt bei uns einziehen würdest», und nicht: «Wenn du bei uns einziehst.»
Die Zeit scheint stillzustehen. Ulla fühlt sich ausgestoßen, ausgesetzt, verlassen von ihrer Mutter, die nicht einmal Ausreden gebraucht, sondern einfach nur sagt: «Ich will dich nicht, Ulla.»
Ein schwarzer Tag für Ulla. Was soll sie tun? Und dann noch dieser stechende Schmerz in ihrem Magen. Sie versucht, tief zu atmen. Es wird nicht besser.
«Ich weiß wirklich nicht, was wir machen sollen», schluchzt Ullas Mutter. «Was soll ich bloß machen?» Tränen laufen ihr über die Wangen.
«Hör auf, Mutti. Ich halt das nicht aus!» Ulla fängt auch an zu weinen. Der schwarzhaarige Kellner bleibt einen Moment lang an ihrem Tisch stehen, dann geht er weiter.
Ulla ist alles gleichgültig – der Kellner, die anderen Gäste, alles. Sie weint hemmungslos, verzweifelt.
Plötzlich liegen sie sich in den Armen. Aber wie sollen sie einander trösten?
Dann macht Hanne sich vorsichtig los und sagt leise: «Nein,

nein, Ulla, das ist ja alles Unsinn. Natürlich kannst du zu Hause wohnen. Wir werden es schon irgendwie hinkriegen.»
Und beide müssen lachen, befreit, erleichtert.
Warum muß es immer so verrückt sein, denkt Ulla und sieht durch die Tränen auf ihren Teller mit den kalten, klebrigen Spaghetti. Immer dieses Auf und Ab, erst ganz tief unten, und dann plötzlich wieder ganz hoch oben ... Ullas Mutter putzt sich die Nase. «Prost, mein Schatz», sagt sie dann, und sie stoßen an.
Ulla gibt dem Kellner ein Zeichen und bittet ihn um die Speisekarte. Cassata – das klingt gut. Sie bestellt zweimal Cassata zum Nachtisch.
Und dann fangen sie an, Ullas Umzug zu planen. Ulla spürt kaum noch den stechenden Schmerz im Magen.

FEBRUAR

Besondere Kennzeichen

Ulla Møller, 17½ Jahre alt.
Beruf: Reinemachefrau.
Haare: Glatt, mittelblond.
Augen: Zwischen graublau und blaugrau.
Größe: Mittelgroß.
Besondere Kennzeichen: Flache Titten.

Ulla steht nackt vor dem Spiegel und blickt prüfend an ihrem Spiegelbild herunter. Sie ist eigentlich ganz zufrieden mit dem, was sie da sieht. Die Arme und Beine sind schlank und geschmeidig. Sie sieht die Muskeln, wenn sie sie bewegt. Die Haut ist glatt und weich. Am Bauch ist nichts auszusetzen. Und auch der Hintern ist so, wie er sein soll. Das sieht Ulla, wenn sie sich vorm Spiegel dreht. Die Haare in den Achselhöhlen wachsen in gleichmäßigen kleinen Büscheln. Das Schamhaardreieck ist dicht und klar begrenzt. Die Möse ist auch in Ordnung, aber die will sie jetzt lieber nicht untersuchen.

Sie könnte ihren Körper «wohlgeformt» nennen, wenn sie eine Kontaktanzeige aufgeben würde, wenn ... ja, wenn das mit dem Busen nicht wäre. Mit dem Busen, der nicht vorhanden ist.

Ich habe zwei niedliche Brustwarzen, sagt sie sich, das stimmt, aber diese beiden winzigen Erhebungen, auf denen sie sitzen! Selbst unter einer enganliegenden Bluse zeichnen sich die Brüste kaum ab. Nur die Brustwarzen treten wie zum Ausgleich deutlich hervor.

Jahrelang hat sie darauf gewartet, daß der Busen wächst. Schließlich hatte sie ihre Menstruation mit elf. Inzwischen hat sie die Hoffnung aufgegeben. Ihr Oberkörper sieht beinahe wie der eines Jungen aus. Sie wird sich nie mit anderen Frauen messen können.

Warum muß ich eigentlich fortgesetzt auf meine blöden Titten starren? Davon werden sie auch nicht größer. Ich sollte mich lieber über das freuen, was schön ist an meinem Körper. Quatsch. Schwachsinn!
Sie streckt ihrem Spiegelbild die Zunge raus: «Bääääh.»
Wie buchstabiert man eigentlich Leute, die man ausstößt, wenn es einen nervt, sich selbst ansehen zu müssen? Keine Ahnung. Ulla nickt sich zu, bewegt den Kopf von einer Seite zur anderen, läßt ihre Haare unter der Nase hin und her schwingen.
Schließlich knallt sie die Schranktür zu. Ihr Spiegelbild ist verschwunden. Sie holt tief Luft, legt eine Platte auf und macht ein paar Tanzschritte, während sie ihre Kleider zusammensammelt.
Gott, bin ich behämmert, denkt sie. Mit meinem Körper läßt es sich doch bestens leben! Außerdem kann ich gut damit tanzen! Oder ist es mein Körper, der mit mir tanzt?
Soviel jedenfalls ist sicher: ihr Körper ist so gut, daß es *bisher* nicht nötig war, eine Kontaktanzeige aufzugeben. Glücklicherweise gibt es einige, die mit ihrem Körper etwas anfangen können. Wie sie nun schon seit einigen Jahren weiß. Seit wie vielen eigentlich? Vier? Fünf?
Ulla ist allein zu Hause. Ihre Mutter ist in der Stadt, und Pelle jobbt den ganzen Nachmittag beim Kaufmann. Es ist vier, und es bleibt jetzt schon etwas länger hell draußen. Schön. Und gleich wird sie zu Hans-Jørgen fahren!
Sie hat die Jeans angezogen und wie gewöhnlich eine weite Bluse, unter der sie ihren Oberkörper versteckt. Sie räumt in ihrem Teil des Wohnzimmers auf und zieht den großen ungarischen Vorhang zur Seite. Kritisch betrachtet sie das Zimmer. Toll! Sieht völlig anders aus als vorher. Gemütlicher, lebendiger. Aber Innenarchitektin will sie doch nicht werden, denkt sie. Ihre Freundin Bolette kann drei Tulpen in einer alten Gießkanne so arrangieren, daß es wie ein Kunstwerk aussieht. Das kann Ulla nicht. Aber sie ist vollauf zufrieden, wenn andere sehen können, daß da jemand in dem Raum *wohnt*, daß *sie* da wohnt.
Sie schließt den obersten Knopf ihres abgewetzten Afghanenpel-

zes und steigt auf ihr Fahrrad. Es ist immer noch saukalt, aber nach einiger Zeit wird ihr vom Radfahren warm.
Als sie das Haus erreicht, in dem Hans-Jørgen wohnt, ist es schon dämmrig. Sein Fenster ist hell erleuchtet. Sie klingelt dreimal. Praktisch, ein gemeinsames Klingelzeichen zu haben, denkt sie. Dreimal, und Hans-Jørgen weiß, daß sie es ist. Das haben sie eingeführt, als sie nach der Geschichte mit Kim und Bolette anfingen, sich öfter zu treffen.
«Na, du!» Ulla umarmt ihn.
«Hej! Hast du aber ein kaltes Gesicht!»
«Du siehst auch nicht gerade heißblütig aus.» Ulla betrachtet ihn prüfend. «Ist was?«
«Ach, meinen Alten geht es nicht so gut.»
«Ist was passiert?»
«Nein, nicht direkt. Aber ich muß zum Abendessen zu ihnen hin!»
«Schade! Ich hab gedacht, wir hätten den Abend für uns.»
«Ja. Scheiße.»
Ulla setzt sich. «Es ging ihnen doch in der letzten Zeit ganz gut», sagt sie.
«Das habe ich auch gedacht. Mein Alter war bis vor kurzem ziemlich aktiv, als hätte er seine zweite Jugend zu fassen. Er hat überall ein bißchen getischlert und geholfen und zuletzt die ganze Küche renoviert. Aber jetzt findet er offenbar nichts mehr, was er noch machen kann, und läßt den Kopf hängen.»
«Und deine Mutter hat es satt, immer den Blitzableiter zu spielen, stimmt's?»
«Ich weiß nicht, ich glaube, Alice ist müde. Je weniger sie um die Ohren hat, um so matter und mutloser wird sie. Und sie redet ununterbrochen von irgendwelchen anderen Leuten, die Arbeit gefunden haben – im Gegensatz zu Axel. Sie ist ziemlich hart gegen ihn. Wenn ich nachher zu ihnen gehe, will ich mit ihnen darüber reden, was man noch machen kann, damit er wieder Arbeit bekommt.»
«Glaubst du, daß das Sinn hat?»
«Nein, eigentlich nicht, aber ...»

Sie wissen beide, wie gering die Chancen für einen Textilarbeiter sind, der zwanzig Jahre lang an derselben Maschine gestanden hat. Aber Axel und Alice haben die Hoffnung noch nicht aufgegeben. Ullas Mutter rechnet ja auch immer noch damit, daß sich irgend etwas ergibt. Sie nimmt es allerdings nicht so schwer und sieht nicht besonders niedergeschlagen aus, wenn sie vom Arbeitsamt kommt. Allerdings ist sie auch noch nicht so lange arbeitslos wie Axel.
Hans-Jørgen drückt seine Zigarette aus.
Dann zieht er Ulla auf dem Sofa zu sich heran und streichelt ihren Nacken. «Was meinst du, wollen wir die Zeit nicht nutzen, bis ich los muß?»
«Okay. Also raus mit dir, wasch dich!»
Das ist ihr kleiner Trick, der immer klappt. Als Hans-Jørgen wieder ins Zimmer zurückkommt, hat sie sich schon ausgezogen und unter die Bettdecke gekuschelt. Sie hat es sogar noch geschafft, die Deckenlampe auszumachen und dafür die kleine Lampe anzuknipsen. Sie mag es nicht, wenn ihr jemand beim Ausziehen zusieht, auch nicht, wenn es Hans-Jørgen ist.
«Findest du es kalt hier?» fragt Hans-Jørgen und fängt an sich auszuziehen.
«Nein, aber hier unter der Decke ist es schön! Komm endlich!»
Ulla sieht Hans-Jørgen gern zu, wenn er sich auszieht. Er tut es sorgfältig und systematisch, fast ein bißchen penibel, und legt seine Sachen ordentlich auf einen Stuhl. Er hat einen hübschen Körper, schlank, nicht zu lang und nicht zu breit, und obwohl er dichte braune Locken hat, ist seine Brust nicht behaart. Er kann mit seinem Körper zufrieden sein! Ist er sicher auch.
«Komm», sagt sie, und er schlüpft zu ihr unter die Decke. Sie zieht die Decke ganz hoch über ihre beiden Köpfe. «Wir spielen jetzt, daß wir zwei Maulwürfe in einer dunklen Höhle sind.»
Er streichelt sie, und Ulla genießt das warme, wohlige Gefühl, das in ihr entsteht. Aber sie paßt genau auf, wo seine Hände sind. Sie versteht es, seine Hände zu lenken, ohne daß er es merkt – überall hin, nur nicht zu den Brüsten. Bei manchen Typen ist das

schwierig, aber sie und Hans-Jørgen haben ihr eigenes Ritual, das es leichtmacht.
Hans-Jørgen legt sich nie auf sie. Jedenfalls nicht, wenn sie anfangen. Das ist gut, denn sonst würde sie denken, er würde denken, daß es sich bei ihr anders anfühlt als bei anderen Frauen. Anders zum Beispiel als bei Bolette. Als sie noch gut miteinander konnten, haben sie ab und zu eine Platte aufgelegt und miteinander getanzt, und es war ein irre gutes Gefühl, Bolettes Brüste am Oberkörper zu spüren. Seither fragt sie sich jedesmal, wenn sich ein Typ auf sie legt, ob er wohl dieses Gefühl vermißt.
Hans-Jørgen hat jetzt seinen Kopf zwischen ihren Beinen und fängt an, sie zu lecken. Jetzt kann sie sich entspannen. Es ist schön, zu spüren, daß er sie so gut kennt und weiß, wie sie es am liebsten mag. Mit Hans-Jørgen kann sie zufrieden sein. Ohne ihn wüßte sie wahrscheinlich bis heute nicht, was ein Orgasmus ist.
Ulla konzentriert sich ganz auf ihre Empfindungen. Es dauert nicht lange, und sie kommt. Einen Augenblick später schiebt er seinen Schwanz in ihre Möse. Dann kommt auch er und sinkt auf ihr zusammen. Jetzt macht es Ulla nichts aus, daß er auf ihr liegt.
Er küßt sie auf die Nase, fragt: «Wie war's, mein Schatz?»
«Schön», antwortet Ulla und fügt lächelnd hinzu: «Befinden der Patientin zufriedenstellend.»
«Vielen Dank! Ich hab allmählich das Gefühl, daß du lange genug in deinem Krankenhaus gearbeitet hast. Du redest ...»
«Mann! Bist du etwa eifersüchtig auf die Ärzte in ihren weißen Kitteln?» unterbricht sie ihn lachend. «Kein Grund. Die sind so großkotzig, denen würde es im Traum nicht einfallen, eine Putzfrau anzumachen.»
Hans-Jørgen steht auf und sucht nach einer Zigarette. Dann setzt er sich auf die Bettkante.
«Du rauchst neuerdings ziemlich viel!» stellt Ulla fest. Dann fällt ihr ein, daß er ja gleich zu Axel und Alice muß. Mist! Wieder keine Zeit, mal richtig miteinander zu reden. Immer dasselbe. Fordere ich zuviel? fragt sie sich, als sie in ihre Sachen steigt.

Wenn wir zusammen im Bett sind, verstehen wir uns bestens, und dann reden wir auch manchmal. Hans-Jørgen diskutiert gern über Sachen, die in der Zeitung stehen, über die Entwicklung der Arbeitslosigkeit und ganz allgemein über gesellschaftliche Fragen. Vielleicht sind ihm dann andere Sachen nicht so wichtig ... zum Beispiel wir beide und unser Verhältnis zueinander.
Heute ist er allerdings schweigsamer als sonst. Vor der Tür verabschieden sie sich, schwingen sich auf ihre Fahrräder und fahren beide in verschiedenen Richtungen davon.
Diese verfluchte Arbeitslosigkeit, denkt Ulla. Ich möchte wissen, ob es irgend jemanden gibt, der nicht irgendwie davon betroffen ist.
Ihr fällt ein, daß ihre Mutter nicht mit ihr zum Abendbrot rechnet, und sie beschließt, ins Kino zu gehen.
Unterwegs ißt sie eine Frikadelle, trinkt eine Cola. Im Kino sieht sie einen Liebesfilm, der mit schmelzender Musik und rosa Wölkchen am Himmel endet. Und das hübsche Mädchen mit dem bebenden Busen liegt im Arm des smarten jungen Mannes mit dem amerikanischen Schlitten, und wenn sie nicht gestorben sind ...
Leckt mich doch am Arsch, denkt sie im Hinausgehen und wischt sich ein paar Tränen aus den Augen.

Die Einladung

Es ist kurz nach neun, als Ulla die Tür aufschließt. Schon im Flur strömt ihr ein warmer, süßer Duft entgegen. Sie schnüffelt wie ein kleiner Hund. «Hallo, hier wird ja gebacken!» Sie hängt ihren Afghanenpelz auf und geht in die Küche. «Mann, bei euch ist es richtig gemütlich!»
Pelle sitzt am Küchentisch und macht Mathe. Die Küche war schon immer der gemütlichste Raum in der Wohnung, der Mittelpunkt. Sie ist nicht besonders groß, aber groß genug, und Ulla

kennt keine andere Küche, die ihr so gut gefällt. Hanne hat alles, was aus Holz ist, dunkelblau gestrichen, die Gardinen sind hellgrün mit weißen Punkten. Von der Lampe fällt ein angenehm warmer Lichtkegel auf den Tisch, an dem Pelle jetzt sitzt.
Sie braucht ihre Mutter nicht erst zu fragen, wie es auf dem Arbeitsamt war, sie sieht es ihr an.
Hanne zieht das Blech mit Heißwecken aus dem Ofen.
«Toll, Mutti! Du wirst immer besser!» sagt Ulla. «Gott sei Dank, daß du nicht Trübsal bläst wie andere. Hans-Jørgen hat mir erzählt, daß es bei Axel und Alice dauernd Krach gibt, seit er arbeitslos ist. Wie schön, daß es jedenfalls bei uns Zuhause friedlich zugeht!»
Ulla fährt mit der Hand durch Pelles Haar. Ihr kleiner Bruder hat schönes weißblondes Haar, genauso glatt und fast so lang wie ihr eigenes.
«Hör auf!» fährt Pelle sie an. «Siehst du nicht, daß ich Schularbeiten mache? Scheiß Mathe! Und mit Deutsch habe ich noch nicht mal angefangen!»
«Du kleiner Streber», sagt Ulla und lacht ihren Bruder liebevoll an. Er fängt langsam an, erwachsen zu werden, denkt sie.
«Streber?» protestiert Pelle wütend. «Na, jedenfalls kann man das von dir nicht behaupten! Wenn du mich hier weiter störst, werde ich stinksauer!»
«So – der Rest der Familie hat also kein Recht, sich hier aufzuhalten, wie?»
«Ich will nur, daß du mich in Ruhe arbeiten läßt. Jetzt hast du mich völlig rausgebracht!»
Hanne mischt sich vorsichtig ein. «Kannst du dich nicht in dein Zimmer setzen, Pelle?» fragt sie. Es klingt fast ängstlich. Pelle weiß immer genau, was er will, und normalerweise gibt er nicht nach.
«Wieso soll ich gehen, bloß weil *die* nach Hause kommt? Seh ich gar nicht ein», sagt er und kratzt sich mit seinem Kugelschreiber am Kinn. «Bloß weil die keine Lust hat, was zu lernen, darf sie andere stören, was?»
So überlegen wie möglich antwortet Ulla: «Du machst deine

Schularbeiten doch nicht, um was zu lernen. Du machst sie nur, weil du so verdammt ehrgeizig bist.»
Falls Hanne jetzt damit anfängt, wie wichtig es ist, ehrgeizig zu sein, geh ich wieder, denkt sie. Aber das würde Hanne nicht tun, nicht so.
«Fändest du es toll, wenn die ganze Familie Treppen wienern würde?» sagt Pelle streitlustig.
«Treppenwienern ist genausogut wie Sachen büffeln, die du nie im Leben brauchst», sagt Ulla ruhig. Sie fühlt sich durch Pelles Sticheleien nicht verletzt. Sie ist stolz darauf, daß sie schon mit sechzehn angefangen hat, selbst Geld zu verdienen. Natürlich will sie nicht ihr Leben lang im Krankenhaus putzen. Aber wenn sie an ihre alten Klassenkameraden denkt, die jetzt nur herumrätseln, wer von ihnen zu dem unglücklichen Drittel gehören wird, zu denen, die bei der großen Lotterie um Arbeitsplätze, Lehrstellen und andere Ausbildungsmöglichkeiten die Nieten ziehen ... «Dann büffel mal schön», sagt sie zu ihrem Bruder.
«Laß bitte Pelle in Ruhe», sagt Hanne. «Es ist doch verständlich, daß er sich jetzt in der neunten Klasse um gute Zensuren bemüht.»
«Okay, okay, ich geh ja schon», sagt Ulla. «Ruft mich, wenn die Heißwecken fertig sind!»
Ulla geht ins Wohnzimmer. In der Küche wird es still. Der Frieden ist wieder hergestellt.
Ulla wählt Bolettes Nummer. Bolette nimmt ab. Nach den üblichen Einleitungsfloskeln fragt Ulla: «Sag mal, ist Kim da?»
«Ja, warum? Er liest.»
«Das hab ich gehört.»
«Wieso? Er ist doch im anderen Zimmer!»
«Ich meine, ich hab es an deiner Stimme gehört!»
«Blödsinn! Hör doch auf damit!» sagt Bolette. «Übrigens, nächsten Sonnabend ist hier im Haus eine Fete. Du hast doch hoffentlich Zeit?»
«Ja, Spitze!»
«Bringst du Hans-Jørgen mit?»
«Mal sehen. Du, ich muß jetzt Schluß machen, meine Mutter

ruft.» Sie hat plötzlich keine Lust mehr, mit Bolette zu reden. «Also dann, bis Samstag.»

Ulla macht es sich im Sessel bequem. Ist sie eifersüchtig? Nein, nicht richtig. Jedenfalls nicht auf Kim. Eher auf Bolette. Einen neuen Typen findet sie immer wieder. Aber es wird schwer sein, eine neue Bolette zu finden ...

Soll ich Hans-Jørgen zu der Fete mitnehmen? Ist vielleicht nicht so gut. Wenn ich mit Hans-Jørgen gehe, gehe ich nicht als Ulla, sondern als die eine Hälfte eines Paars. Deshalb gehe ich doch nicht zu einem Fest! Ich will was erleben.

Ulla ist immer lieber allein oder mit Bolette oder einem anderen Mädchen zu Festen gegangen. Also beschließt sie, Hans-Jørgen nicht mitzunehmen, obwohl sie ein schlechtes Gewissen dabei hat. Sie möchte ungebunden sein. Sie kann ja immer noch bei ihm unterschlüpfen, wenn es eine langweilige Fete wird. Sie schläft nicht nur gern mit ihm, er ist auch ein guter Freund. Insofern ist sie ganz zufrieden mit der Art ihrer Beziehung. Nichts Außergewöhnliches, eher ein bißchen nüchtern und sachlich. Kein ständiges Zusammenhocken.

Zum Beispiel die beiden in dem Film – ob die in zwölf Monaten auch noch miteinander auskommen? Wenn ich das hübsche Mädchen mit dem bebenden Busen wäre, würde ich garantiert schon nach drei Monaten Lust haben, allein zu einer Fete zu gehen. Und dann würde mich der smarte Typ mit dem Cadillac sicher ganz erstaunt oder tief betrübt ansehen und fragen, ob ich ihn denn nicht mehr liebe. Oder ich müßte mir hinterher wochenlang seine Vorwürfe anhören. Er würde mich jedesmal mißtrauisch ansehen, wenn das Telefon klingelt, und eines Tages würde er mir eine irrsinnige Szene machen und mich Hure nennen und die große antike Bodenvase zertrümmern, die wir von seiner Tante als Hochzeitsgeschenk gekriegt haben. Und ich würde ihm schreiend erklären, daß wir doch nicht einer des anderen Besitz sind und daß er mich nie geliebt hat und daß ich für ihn sowieso nur ein Statussymbol bin, weil ich so hübsch bin. Und so weiter und so weiter ...

Bin ich für Hans-Jørgen ein Statussymbol? Sicher, jeder ist für

den anderen irgendwie ein Statussymbol. Es ist für uns beide schön, jemanden zu haben, mit dem man sich trifft – und den die anderen akzeptieren.
Ulla ist sich ziemlich sicher, daß das für sie beide gilt, obwohl das auch eines der Themen ist, über die sie noch nie gesprochen haben.

Partnerinnen

Pelle geht ins Bett. Ulla bleibt noch sitzen. Sie muß zwar früh aufstehen, aber im Augenblick genießt sie es, hier mit Hanne zusammenzusitzen und zu reden.
«Findest du nicht, daß es mit uns hier zu Hause ganz gut klappt?» fragt Ulla.
«Doch. Und ich bin froh. Wenn ich denke, wie schwer ich es uns damals gemacht habe . . .»
«Unsinn! Hauptsache, wir kommen gut miteinander aus. Was nähst du da?»
«Ich muß nur ein paar Flicken auf Pelles Jeans nähen. Die fallen an den Knien schon auseinander.»
«Kann er seine Jeans nicht selber flicken? Als ich fünfzehn war, konnte ich das auch!»
«Erstens hat er bestimmt keine Lust dazu, und zweitens wäre es für mich noch mehr Arbeit, wenn ich es ihm beibringen müßte.»
«Eigentlich blöde, daß sie *das* nicht in der Schule lernen, statt all den anderen Mist! Willst du eine Zigarette?»
«Nein, danke.»
«Stört es dich, wenn ich rauche?»
«Nein, solange du nicht eine nach der anderen rauchst – wie Simon . . .»
«Kommt Simon eigentlich gar nicht mehr her?»
«Das darfst du mich nicht fragen! Na, jedenfalls glaube ich, daß er endlich weiß, was er wirklich will.»

«Du meinst, er ist an den heimischen Herd zurückgekehrt?»
Hanne nickte.
«Männer!» sagt Ulla verächtlich. «Man sollte sie abschaffen. Sie sind so verdammt phantasielos. Und dieser Schiß vor Veränderungen!»
«Den haben wir doch alle irgendwie.»
«Ich nicht! Ich könnte mir ein Leben ohne Veränderungen nicht vorstellen. Stillstand – das ist der Tod. Wenn ich heute schon genau wüßte, wo ich in einem Jahr wäre oder mit wem ich verheiratet wäre oder ob ich überhaupt verheiratet wäre – schrecklich!»
«Na, wart's ab.»
«Nein, nein. Es ist doch immer dasselbe. Wenn die Leute erst mal verheiratet sind, läuft für den Rest ihres Lebens alles in geregelten Bahnen ab. Und wenn einer von beiden aus diesen Bahnen ausscheren will, muß der andere mitmachen – oder sie passen nicht mehr zusammen. Deshalb versuchen sie es meist gar nicht erst – es fehlt ihnen der Mut.
«Den meisten fehlt der Mut, das stimmt», sagt Hanne.
«Vor allem den Männern. Nimm Vater. Er hat sich nie geändert. Kaum war er geschieden, schon hatte er eine neue Ehefrau und ein neues Kind, um das er sich genausowenig kümmert wie früher um uns.»
«Jetzt bist du aber ungerecht, Ulla. Als ich damals wieder angefangen habe zu arbeiten, hat Henning sich sehr um euch gekümmert.»
«Hat ihm *das* so zugesetzt, daß ihr euch habt scheiden lassen? Ich meine, daß du wieder angefangen hast zu arbeiten? War es unter seiner Würde, daß seine Frau arbeiten ging?»
Hanne legt die Jeans auf den Schoß und überlegt. Dann sagt sie: «Nein, es hat wohl eher daran gelegen, daß ich ein ganz anderer Mensch geworden bin, als ich wieder selber Geld verdient hab. Es war nicht viel, aber es war ein phantastisches Gefühl. Ich weiß noch genau, es war, als ob ich plötzlich mehr ich selbst würde. Ja. Und weniger abhängig von Henning. Das konnte er, glaube ich, nicht ertragen.»

«Na, hoffentlich hat er diesmal mehr Glück», sagt Ulla und lächelt schadenfroh.
Hanne lächelt auch. «Hat er wohl – leider, muß man fast sagen. Als wir heirateten, hatte ich gerade meine Büroausbildung fertig und versuchte, auf eigenen Füßen zu stehen ...»
«Als die Büromieze den Herrn Ingenieur kennenlernte! Na, diesmal war er klüger. Mit Lisbeth ist er doch für den Rest seines Lebens gut bedient – außer sie emanzipiert sich.»
«Also Ulla!»
«Stimmt es etwa nicht?»
«Also, das hat doch noch nichts mit Emanzipation zu tun, wenn man merkt, wie wichtig es für das Selbstvertrauen ist, daß man sein eigenes Geld verdient. Ich merke das jetzt auch wieder.»
«Weil du im Moment nichts verdienst?»
Hanne nickt und näht wieder weiter. «Ja. Es ist sehr wichtig. Ganz abgesehen von den Finanzen. Du steuerst ja zum Glück eine Menge zum Haushalt bei. Trotzdem kommen wir nur knapp über die Runden. Das, was Vater zahlt, und meine Arbeitslosenunterstützung – mehr haben wir nicht ...»
«Ja, aber die Miete ist nicht besonders hoch! Und dann hast du noch das Kindergeld für Pelle.»
«Wenn das nicht wäre, wüßte ich überhaupt nicht mehr, was wir machen sollen. Wir müssen den Gürtel sowieso schon immer enger schnallen – wie diejenigen das nennen, die ihre Schäfchen im trockenen haben.» Ulla nickt.
«Aber was soll werden, wenn das ganze Haus hier modernisiert wird?» sagt Hanne weiter. «Das steht schon seit einiger Zeit zur Debatte. Dann werden die Mieten heraufgesetzt. Und die Preise für Lebensmittel und alles steigen sowieso dauernd. Manchmal war ich schon kurz davor, aus der Gewerkschaft auszutreten, nur um die Beiträge zu sparen.»
Hanne ist seit langem aktives Gewerkschaftsmitglied, sie wird nie austreten. Im Gegenteil, zur Zeit arbeitet sie sogar noch im Arbeitslosenausschuß mit.
«Wie kommst du eigentlich damit zurecht, daß du im Augenblick nur Hausfrau bist?» fragt Ulla.

«Tja – das ist jetzt anders als früher. Ihr seid älter, und wir beide können vernünftig darüber reden. Wie Partner ...»
«Partner*innen*!»
«Partnerinnen, genau. Und für Pelle ist es zur Zeit glaube ich ganz gut, wenn ich mehr zu Hause bin.»
«Du meinst», sagt Ulla plötzlich heftig, «damit Pelle so richtig schön in einer geordneten Familie aufwächst, ja? Mutter backt und wäscht und näht und bedient ihn von vorn und von hinten, damit Söhnchen in der Schule gut vorankommt und es später einmal zu mehr bringt als sie selbst. Und dann heiratet er eine liebe kleine Frau, die zu Hause bleiben und auf die Kinder aufpassen muß, und auf diese Weise bleibt alles, wie es war und wie es in den letzten hundert Jahren gewesen ist!»
«Ich will doch nur, daß Pelle einmal einen besseren Start hat, als ich ihn hatte. Und ich will auch, daß du mit den Sticheleien gegen ihn aufhörst. Eines Tages wirst du schon selbst dahinterkommen, wie wichtig es ist, etwas zu lernen.»
«Man muß nicht lebenslänglich in die Schule gehen, um etwas zu lernen. Das hast du auch nicht gemacht!»
«Ich hab aber gemerkt, was dabei herauskommt. Sonst wäre ich jetzt vielleicht nicht arbeitslos. Heutzutage ist es leider so, daß ein Examen die Eintrittskarte zu verdammt viel in unserer Gesellschaft ist. Deshalb meine ich ja, daß Pelle sich im Grunde vernünftiger verhält als du.»
Ulla unterdrückt eine trotzige Antwort.
«Aber im übrigen», fährt Hanne fort, «will ich euch zu nichts zwingen. Ihr müßt tun, was ihr selber wollt. Ich hätte dich ja auch gar nicht daran hindern können, nach der neunten Klasse abzugehen.»
«Du hast es gar nicht erst versucht. Fand ich Klasse.»
«Ich war sehr traurig. Und ich möchte immer noch, daß du eine Ausbildung machst, damit du nicht wie ... wie Lisbeth endest, um ehrlich zu sein. Oder wie Alice.»
«Hast du damals auch schon so gedacht?»
«Ja.»
«Dann verstehe ich nicht, warum du so wenig dazu gesagt hast.

Nur Vater hat mir seine endlosen Moralpredigten gehalten.»
«Vielleicht weil ich dich nicht verlieren wollte.»
«Das finde ich nicht richtig», sagt Ulla. «Du mußt doch sagen, was du denkst. Du bist doch meine Mutter.» Ulla grübelt. Hanne ist immer wie ein guter Freund zu ihnen. Immer verständnisvoll und nachsichtig. Eine richtige Mutter. Ja, das ist sie. «Du bist eine richtige altmodische Mutter», sagt sie. «So werde ich nie.»
Hanne antwortet nicht. Ulla wechselt das Thema.
«Bist du traurig wegen der Sache mit Simon?»
«Ach, ich weiß nicht. Es war ziemlich anstrengend. Meistens mußte ich ihn trösten, weil er seiner Frau gegenüber ein schlechtes Gewissen hatte. Aber dann war es auch wieder sehr schön, wenn er kam.»
Plötzlich hat Ulla eine Idee. «Paß auf, du kommst mit zu dem Fest am nächsten Samstag!»
«Zu was für einem Fest?» Hanne blickt von ihrer Näherei auf.
«Bolette und alle in dem Haus machen eine Fete. Da kommen tausend Leute. Es gibt Bier und Wein. Ich fände es richtig gut, wenn du mitkommst!»
Hanne macht ein skeptisches Gesicht. «Aber sind die nicht alle in deinem Alter?»
«Nein! Es kommen einige aus Bolettes Schule und viele Leute aus dem Haus – Leute so um die dreißig, glaub ich und sicher auch einige, die älter sind. Bolette hat ihre Mutter auch eingeladen.» Das ist zwar gelogen, aber es wird ihr schon gelingen, Bolette zu überreden, daß sie ihre Mutter einlädt.
«Aha. Also alle Generationen durcheinander, ja? Nein, Ulla, weißt du, ich glaube, das ist nichts für mich.»
«Hast du Angst?» Ulla ist Feuer und Flamme. «Ich nehm dich an die Hand. Und ich leih dir meinen Flickenrock, damit wirst du super aussehen!»
«Aber ...»
Ulla merkt, daß Hanne schwankt. «Pelle ist am Wochenende bei Vater und Lisbeth! Du brauchst doch hier nicht immer und ewig rumzuhocken oder sauberzumachen. Du bist doch keine sieb-

zig, oder! Vielleicht lernst du wen kennen, einen Nachfolger für Simon! Da laufen garantiert massenhaft Typen rum, die dich toll finden werden. Sei doch nicht so ängstlich!»
Hanne räuspert sich verlegen. Dann fällt sie eine schnelle Entscheidung. «Gut. Abgemacht. Du darfst nur nicht beleidigt sein, wenn ich früher gehe.»
«Nein, bin ich nicht. Du machst es, wie du willst.»

Das Fest

Samstagabend. Ulla und Pelle betrachten ihre Mutter mit kritischen Blicken. Der Flickenrock, den Hanne anhat, paßt, als sei er für sie gemacht. Und die grüne Bluse sieht weder zu aufdringlich noch spießig aus. Hanne hat sich die Haare gewaschen. Und Ulla hat sie davon abhalten können, sie sich zu toupieren. Anerkennend sagt Ulla: «So siehst du genau richtig aus.»
«Mann, bist du hübsch!» bestätigt Pelle.
«*Frau*!» verbessert Ulla.
«Na, freut mich, daß ihr zufrieden seid», sagt Hanne schnell. «Dann muß ich mich ja wohl aufraffen.»
«Wird schon schiefgehen!» Pelle versucht ihr Mut zu machen. «Du, ich werde Lisbeth lieber nichts davon erzählen, sonst wird sie nur neidisch.»
«Und Vater wird ärgerlich», ergänzt Ulla.
«Oder auch neidisch», sagt Pelle nachdenklich.
«Wieso?» fragt Ulla. «Ich denke, die gehen heute abend auch aus? Ist Pernille schon im Bett, wenn du hinkommst?»
«Wir haben abgemacht, daß Lisbeth sie soweit fertig macht. Und dann kann ich entscheiden, wann ich sie ins Bett bringe. Wir wollen so lange spielen, bis sie richtig müde ist.»
«Genau, wir beide wollen auch spielen, bis wir müde sind!» sagt Ulla.
«Paß gut auf dich auf, Mutti», sagt Pelle und gibt Hanne einen Kuß. «Tschüß dann!»

«Tschüß, Schatz. Mach's gut und grüß Pernille. Bis morgen.»
«Tschüß, Pelle. Viel Spaß!» ruft Ulla ihm nach.
Als Pelle aus der Tür ist, setzt sich Ulla vor den Spiegel und malt sich die Augen an. Bis jetzt hat sie noch gar keine Zeit gehabt, sich selbst zurechtzumachen. Toll, wie Mutti aussieht! denkt sie. Sie hat auch fast alles gemacht, was ich ihr geraten habe: nur ganz wenig Rouge, und nicht zuviel Make-up auf die Augen, damit sie nicht wie angepinselt aussieht. Mit zweiundvierzig muß man mit Makeuup anders umgehen als mit siebzehn. Hanne soll nicht älter aussehen, als sie ist.
Ulla malt sich mit geübter Hand an. Viel Türkis auf die Lider, dann schwarzer Lidstrich, dann Mascara auf die Wimpern. Zum Schluß noch zwei kleine Goldsterne in die Augenwinkel. Es macht ihr Spaß, sich die Augen anzumalen. Es macht ihr Spaß, etwas zu unternehmen, zu Festen zu gehen, wo richtig was los ist und wo man nie so genau vorhersehen kann, was passiert, wen man trifft und wo man landet. Und wo man aufwacht. Ob es eine Dusche gibt. Oder ob man sich in der Küche waschen muß. Wie weit es zum Bäcker ist. Welcher Geruch sich am nächsten Tag in der Nase festsetzen wird – ob das Bettzeug sauber und glatt ist oder ob es nach vorangegangenen Abenteuern riecht.
Ulla ist es egal. Es stört sie nicht, wenn das Bettzeug nach anderen riecht. Sie liebt Menschen, die Spaß am Leben haben und wirklich leben.
Sie sieht zu ihrer Mutter hinüber. Hanne wartet. Ihre Hände zittern ein bißchen. Ulla kann verstehen, daß Hanne etwas nervös ist. «Wollen wir uns schnell einen genehmigen, während ich mich zurechtmache? Hast du einen Schnaps oder so was im Haus? Dann sind wir gleich richtig in Stimmung.»
«Eine gute Idee!»
Während Hanne eingießt, sagt Ulla: «Eins müssen wir noch absprechen: Wenn du keine Lust mehr hast, mußt du mir unbedingt Bescheid sagen, daß du gehst. Du darfst dich nicht einfach wegschleichen, okay?»
«Gut. Abgemacht. Hmm – das muntert auf!»

«Siehst du!» Ulla knufft ihre Mutter freundschaftlich mit dem Ellenbogen.
Dann zieht sie ihren Wickelrock an. Eigentlich geht sie am liebsten in Hosen zu Feten – schließlich muß man ja zeigen, was man hat, und ihr Hintern ist okay. Aber da Hanne einen Rock angezogen hat, will sie sich anpassen: Solidarität der Tochter mit der Mutter!
Zu dem Rock zieht Ulla eine gelblich-weiße Rüschenbluse an. Einige Rüschen sind schon etwas lädiert. Aber was soll's. Sachen vom Flohmarkt dürfen ruhig ein bißchen ramponiert aussehen. Lieber alte Klamotten als aufgedonnert! Sie wirft einen letzten Blick in den Spiegel.
«Okay, gehen wir!»

Von außen sieht das Haus wie die meisten anderen halb verfallenen Bruchbuden in dieser Straße aus: abbröckelnder Putz, die Farbe der Fassade verwittert, die Fenster alt, windschief. Ulla liebt dieses Haus. Hier hat sie zusammen mit Bolette gewohnt, nachdem sie im letzten Jahr von ihrem Vater weggezogen war. Es war ziemlich weit von hier zur Schule, was sicher auch zu ihrem Entschluß beigetragen hat, diese Sklavenanstalt zu verlassen. War sicher gut so. Eine Sklavenausbildungsstätte fürs Arbeitsleben! Ha, nicht mit mir, denkt sie triumphierend. Das hier ist mein Leben. So wie jetzt, auf dem Weg zu einer Fete. Und dann noch zusammen mit meiner Mutter.
Die anderen werden Augen machen, wenn ich Hanne mitbringe. Echt feiner Zug, werden einige sagen. Ulla ist stolz auf ihre Mutter. Und falls es notwendig sein sollte, wird sie sich auch jederzeit für sie einsetzen und ihr einen sanften Tritt in den Hintern verpassen. Irgend etwas *muß* heute abend passieren! So ganz ohne Mann – das ist nichts für ihre Mutter.
Als sie ankommen, ist die Fete schon im Gang. So hat sie es gern. Heiße Rockmusik tönt durch die offenen Fenster. Hier im Viertel regt sich kein Mensch auf, wenn mal irgendwo gefeiert wird. Wem es zu laut wird, der kommt einfach und macht mit. Jeder ist willkommen. Und alle wissen das.

Ulla und Hanne gehen hinein.
Bolette ist nicht zu sehen. Gleich am Eingang ist die Bar aufgebaut, eine improvisierte Theke. Ulla kauft zwei Bier. «Komm, wir wollen mal sehen, wer da ist.»
Mit dem Bier in der einen und ihrer Mutter an der anderen Hand stürzt Ulla sich in das Gewühl. Sie kommen nicht weit. Überall Leute, die sie kennt. «Hallo!» – «Hej!» – «Na, du?» Umarmungen, Küßchen. Die Stimmung ist herzlich. Hanne kennt viele der Mädchen und auch ein paar Jungen, die schon einmal mit bei Ulla gewesen sind. Jetzt, plötzlich mittendrin, wirkt sie ruhig und gelassen, völlig ungekünstelt, fragt, hört zu, unterhält sich freundlich mit den Leuten. Sie ist der Situation und der Rolle, die sie hier spielt, gewachsen. Ulla kennt sie allerdings gut genug, um zu bemerken, daß sie ein bißchen aufgeregt ist. Auf eine heitere, lustige Art.
Dann wird Ulla selbst unsicher, aber darauf war sie gefaßt: Da sind Kim und Bolette – *das neue Paar*, wie nicht zu übersehen ist. Bolette hat eine rote Rose im kurzen dunklen Haar, Kim eine im Knopfloch des gestreiften Baumwollhemds, das Bolette ihm genäht hat. Also, los! Ulla steuert auf die beiden zu und begrüßt Bolette mit einem Kuß. «Na, du, wie geht's?»
«Hej, Ulla!» sagt Bolette. «Hallo, Hanne, wie schön, daß du mitgekommen bist! Meine Mutter ist auch hier ... irgendwo ...»
«Hej, Hanne», sagt Kim. «Wie geht's? Wir haben uns lange nicht gesehen!» Wohlerzogen wie immer. Jedenfalls nach außen hin.
Ulla hat sich schnell entschieden, ihm auch einen Kuß zu geben. Ihn nur mit einem Klaps auf den Arm oder so etwas zu begrüßen, würde ihr kindisch vorkommen. «Tag, Kim. Geht's dir gut? Na, das brauche ich eigentlich nicht zu fragen. Man sieht es dir an.»
«Mir geht's dufte», antwortet Kim mit einem breiten, offenen Lachen. Er wirkt kein bißchen verlegen.
Um so besser, denkt Ulla. Es ist einige Zeit vergangen, seit sie nachts ihr Kissen naßgeheult und Taschentücher zerbissen hat,

weil Kim sie verlassen hatte. Die Bitterkeit ist vorbei. Ein seltsames Gefühl, das sie nicht richtig definieren kann, ist geblieben. Sie würde jetzt gern mal mit Kim über alles reden. Irgendwann. Vielleicht später am Abend.
Und wer ist sonst noch da? Ulla versucht sich einen Überblick zu verschaffen. Massenhaft Leute, überall im ganzen Haus. Immer wieder trifft sie mehr oder weniger gute Bekannte. Meist Männer. Aus irgendeinem Grund kennt sie nicht so viele Frauen. Und jetzt hat sie nicht einmal mehr Bolette ... Männern gegenüber ist sie nicht so leicht verlegen. Sie weiß, wie sie mit ihnen reden muß, und es fällt ihr leicht, den richtigen Ton zu treffen. Ein bißchen Show ist immer dabei! Bei Frauen hat sie es schwerer. Und besonders an so einem Abend, an dem sich alle besonders zurechtgemacht haben. Jede taxiert jede. Und auch Ulla beurteilt die anderen Frauen nach dem, was sie aus sich gemacht haben, und danach, wie sie sich zur Schau stellen. Wen muß sie als Konkurrentin fürchten?
Wenn sie richtig darüber nachdenkt, ist das hier ein Markt. Von ein paar Ausnahmen abgesehen, kommen doch die meisten mit einer ganz bestimmten Absicht: *Erfolg* zu haben! Und Erfolg bei einem Fest hat die, bei der einer anbeißt. Ulla macht sich da nichts vor, weder was die anderen noch was sie selbst angeht. Es irritiert sie nur, wie sie die anderen Frauen beurteilt und fast automatisch verurteilt. Die Frau ist der schlimmste Feind der Frau. Stimmt das? Muß das so sein?
Und ihre Rüschenbluse? Die hat doch auch eine bestimmte Funktion, selbst wenn sie mehr dazu gedacht ist, etwas zu verbergen, nämlich daß wenig darunter ist. Ulla weiß, sie selber ist auch mit auf dem Markt, nur daß sie über einen Fehler hinwegtäuschen will, der, wenn es darauf ankommt, doch nicht zu verbergen ist ...
Na ja. Ulla wirft einen Blick in den Raum, in dem getanzt wird. Noch sieht es ganz friedlich aus. Jetzt sollte sie ihrer Mutter einen kleinen Anstoß geben.
Sie bahnt sich einen Weg durch das Gedränge und sieht, daß Hanne sich mit Bolettes Mutter und einer anderen Frau unter-

hält. Da hat sie nun aber lange genug gestanden, denkt Ulla. Das hier ist ein Fest und kein Elternabend! Jeder kann sehen, daß meine Mutter auch Erfolg sucht.
«Komm, steh nicht den ganzen Abend rum, reden kannst du immer noch», sagt Ulla zu ihrer Mutter. «Laß uns raufgehen. Ich hab Lust zu tanzen!»
Hanne geht bereitwillig mit. Immer mehr Leute kommen. Einige in Ullas Alter, aber die meisten sind älter. Leute aus dem Viertel, Lehrer, alles mögliche.
Ulla merkt, daß sie etwas getrunken hat. Sie fühlt sich freier, wagt mehr als gewöhnlich, alles geht schneller. Irgendwie sind sie plötzlich auf der Tanzfläche. Drei Mädchen und ein junger Typ tanzen zusammen. Ulla hält Hanne fest an der Hand und zieht sie mit in den Kreis. Nun tanzen sie zu sechst – manchmal paarweise, dann wieder jeder für sich, dann alle sechs zusammen. Die Musik ist stark, rockig, schön laut, gerade richtig, um sich danach zu bewegen. Ulla genießt es. Und sie sieht, daß auch Hannes Bewegungen immer lockerer werden, flüssiger und entspannter. Zwei etwas ältere Typen kommen, bleiben in der Tür stehen. Ulla zieht sie auf die Tanzfläche. Jetzt sind sie acht.
Ulla überläßt sich der Musik, tanzt, tanzt, vergißt alles um sich herum, vergißt auf Hanne zu achten, tanzt, schließt die Augen, tanzt, ist nur noch Rhythmus.
Irgendwann bemerkt sie, daß Hanne und der eine Typ eng tanzen. Fein. Alles läuft planmäßig, für eine Zeitlang ist sie die Verantwortung los.
Etwas später verläßt sie mitten im Stück die Tanzfläche und geht nach unten in die Küche. Hier stehen dichtgedrängt mindestens fünfzehn Leute. Sie nimmt sich eine Flasche Bier. In einer Gruppe, in der laut diskutiert wird, entdeckt sie Carsten. Wie immer tipptopp, mit gepflegtem Vollbart, die braunen lockigen Haare halblang, schmale Hüften, bestickte Weste und ein blendend weißes Hemd, weit genug aufgeknöpft, daß auch ja alle den *braunen* Bauch sehen. Kanarische Inseln? Nein, das ist nicht Carstens Stil. Er war sicher in Gambia oder so und hat einen wahnsinnigen Preis bezahlt, um hier seine Super-Sonder-At-

traktion zur Schau stellen zu können: einen braunen Bauch, mitten im Winter!
Normalerweise würde sich Ulla nicht in seine Nähe wagen, weil immer so viele Frauen um ihn herumflattern. Aber der Alkohol hat sie mutig gemacht. Sie wartet, bis in der Clique um Carsten eine Gesprächspause entsteht. Dann läßt sie einen Spruch los: «Was redet ihr, trinkt noch ein Bier!» Es klappt, Carsten geht darauf ein: «Hallo, Ulla! Immer hereinspaziert in die gute Stube! Jemand, der Bier hat, ist immer willkommen!»
«Oh, vielen Dank, Carsten. Das tut meinem Selbstvertrauen richtig gut!» sagt Ulla spöttisch.
«Ich hab gar nicht gewußt, daß du so was überhaupt hast!» erwidert Carsten, legt den Arm um sie und zieht sie in den Kreis.
«Worüber wird hier denn eigentlich so heiß diskutiert?»
«Über das Gute und das Schlechte und darüber, wie man gute Zeiten besser und schlimme Zeiten schlechter macht.»
«Wie bitte? Kannst du nicht etwas konkreter werden?»
«Um es zu präzisieren: Wir sprachen gerade über die raffinierten Methoden zur Verschleierung der Arbeitslosigkeit. Du weißt, was ich meine? Arbeiten im Auftrag der Behörden: Löcher graben und wieder zuschaufeln, Verkehrsschilder polieren, Laub sortieren.»
«Kurz, das, was man *verstärkte Bemühungen zur Schaffung neuer Arbeitsplätze* nennt», sagt ein Typ mit großer Hornbrille und Samtjacke.
«Tja, die Regierung macht sich *so* viele Gedanken – der Dank der Arbeitslosen ist ihr gewiß!» sagt Ulla. «Meine Mutter ist übrigens auch arbeitslos. Aber sie kommt ganz gut klar. Ich kann mir allerdings auch nicht vorstellen, daß sie abgefallene Blätter sortieren würde.»
«Auf dem Gebiet habt ihr es ja auch leichter», sagt Carsten.
«Wen meinst du mit *ihr*?»
«Die Frauen. Ihr habt es tausendmal leichter als wir Männer. Ihr habt immer einen Arbeitsplatz, der für euch bereitsteht.»
«In der Küche, was?»
«Genau! In der Küche und im Kinderzimmer. Kochen und den

Schreihälsen den Hintern abwischen. Als Frau hat man immer Arbeit!»
«Im Dienst der Reproduktion der Arbeitskraft», wirft der Typ mit der Hornbrille ein.
Ulla sieht ihn kurz an. Was das wohl heißt? Aber sie will ihn nicht fragen. So ein aufgeblasener Arsch! Lieber will sie Munition gegen Carsten sammeln. «Du solltest dich etwas mehr mit der Wirklichkeit befassen!» sagt sie zu ihm. «Meine Mutter jedenfalls hat keine Schreihälse, denen sie den Hintern abwischen muß!»
«Bist du sicher?» Carsten legt seine Hand auf ihren Hintern.
Ulla läßt ihn. Sie bekommt jetzt Verstärkung durch Eva, die sich in den Kreis drängt: «Man sollte doch wohl richtiger sagen, daß *ihr* es leichter habt. Ihr kommt nach Hause, und das Essen steht auf dem Tisch, und eure Kinder sitzen sittsam und mucksmäuschenstill mit sauberen Fingernägeln da. Ihr seid doch im Grunde ganz froh über die Arbeitslosigkeit – besonders die der Frauen –, denn so habt ihr weiterhin den Service, der euch fast verlorengegangen wäre!»
«Hört euch diese Emanze an!»
Eva sieht Carsten überlegen ins Gesicht.
«Hört euch diesen Chauvi an!» sagt sie ruhig.
Plötzlich ist Ulla hellwach. Hat Eva es auch auf Carsten abgesehen? Dann ist schwer vorherzusagen, wer gewinnen wird. Eva hat eine klasse Figur, braucht nichts zu verstecken. Ulla mag Eva sehr gern. Sie haben schon öfter sehr gut miteinander geredet. Und Ulla hat schon gedacht, Eva könnte vielleicht eine Freundin wie Bolette für sie werden, eine, mit der sie über alles reden kann. Über Männer, über Gefühle – eben über alles. Sie ist sich fast sicher, daß Eva ähnlich empfindet. Eva hat ihr damals auch den Job im Krankenhaus verschafft. Sie arbeitet dort schon seit ein paar Jahren.
Ulla fragt Carsten herausfordernd: «Hast du was gegen emanzipierte Frauen?»
«Eigentlich nicht. Sie leben in einer Diskussion immer so richtig auf – sofern sie es nicht vorziehen, ausschließlich unter sich zu

verkehren!» Er streichelt, während er redet, Ullas Hintern, lässig, wie unbeabsichtigt, aber es ist ein Signal. Ulla denkt nicht daran, die Hand wegzustoßen.
«Oh, fühlt er sich ausgeschlossen, der Kleine?» Evas Stimme klingt aggressiv und kokett zugleich. Ulla kann nicht abschätzen, wie das auf Carsten wirkt. Sie lenkt seine Aufmerksamkeit wieder auf sich und sagt: «Also, um zwei und zwei zusammenzuzählen, braucht man nicht emanzipiert zu sein. Aber du willst wahrscheinlich aus Prinzip nicht zur Kenntnis nehmen, wer dich bedient!»
«Sag mal, gehst du deshalb auf Feten?» mokiert sich Carsten. «Um zwei und zwei zusammenzuzählen? Ist das nicht ein bißchen viel auf einmal? Wie wär's, wenn du mit eins und eins anfangen würdest?»
Eva mischt sich wieder ein. «Wenn du besser eins und eins zusammenrechnen kannst – bitte, Carsten! Ergibt zwei, nicht wahr? Zweisamkeit, der heilige Bund der Ehe, in dem die Männer bedient werden, bis ans Ende ihrer Tage.»
«Oder bis sie sich scheiden lassen», sagt Carsten trocken.
«Genau! Dann blühen die Frauen auf, und die Männer begehen Selbstmord, sofern sie nicht gleich eine neue Dienerin finden! Die Sterblichkeitsziffer steigt jedenfalls bei geschiedenen Männern sprunghaft an. Was meinst du, woher *das* wohl kommt?»
«Quatsch!»
«Doch, das stimmt!» sagt der Typ mit der Hornbrille. «Ich hab auch über diese Untersuchungen gelesen.»
«Jetzt fängt der auch noch an», stöhnt Carsten.
«Meine Mutter», sagt Ulla, «ist viel ruhiger und fröhlicher, seit sie geschieden ist. Wir haben kaum noch Streit, und sie setzt auch keinen Kummerspeck mehr an. Sie hat Spaß an ihrer Arbeit – oder vielmehr, sie *hatte* Spaß an ihrer Arbeit, solange sie Arbeit hatte. Des einen Tod ist des andern Brot.»
«Apropos Brot», wirft Eva ein, «hat deine Mutter etwa wieder mit Backen angefangen?»
«Wieso willst du das wissen?» fragt Ulla aggressiv.
«Ich überlege nur, ob es vielleicht so ist, daß deine Mutter wieder

in ihrer Hausfrauenrolle aufgeht und gar nicht merkt, daß sie arbeitslos ist. So geht es vielen Frauen. Und genau das paßt den Verantwortlichen in den Kram. Auf die Art verschwinden die Frauen ruhig und friedlich vom Arbeitsmarkt, ohne ihre Ansprüche geltend zu machen, und ...»

Ulla spürt einen kräftigen Ruck auf ihrem Arm. Carsten flüstert ihr zu: «Komm, Ulla, laß uns raufgehen und tanzen. Du bist viel zu hübsch, um hier den ganzen Abend zu theoretisieren. Diese Eva ist doch nur neidisch auf dich.» Und damit sind sie auch schon auf der Treppe nach oben.

«Neidisch? Warum soll Eva neidisch auf mich sein?» sagt Ulla, die eigentlich gern noch länger mit Eva geredet hätte.

«Weil du so ein süßes kleines Schätzchen bist. Sie muß sich abreagieren. Ich kenne eine Menge Emmas, und manche sind auch ganz in Ordnung. Aber ich verstehe nicht, warum sie immer so entsetzlich öde aussehen müssen! Wenn sie ein bißchen auf ihr Äußeres achten würden, könnten sie ein normales Sexleben haben und damit aufhören, dauernd auf den Männern rumzuhakken – oder auf den Frauen, die diesen ganzen Emanzenkram nicht mitmachen.»

«Mann, hör bloß auf! Immer die gleichen alten Klischees!» sagt Ulla wütend, und fährt dann ruhiger fort: «Eva sieht doch ganz passabel aus ...» Sie hat einen schlechten Geschmack im Mund, so als hätte sie Eva verraten. Aber hier oben ist die Musik so laut, daß sie unmöglich weiterreden kann. Und außerdem hat sie es geschafft: Sie tanzt mit Carsten. Er tanzt sehr gut.

Sie tanzen jeder für sich, und trotzdem scheint Carsten zu führen, sie zu dirigieren, ohne daß er sie berührt. Irgendwie bringt er sie dazu, sich zu drehen, in den Hüften zu wiegen, sich von ihm zu entfernen und sich ihm zu nähern, wie er es will. Ihr Körper folgt ihm. Sie tanzt herausfordernd, aufreizend, wie sie es nur selten wagt. Plötzlich fällt ihr ein, daß sie ihre Mutter schon lange nicht mehr gesehen hat. Verdammt. Sie muß schnell mal die Runde machen und herausfinden, wo Hanne geblieben ist. «Ich bin gleich wieder da!» ruft sie Carsten zu und drückt seinen Arm.

Hoffentlich sitzt Hanne nicht als Mauerblümchen in irgendeiner Ecke und langweilt sich!
Tut sie nicht! Ulla sieht sie schon auf der Treppe, eng umschlungen mit einem Typ, den Ulla noch nie gesehen hat. So Ende zwanzig, mit verhältnismäßig kurzen blonden Haaren und einem gewaltigen weichen Vollbart. Beide haben eine Bierflasche in der Hand. Sie wird doch nicht zuviel getrunken haben? Ulla überlegt kurz, dann geht sie auf die beiden zu und gibt ihrer Mutter einen Kuß. «Paßt du auch gut auf dich auf? Denk an die Story von Rotkäppchen und dem Wolf!»
Hanne und der blonde Typ fahren auseinander. Und Ulla sieht, daß ihre Mutter rot geworden ist. Aber dann lächelt Hanne und sagt: «Darf ich vorstellen: das ist Lars. Kennt ihr euch?»
«Nein. Hej. Ich heiße Ulla.»
«Hej, Ulla.»
Netter Typ, denkt Ulla. Ob er das Lederarmband selber gemacht hat?
«Also, bis dann!» sagt Hanne, und Ulla versteht, daß sie gehen soll. Ihr fällt auf, daß Hanne mit keinem Wort erwähnt hat, daß Ulla ihre Tochter ist.
Sehr vernünftig. Besteht ja auch kein Grund, gleich zu Anfang damit herauszurücken, daß sie eine erwachsene Tochter hat. Ulla erzählt ja auch nicht jedem, daß sie erst 17 ist – die meisten Leute denken, daß sie zwanzig ist. Vielleicht denkt Lars, daß Hanne ungefähr dreißig ist. Wer weiß?
Ulla geht zum Pinkeln.
Dann läuft sie wieder nach oben. Carsten ist nirgends zu sehen. Mist – es lief doch gerade so gut! Dafür trifft sie Kim. Er fragt, ob sie nicht zusammen tanzen wollen.
Sie tanzt immer noch gern mit Kim. Obwohl es verglichen mit früher nur noch schwach zwischen ihnen vibriert. Trotzdem, etwas ist immer noch da. Ihr ist jetzt nicht danach zumute, herausfordernd und sexy zu tanzen. Sie tanzt ruhig nach der ruhigen Musik, einem langsamen Blues. Sie schließt die Augen, ist jetzt ganz sie selbst.
Als die die Augen wenig später wieder öffnet, sieht sie Hanne

und Lars tanzen. Treffer, Mutti! sagt sie lautlos vor sich hin und wirft ihr einen ermunternden Blick zu. Dann nimmt sie Kims Hand und geht mit ihm hinaus. Sie muß Carsten wiederfinden. Aber sie sieht gerade noch, wie Hanne und Lars sich auf der Tanzfläche bei den Händen fassen. Als nächstes werden sie Wange an Wange tanzen, so, wie sie sich angucken.
Kim geht zu Bolette. Ulla geht in die Küche und bleibt abrupt stehen. Sie dreht sich sofort um, aber was sie gesehen hat, hinterläßt ein messerscharfes Bild: Carsten und Eva. Eva mit dem Rücken zur Küchentür. Carsten mit der Hand unter Evas T-Shirt.
Was nun? Ulla merkt, wie ihre Stimmung sinkt. Aber sie will nicht aufgeben. Sie geht zur Bar, kauft noch ein Bier und wartet ab. Diese Eva! Steht da und wackelt mit den Titten! Scheiße! Warum fallen die Männer immer wieder auf diesen uralten Trick rein? Cool bleiben, sagt sie sich.
Vielleicht beruhigt ein Joint die Nerven ...
Später findet Hanne sie oben in einem Zimmer, wo diskutiert und geraucht wird.
«Ich gehe jetzt, Ulla.»
Ja, so hatten sie es abgemacht. Hanne will also nach Hause. Ulla versucht nicht, sie zum Bleiben zu überreden. Sie sitzt nur auf der Matratze, schwimmt in der Musik und fühlt sich eigentlich ganz wohl. Sie lächelt ihrer Mutter zu. «Komm gut heim!»
«Gute Nacht, mein Schatz.» Hanne geht.
Das Fest ist noch in vollem Gang, als Ulla sich aufrafft und wieder nach unten geht. Sie sucht Carsten, kann ihn aber nirgendwo finden. Auch Eva ist nicht zu sehen.
Ich könnte noch den Nachtbus kriegen, denkt sie. Also nach Hause. Kann ja nicht jedesmal klappen.
Vielleicht ist Hanne noch wach. Das wäre schön. Noch ein bißchen zusammenhocken und die trüben Gedanken verscheuchen.
Sie schließt trotzdem leise auf, als sie nach Hause kommt. Aber die Tür zu Hannes Zimmer steht offen. Leer. Niemand da! Scheiße.

Sie zieht sich aus, wirft ihre Sachen auf den Boden, kriecht unter ihr eigenes langweiliges Federbett, das nach nichts anderem als nach ihr selbst riecht.

Der beste Freund einer Frau

Gegen elf wacht Ulla auf, weil das Telefon klingelt. Es ist Hanne, sie will nur Bescheid sagen, daß sie irgendwann am Nachmittag kommt, sie hat bei Lars geschlafen. Und sie hofft, Ulla hat auch Spaß gehabt. Sie ist etwas kurz angebunden, aber munter.

Pelle wird auch noch lange nicht kommen, frühestens zum Abendbrot. Wenn er bei Vater und Lisbeth babysittet, bleibt er immer lange weg.

Toll. Sie hat den ganzen Tag für sich.

Ulla will sich Rechenschaft über ihre Gefühle ablegen. Sie muß da Ordnung reinkriegen. Aber wie?

Erst einmal geht sie zum Bäcker, sie muß sich was Gutes tun. Erstaunlicherweise sind tatsächlich noch Brötchen da. Na bitte. Für Enttäuschungen hat sie heute allerdings auch nicht den Nerv. Obwohl sie jetzt alles nicht mehr ganz so grau sieht wie gestern. Eine Sonntagszeitung kauft sie sich auch.

Sie ißt die Brötchen, liest die Zeitung, studiert ausgiebig – wie immer – die Kontaktanzeigen. *Polizist mit Haus und Auto sucht* ... Irre, wie die Leute sich selbst beschreiben, um einen Partner zu finden! Und alle Männer suchen Frauen, die mindestens zwanzig Jahre jünger sind als sie selbst. Nur eine Frau wagt zu sagen, daß der gewünschte Mann eventuell auch jünger sein könne als sie. Die Männer suchen eine warmherzige Geliebte, die Frauen Geborgenheit.

Und ich, denkt Ulla. Wie würde ich mich in so einer Anzeige beschreiben? Was gefällt den Leuten an mir? Wem gefalle ich überhaupt ... uneingeschränkt?

Damit will sie anfangen.

Sie geht in Pelles Zimmer, nimmt sich einen seiner Schreibblöcke und holt sich außerdem ein Lineal und einen Kugelschreiber. Dann setzt sie sich wieder an den Küchentisch und teilt ein Blatt durch einen Strich in der Mitte in zwei lange Spalten auf. Sie denkt nach und fängt dann an zu schreiben:

Wer mag mich	*Wer mag mich nicht*
Mutti	Carsten
Axel	Eva
Lisbeth	Vater
Kim	Pelle
Bolette	

Eine merkwürdige Liste. Irgend etwas stimmt da nicht. Mit ihrer Mutter ist alles klar. Aber mit den anderen? Sieht fast so aus, als ob nur die sie gern haben, zu denen sie selbst einen ziemlichen Abstand hat. Und nicht die, für die sie sich gerade jetzt interessiert! Und Hans-Jørgen? Warum steht der nicht in der linken Spalte? Warum erscheint er überhaupt nicht in der Liste?
Natürlich hat Hans-Jørgen sie gern. Aber wie gern? Es macht ihm Spaß, mit ihr zu schlafen, er mag sie als Freundin und Kumpel, okay. Aber ist da noch mehr? Darüber redet er nie. Auch wenn sie ihn manchmal darauf anspricht – er weicht jedesmal aus.
Und die auf der rechten Seite? Mögen die sie überhaupt nicht? Unsinn! Was weiß sie über Evas Gefühle? Die Liste ist Quatsch. Irritiert knüllt Ulla sie zusammen und fängt auf einem neuen Blatt noch einmal an:

Was mich freut und worauf ich bauen kann	*Was mich ärgert und was anders werden müßte*
mein Job	mein Körper
mein Schwung	Eva
meine Mutter	Carsten
	Pelle

So ein Mist. Und Hans-Jørgen ist wieder nicht dabei. Vielleicht sollte ich noch eine Liste machen ... Eine, aus der hervorgeht, wen *ich* mag. Ist das nicht wichtiger? Aber sicher auch nicht einfacher. Wen mag ich eigentlich? Und warum? Weil er oder sie mich mag? Na, da haben wir schon wieder dasselbe! Aber hier handelt es sich um mich, dann müssen meine eigenen Gefühle doch am wichtigsten sein ... Ich muß endlich mal von mir selbst ausgehen statt immer nur von anderen!
Ulla fängt an zu grübeln.
Normalerweise kann sie sich schnell entscheiden, wenn sie vor einem Problem steht. (Das hätte sie noch in die linke Spalte schreiben sollen.) Aber wenn sie gründlicher nachdenken oder auf lange Sicht etwas planen muß – da hapert's. (Das gehört ganz sicher in die rechte Spalte.) Pelle hat es da einfacher. Der strebt entschlossen auf ein Ziel zu. Das war bei ihm schon immer so. Hat sie ihn rechts eingetragen, weil sie neidisch auf ihn ist? Das wohl nicht. Tauschen möchte sie jedenfalls nicht mit ihm. Er hat Schwierigkeiten, anderen gegenüber offen zu sein. Und an den paar Freunden, die er hat, hängt er wie eine Klette. Was auch nicht gut ist. Wie oft hat Pelle schon erlebt, daß ein nach langem Hin und Her gefundener Freund die Schule wechselte – und er stand wieder da wie vorher.
Im Vergleich zu Pelle bekomme ich leicht Kontakt zu anderen, denkt Ulla. Aber was habe ich davon? Gibt es jemanden, der mich wirklich bei sich haben möchte? Mit dem *ich* echt gern zusammen sein möchte?
Wenn sie so darüber nachdenkt, fällt ihr niemand anders ein als ihre Mutter. Hanne ist die einzige, bei der sie sich völlig sicher ist.
Sie merkt, wie ihr die Tränen kommen, aber sie versucht sie zurückzuhalten. O Mann, es ist schon verdammt hart, so über sich nachzudenken. Es wäre besser, sie könnte mit jemandem darüber reden. Mit jemandem, der auch mal widerspricht. Dann würde sie ihren eigenen Standpunkt viel leichter herausfinden. Wie damals mit Bolette ...
Warum kann ich nicht mit Hans-Jørgen darüber reden?

Obwohl sie allein ist, schüttelt sie energisch den Kopf. Neulich, das war doch wieder typisch. Sie sind ins Bett gegangen – und kurze Zeit später war er weg. Keine Frage, ob sie vielleicht mit zu Axel und Alice wollte. Er läßt sie nur an einem ganz kleinen Bereich seines Lebens teilhaben. Und ich? Ich mache es genauso. Oft will ich auch schnell wieder weg, wenn wir miteinander gebumst haben!
Die Brötchen sind alle. Der Tee ist kalt. Die Liste liegt vor ihr auf dem Tisch und starrt sie an, unvollendet, wie sie ist – und vorläufig bleiben wird. Mist! Warum ist das Denken so schwer, wenn man allein ist?
Allein sein ist absolut öde, denkt sie.
Sie zieht ihre Jeans aus und holt aus der untersten Schublade ihres Schreibtischs Bolettes Massagestab heraus. «Der beste Freund der Frau», so hat Bolette ihn einmal genannt. Kannst ihn mitnehmen, hatte Bolette gesagt, als Ulla auszog. Ulla hat ihrer Mutter damals nichts von diesem «besten Freund» erzählt. Hanne ist zwar im allgemeinen sehr aufgeschlossen, aber Ulla weiß nicht, wie sie reagieren würde, wenn sie erführe, daß ihre Tochter sich mit einem Massagestab befriedigt.
Was für ein Luxus – bei der heutigen Energiekrise, denkt Ulla grinsend. Sie schließt den Stab an, legt sich bequem hin, deckt sich mit ihrer Bettdecke zu, spreizt die Beine und hält den surrenden Kopf außen an ihren Slip, zuerst seitlich an die Klitoris, später direkt darauf. Sie denkt an nichts. Es ist ein intensives, fast stechendes Gefühl. Im Nu hat sie einen starken Orgasmus. So schnell schafft das kein Typ, nicht einmal Hans-Jørgen, denkt sie, als sie wieder etwas ruhiger geworden ist.
Nach ein paar Minuten schaltet sie den Massagestab wieder ein. Sie weiß, daß es beim zweiten Mal anders, noch besser ist. Es dauert etwas länger, aber diesmal ist sie nicht allein: Sobald der Stab wieder surrt, kommen ganz von allein Phantasien und Bilder:
Frühmorgens im Krankenhaus ... eine halbe Stunde bevor die anderen kommen in dem kleinen Raum riecht es nach Reinigungsmitteln Hitze ich im Kittel nichts darunter die Hitze steigt

vom Fußboden auf und streichelt meine Möse Johannes kommt leise rein weiß daß ich hier bin er greift mit der Hand unter meinen Kittel sanft und vorsichtig streichelt er meine Klitoris dann holt er seinen Schwanz raus wir legen uns auf den Tisch er reibt seinen Schwanz langsam an meiner Möse hin und her aber er schiebt ihn nicht rein wir sehen uns in die Augen und wir wissen daß wir uns lieben aber wir müssen aufpassen wir dürfen nicht ist zu gefährlich wir küssen uns paß auf Ulla sagt Johannes paß bloß auf es ist zehn vor sechs die anderen kommen gleich und sein steifer Schwanz ist groß und feucht und meine Möse öffnet sich und reckt sich ihm entgegen aber ...

Ulla kommt. Aber Johannes ist weit weg. Sie weiß nicht einmal, ob er Johannes heißt. Sie haben nie miteinander geredet. Er ist Lagerarbeiter bei Olsen, dem Supermarkt, wo Pelle jobbt. Sie nennt ihn Johannes, weil er so hübsch und unschuldig aussieht.

Das war ein guter Orgasmus. Ein sehr guter. Nicht so überheftig wie der erste. Ein tiefer, harmonischer Orgasmus, bei dem sie sich sicher fühlt, der mit rhythmischen Kontraktionen im Unterleib beginnt und der sie ganz warm und entspannt und zufrieden macht. Eigentlich sollte sie jetzt aufhören.

Sie beschließt aufzuhören. Aber fünf Minuten später ist sie doch wieder dabei. Zuerst ist es gar nicht schön. Aber dann kommen die Gefühle wieder ... Sie weiß, daß sie beim dritten Mal die Phantasien steuern muß. Und sie weiß auch, an wen sie diesmal denken will.

Ich lehne mit dem Rücken an Bolettes Küchentür ganz ruhig und esse ein Käsebrot hinten in der Küche stehen Carsten und Eva er streichelt ihre Brüste manchmal sehen sie zu mir rüber und flüstern ich weiß sie reden über mich aber ich kann nicht hören was sie sagen sie grinsen außer uns ist niemand in der Küche jetzt läßt Carsten Eva los und kommt zu mir ohne etwas zu sagen schlägt er mir das Käsebrot aus der Hand reißt meine Bluse hoch befühlt prüfend meine Brustwarzen und streicht mit dem Handrücken darüber ich versuche mich ihm zu entwinden aber er ist zu kräftig er preßt mich mit seinem Körper an die Küchentür

hebt meinen Rock hoch reißt den Slip runter ich hasse ihn ich will nicht aber ich kann nichts machen er holt seinen Schwanz raus der groß und steif ist brutal stößt er ihn in meine Möse mit der freien Hand streicht er über meine Brüste höhnisch mit dem Handrükken er dreht den Kopf und grinst zu Eva rüber die am Küchentisch sitzt und zusieht jetzt hebt er meine Bluse hoch damit Eva meine Brüste sehen kann ich will weg aber er preßt mich gegen die Tür ich bin wehrlos er nimmt die Hand weg der einzige Kontakt zwischen uns ist sein Schwanz in meiner Möse er stößt und stößt und Eva sieht zu und ich kann nicht ... nein ...
Ulla kommt zum drittenmal. Ihre Scheide zieht sich rhythmisch zusammen, aber nicht sehr oft. Scheißorgasmus. Sie heult – aus Ermattung und in einer Mischung aus Ekel und Erleichterung, daß es überstanden ist. Woher kommen die Phantasien? Sie fühlt sich lächerlich, einsam, verlassen und kaputt. Verfluchter Massagestab!
Völlig ausgelaugt schläft sie ein.
Zum zweitenmal wird Ulla heute durch das Klingeln des Telefons geweckt. Alice. Sie will Hanne sprechen und wundert sich, daß sie nicht zu Hause ist. Ulla sagt lieber nicht, wo ihre Mutter ist. Alice wäre schockiert. Sie würde nie im Leben mit zu einem jungen Mann nach Hause gehen.
Aber Alice läßt sich nicht so leicht abwimmeln. «Störe ich?» fragt sie.
«Nein. Moment mal, Alice, ich muß schnell das Wasser abstellen», sagt Ulla und legt den Hörer auf den Tisch. Erst einmal eine Zigarette. Eine Zigarettenlänge – so viel Zeit muß sie sich schon für Alice nehmen. Sie legt die Sonntagszeitung vor sich auf den Tisch. «So, da bin ich wieder.»
«Ich wollte Hanne eigentlich nur sagen, daß ich ihr gern mein Kochbuch leihe», sagt Alice. «Wir haben neulich darüber gesprochen. Und nun dachte ich, wir könnten doch heute nachmittag mal kurz bei euch reinschauen, und dann könnte ich das Buch gleich mitbringen.»
«Du, das ist sehr nett von dir, Alice, aber Hanne ist nicht zu Hause.»

«Na, dann ein andermal. Ich will ja auch nicht ungelegen kommen.»
«Ihr kommt nicht ungelegen, es ist nur – ich muß auch gleich weg, und ich weiß nicht genau, wann Hanne zurückkommt.»
«Ist sie bei ihren Eltern?» fragt Alice. «Ich habe gestern abend ein paarmal versucht, bei euch anzurufen, aber es hat niemand abgenommen.»
«Nein, da war keiner da. Hanne und ich waren bei einem Fest.»
Das hätte sie lieber nicht sagen sollen, aber es war zu verlockend. Es reizt sie einfach, Alice zu provozieren.
«Bei einem Fest?» Großes Staunen. Dann: «Das klingt ja lustig!» Aber Alices Stimme klingt gar nicht lustig. «Wir kommen ja nicht mehr so viel unter Leute. Du weißt ja, Axel hält nicht viel von Geselligkeit. Er macht es sich lieber zu Hause gemütlich. Und er hat ja auch so viel hier in der Wohnung gemacht ...»
«Ja, ich weiß ...», sagt Ulla.
«Ja, ja, es hat schon alles sein Gutes. Zuerst kam er überhaupt nicht zur Ruhe, immer mußte er was tun. Jetzt weiß er nicht mehr, wo er noch was machen könnte und sitzt rum und ...»
Aha, denkt Ulla, da haben wir's. Alice will sich über Axel beklagen. Wie üblich. Nur daß es früher immer darum ging, daß er so selten zu Hause war. «Sei doch froh, daß er sich Ruhe gönnt», sagt Ulla schnell. Aber sie bereut es im selben Augenblick. Es führt doch zu nichts. Ulla blättert zerstreut in der Zeitung.
«... und ich bewundere deine Mutter immer, wie sie mit allem fertig wird. Ich habe schon gedacht, ob ich ihr nicht mal irgendwie helfen kann ...»
Ullas Blick fällt auf eine Anzeige für BHs. Eine ganze Gallerie von Busen ist dort abgebildet, aber an jedem ist, laut dem Werbetext, irgend etwas auszusetzen: Einer ist zu klein, einer zu groß, einer zu rund, der nächste hängt zu lang herunter, und so weiter und so weiter. Was sich alles durch einen BH beheben läßt! Jeder der abgebildeten Busen ist größer als ihrer. Sie sollte sich vielleicht doch einen BH mit Schaumgummieinlage kaufen ... Nein, Quatsch! Das würde alles noch schlimmer machen. Dann rennt sie mit einem riesengroßen Busen durch die Gegend,

oder auch nur mit einem ganz normalen, und wenn sie ihren BH auszieht – o Schreck laß nach, das wäre ja noch peinlicher!
«Ja, dann grüß bitte Hanne von mir und richte ihr aus, daß sie mich ruhig anrufen kann, wenn sie jemanden braucht, der ihr zur Hand geht.»
«Ja, vielen Dank, Alice. Ich werd's ihr ausrichten», sagt Ulla eine Spur ungeduldig.
Hanne wird vor Begeisterung in die Luft springen, wenn sie von Alices Angebot hört!
Alice hat die Ungeduld in Ullas Stimme bemerkt. «So, nun hab ich aber auch lange genug geredet. Entschuldige bitte, Ulla, du hast ja sicher noch etwas anderes vor.»
«Ja, ich muß gleich los.»
Nach dem Austausch etlicher Abschiedsfloskeln legt Ulla auf.
Ihr kommt der Gedanke, daß ihre Listen ihr nicht helfen. Sie braucht eine andere Liste: ein PROBLEMVERZEICHNIS!
Sie reißt das obere Blatt vom Block, hebt es aber sicherheitshalber auf. Dann schreibt sie auf das neue Blatt:

Probleme
und was kann ich tun, um sie zu lösen.
Eva
Die Zukunft
Hans-Jørgen
Männer insgesamt

Weiter kommt sie nicht. Sie hört den Schlüssel in der Tür. Schnell versteckt sie die Zettel.
Hanne kommt nach Hause.

Jahre oder Zentimeter

Hanne sieht etwas müde, aber zufrieden und munter aus. Anders als sonst, denkt Ulla. Wie jemand, der gerade einen langen Spaziergang gemacht hat. Wunderbar!

Soll ich sie ausfragen? Vielleicht lieber erst später.
Hanne lächelt etwas unsicher, dann gibt sie Ulla einen Kuß. Sie duftet frisch. «Na, wie war's, Ulla?»
Schön, fangen wir mit mir an, denkt Ulla. «Hm, am Anfang ganz gut, aber später dann nicht mehr. Ich bin früh gegangen, hab den Bus noch gekriegt.» Damit gibt sie ihrer Mutter indirekt zu verstehen, daß sie allein nach Hause gegangen ist und daß das Fest kein großer Erfolg für sie war.
«Was war denn?» fragt Hanne vorsichtig.
«Ach, mit Carsten ... Ich weiß nicht, ob du ihn kennst. So ein Jurist, weißt du ... der flotte Typ, mit dem ich einmal getanzt habe.»
«Ich habe ihn gesehen, sah gut aus.»
«Er hat mich stehenlassen. Wegen irgend so einer dummen Schnalle, die sich ihm an den Hals geworfen hat. Kann auch sein, daß *er* sich *ihr* an den Hals geworfen hat ... Ich weiß nicht.»
«Schade. Und hast du nicht versucht ...»
«Nein, ehrlich gesagt, hab ich keine Lust, hinter einem Typen herzulaufen! Soll ich etwa um ihn werben? Ich hätte auch gar keine Chance gehabt, so wie die schon ineinandergekrochen sind. Da wollte ich dann nicht noch zugucken ... Es war übrigens Eva.»
«Eva? Na, wenn Carsten den Typ vorzieht ... ist es dann nicht besser, von vornherein die Finger von ihm zu lassen?»
«Mensch, du hast gut reden! Bei dir hat's ja auch geklappt!»
«Wie bitte?» Hanne grinst verschmitzt.
«Du weißt genau, was ich meine. Aber wenn du keine Lust hast, brauchst du mir nichts zu erzählen. War er nett?»
«Ja, sehr. Er ist Erzieher in einem Kindergarten.»
«Wollt ihr euch wiedersehen?»
«Er möchte es gern, aber ich bin mir nicht sicher. Diesmal hat es sich eben so ergeben. Aber ob ich den Mut habe, ihn wiederzutreffen, weiß ich noch nicht.»
«Wovor hast du Angst? Man bereut doch immer nur die Dinge, die man *nicht* gemacht hat.»
«Diesmal hast *du* gut reden.»

«Ich? Wieso?»
«Aber Ulla ...»
«Du gehst zusammen mit deiner Tochter auf ein Fest, und drei Stunden später flatterst du mit einem hübschen jungen Mann davon! Ist doch super!»
«Da hast du's: Du findest es, wie du sagst, super, daß deine Mutter mit zu einem zwölf Jahre jüngeren Mann nach Hause geht. Und siehst überhaupt nicht, wie hoffnungslos das Ganze ist! Was soll denn so einer mit mir?»
«Das wirst du schon noch merken! Und außerdem solltest du lieber darüber nachdenken, was *du* mit *ihm* willst!»
Hanne schüttelt den Kopf. «Ich hab keine Lust, für einen jungen Mann die Mutter zu spielen. Als Mutter kann ich mich bei dir und Pelle austoben!»
«Aha, ist er so einer? Braucht er eine mütterliche Frau? *So* jung und unerfahren sah er eigentlich nicht aus.»
«Unerfahren – nein, das ist er wohl nicht», sagt Hanne und hat Mühe, ein Kichern zu unterdrücken. Ernst fährt sie fort: «Er hat jedenfalls mehr Erfahrung als ich. Aber verstehst du denn nicht, Ulla? Das Ganze ist doch völlig verrückt!»
«Hast du dich bei ihm alt gefühlt?»
Hanne antwortet nicht.
«Du siehst auch überhaupt nicht alt aus – jetzt zum Beispiel. Und gestern abend auch nicht!»
«Ich weiß, ich sehe verhältnismäßig jung aus. Und ich habe mich auch irgendwie jung gefühlt bei ihm. Es hat Momente gegeben, in denen mir der Altersunterschied zwischen uns gar nicht bewußt gewesen ist. Aber das ist eine Täuschung, denn er *besteht* ja, der Altersunterschied, das ist das Problem, verstehst du?»
«Nein», sagt Ulla. «Wenn du mit ihm zusammen bist, hast du das *Gefühl*, daß es zwischen euch keinen Altersunterschied gibt. Wo also liegt das Problem?» Ulla weiß, daß sie ihre Mutter provoziert. Natürlich sieht sie das Problem. Aber daß es ihre Mutter trifft, ist ungerecht. Genauso ungerecht wie die Tatsache, daß sie selbst mit einem unterdimensionalen Busen durch die Gegend laufen muß. Ihr wird plötzlich klar, daß sie beide irgendwie im gleichen Boot

sitzen. Daß sie beide ihren Marktwert haben und nicht selbst darüber bestimmen können. Daß es andere sind, die ihn ausrechnen – in Jahren oder Zentimetern. Das ist irrsinnig ungerecht.
«Ich kann doch nichts dagegen machen, Ulla. Ich hatte nicht einmal den Mut, ihm zu sagen, wie alt ich bin – und er war so höflich, mich nicht danach zu fragen.»
«Na bitte! Wenn es ihn nicht stört, kann es dir doch auch egal sein! Man muß das Leben leben, solange man lebt!»
«Fabelhaft!» Hanne macht sich lustig. Dann sagt sie: «*Du* kannst so reden. Du bist, soweit ich weiß, noch nie mit einem Jüngeren zusammengewesen.»
«Stimmt. An Typen unter zwanzig hatte ich nie Interesse. Aber es stört mich ja auch nicht, mit einem Mann zusammen zu sein, der zehn, zwölf Jahre älter ist als ich. Christian zum Beispiel, kannst du dich noch an ihn erinnern? Dem hat es doch auch nichts ausgemacht, mit einer zehn, zwölf Jahre Jüngeren zusammen zu sein. Ich verstehe nicht, wieso es ein Problem für dich ist, die Ältere zu sein.»
«Das wirst du merken, wenn du älter bist.»
«Glaube ich nicht!»
«Ein 27jähriger Mann und ein 17jähriges Mädchen – das ist doch normal, darüber denkt man gar nicht mehr nach.»
«Und warum ist es umgekehrt ein Problem?»
«Unter anderem, weil eine Siebzehnjährige hübsch ist und glatte Haut hat und aussieht, wie ... na, wie ein Mädchen eben aussehen soll!» antwortet Hanne ziemlich erregt. «Und du weißt doch genau, wie ich aussehe, wenn ich nichts anhabe!»
«Du siehst hübsch aus», sagt Ulla ehrlich. «Ich kann dir nicht sagen, wie und warum, aber du siehst hübsch aus, auch wenn man sieht, daß du nicht mehr zwanzig bist.»
«Hier, sieh dir das an!» Hanne zeigt auf ein Foto in der Zeitung. «Ein junges Mädchen und ein älterer, erfahrener Mann!»
«Das ist ein Reklametrick! Die benutzen bewußt die alten Muster. Die Leute sollen glauben, daß es hier um *sie* geht und daß das Zeug für *sie* bestimmt ist. Sie sollen losstürzen und kaufen!»

«Sie sollen sich identifizieren können, und das tun sie, weil es immer nach den alten Mustern ging, weil es immer so war. Ich würde mich mit Lars kaum auf die Straße wagen. Die Leute würden denken, ich halte ihn aus – oder er ist mein Sohn!»
Ulla lacht. Dann sagt sie: «Aber wenn du durchschaust, warum die Werbung das Klischee Mann-älter-als-Frau verbreitet, dann brauchst du doch nicht darauf reinzufallen!»
«Wenn das so leicht wäre!» Hanne seufzt. «Was einem von früh bis spät in den Kopf gehämmert wird, glaubt man schließlich, auch wenn man weiß, daß es die Werbung ist, die das sagt.» Sie überlegt einen Moment, dann fügt sie hinzu: «Besonders wir Frauen sollen glauben, daß wir jünger werden, wenn wir den Mist kaufen. Im Grunde ist das alles eine Riesensauerei!»
«Klingt ja richtig emanzipiert!»
Hanne zieht die Schultern hoch. «Ich fange langsam an zu begreifen, mit was für beschissenen Tricks der Kapitalismus arbeitet.»
«Aber Mutti, dann mußt du das, was du weißt, auch anwenden. Du mußt demonstrieren, daß es auch anders geht!»
«Du stellst dir das so einfach vor, Ulla. Du hast dieses Problem nicht. Deshalb verstehst du auch nicht, wie schwer es für mich ist.»
«Okay, aber ich habe auch Probleme, andere Probleme. Kannst du dir etwa vorstellen, wie es ist, so flachtittig rumzulaufen?»
Ihre Mutter sieht sie verblüfft an. «Was soll denn dieses gräßliche Wort?»
«Flachtittig! Ich habe flache Titten. Und ich weiß es! Ich muß jedesmal daran denken, wenn ich mit einem Typen zusammen bin. Immer ...»
Es dauert eine Weile, bis Hanne etwas sagt.
«Ich hätte nicht gedacht, daß dich das so stört.»
«Ja. Weil ich nie was gesagt hab. Ich wollte auch nicht mit dir darüber reden. Ich hab immer so getan, als ob nichts wäre ...»
Hanne sagt nichts. Beide denken nach. Dann sagen plötzlich beide gleichzeitig:
«Ja, aber ...»

Beide müssen lachen. Ulla fährt fort: «Aber ich will nicht, daß du so schnell aufgibst! Wenn Lars dich gern wiedersehen möchte – pfeif doch auf die Leute.»
Hanne antwortet nicht. Sie protestiert auch nicht. Ulla wechselt das Thema. Hanne wird bestimmt noch einmal darüber nachdenken. Und die Zeichen stehen gut. Sie sieht nicht aus wie eine Frau, die aufgegeben hat.
«Übrigens, Alice hat angerufen», sagt Ulla.
«Hast du ihr gesagt, wo ich war?»
«Glaubst du, ich bin doof? Ich habe mich nur für dich gefreut, daß du nicht da warst.»
«Was wollte sie denn?»
«Was sie in Wirklichkeit wollte, weiß ich nicht. Sie hat irgendwas von irgendeinem Kochbuch gesagt. Sie wollte es dir leihen und hier vorbeibringen. Und dann soll ich dir noch ausrichten, daß du dich melden sollst, wenn sie dir irgendwie helfen kann.»
Hanne seufzt.
«War ziemlich mühsam», fügt Ulla hinzu.
«Ich kenne andererseits wirklich niemanden, der so hilfsbereit ist wie Alice», sagt Hanne.
«Weißt du, jedesmal, wenn sie anruft, habe ich den Verdacht, daß Alice irgendwie darauf aus ist, dich einzuwickeln. Sie will dir was verkaufen. Zum Beispiel ihr albernes Kochbuch. Das du dann mit einem Zweistundengespräch bezahlen mußt.»
«Meine Güte, bist du mißtrauisch! Es gibt sicher eine Menge an Alice auszusetzen – und wir sind auch nicht mehr so gut befreundet –, aber auf der anderen Seite machen die beiden auch eine schwere Zeit durch. Ich hab mir schon überlegt, ob ich nicht irgend etwas für sie tun kann.»
«Du solltest ihr mal einen Tritt in den Hintern geben! Mehr kannst du gar nicht für sie tun. So wie die sich immer mit ihrer Arbeit und mit ihren Pflichten hat!»
«Axel ist jetzt zu Hause, da muß sie sich mehr um alles kümmern.»
«Wieso? Sie können doch den Haushalt zusammen machen!»

«Eben nicht! Jahrelang hatten sie ihre Arbeitsteilung; das Geld verdiente er, und sie sorgte für alles im Haus. Axel wird sich jetzt nicht plötzlich umstellen können.»
«Er hat Zeit genug, es zu lernen. Außerdem ist er sehr praktisch veranlagt.»
«Ich weiß nicht. Ich glaube, wenn er plötzlich im Haushalt arbeiten müßte, würde er Minderwertigkeitskomplexe bekommen. Das würde alles nur noch schlimmer machen.»
«Ja, ja, er als Mann hat's nicht leicht», sagt Ulla höhnisch. «Mich macht das rasend, daß alle Leute immer schon im voraus aufgeben!»
«Aha. Das galt wohl auch mir, wie?»
«Nein, du wirst es schon hinkriegen!»
KLACK, KLACK, KLACK. Holzschuhe auf der Treppe.
«Das ist Pelle!» Hanne fährt erschrocken auf. «Und ich sitze hier noch in meiner Partyaufmachung!»
«Macht doch nichts. Pelle ist groß genug, um den Realitäten des Lebens ins Auge zu sehen!» sagt Ulla.
Entweder ist Pelle ausgesprochen höflich, oder er merkt es gar nicht. Er ist zufrieden mit seinem Wochenende. Er hat Pernille bis zehn Uhr nachts Geschichten vorgelesen.
«Und weißt du, was ich von Vati gekriegt hab, Mutti? Hundert Kronen!»
«Fürs Babysitten?»
«Nein, einfach nur so. Und weil ich so gut in der Schule bin. Als Zuschuß für mein Moped.»
«Ist ja reizend!» braust Ulla auf. «Ich möchte mal wissen, warum er dich immer finanziert? Ich bin schließlich auch noch da!»
«Wann gibt's was zu essen?» fragt Pelle unbekümmert. «Ich hab Hunger!»
«Mach dir doch was!» antwortet Ulla.
Aber Hanne steht schon auf, um sich umzuziehen. Es ist ja auch schon spät.
«Übrigens, Mutti», ruft Ulla ihr nach, «was heißt *Reproduktion der Arbeitskraft*?»
«Augenblick!» ruft Hanne aus ihrem Zimmer.

«Eine Reproduktion ...?» grübelt Pelle laut. «Ist das nicht ein Gemälde, das in Wirklichkeit kein echtes Gemälde ist?»
«Hm. Es muß noch etwas anderes bedeuten. Ein Typ hat es gestern abend gesagt. Muß irgendwas Politisches sein.»
Hanne kommt zurück. Sie hat jetzt wie üblich lange Hosen an. Sie holt Kartoffeln und Karotten aus der Speisekammer. Ulla steht auf und hilft ihr.
«Reproduktion der Arbeitskraft? Das hat etwas damit zu tun, daß die Arbeitgeber dafür sorgen, daß die Arbeiter ihren Lohn kriegen, damit sie zu Hause Essen auf dem Tisch haben und jeden Morgen wieder frisch gestärkt an ihrem Arbeitsplatz erscheinen ...»
«Aber was hat das mit einer Reproduktion zu tun?» fragt Pelle.
«Mit Reproduktion ist in diesem Fall die Wiederherstellung, die neue Hervorbringung der Arbeitskraft gemeint», antwortet Hanne. «So wie ein Gemälde nachgeschaffen, reproduziert wird, so muß die verausgabte Arbeitskraft neu geschaffen werden, damit der Arbeiter jeden Tag wieder frisch und munter ist.»
«Hm», macht Pelle.
«Außerdem werden immer neue Arbeiter gebraucht – Arbeiterkinder. Es muß ja jemand da sein, der weiterarbeitet, wenn die alten Arbeiter verbraucht sind. Und für diese Kinder muß gesorgt werden. Sie müssen in einer Familie aufwachsen und brauchen etwas zu essen und so weiter. Unter anderem bedeutet Reproduktion der Arbeitskraft genau das, was ich hier gerade mache.»
Sie schält energisch an ihrer Kartoffel los.
«Sicher, der Staat trägt auch dazu bei – mit Schulen und Kindergeld und so weiter. Und ein klein wenig auch die Betriebe, zum Beispiel mit dem Schwangerschaftsurlaub. Aber im praktischen, täglichen Leben sind es in unserer Gesellschaft die Frauen, die sich im wesentlichen darum kümmern. Ohne Lohn, versteht sich. Unbezahlte Arbeit. Es ist unsere Aufgabe, heißt es.»

Sie nimmt eine neue Kartoffel.
«Und ist es das denn nicht?» fragt Pelle. Ganz wohl scheint ihm aber bei dieser Frage nicht zu sein.
«Dreimal darfst du raten!» Ulla sieht ihn wütend an. Pelle sagt nichts.

Unsichtbar

Wenn Ulla zur Arbeit geht, steht sie lange vor den anderen auf. Ihre Mutter steht jeden Morgen zusammen mit Pelle auf, um Frühstück zu machen und dann mit ihm Kaffee zu trinken – obwohl sie jetzt eigentlich länger schlafen könnte. Aber zu der Zeit ist Ulla schon lange aus dem Haus.
Normalerweise schafft sie es gerade noch, sich eine Tasse Tee – mit Teebeutel – und ein Käsebrot zu machen. Dann schleicht sie hinaus. Sie versucht leise zu sein, Hanne hat einen sehr leichten Schlaf.
Ein Glück, daß ich ein Morgenmensch bin, denkt sie, als sie ihr Fahrrad holt. Oder genauer gesagt, eine Morgenfrau. Morgenfrau – ein schönes Wort! Die meisten, die morgens im Krankenhaus saubermachen, sind Frauen. Natürlich, ist ja klar – so sind sie mit der Arbeit fertig, wenn ihre Kinder aus der Schule kommen. Na, bei mir wäre das anders. Entweder würde ich gar nicht erst Kinder kriegen oder die müßten sich daran gewöhnen, allein zurechtzukommen. Oder ich würde in eine Wohngemeinschaft ziehen – wie Eva.
Im Krankenhaus hält sie vorsichtig nach Eva Ausschau. Aber Eva ist nicht zu sehen. Zum Glück. Eigentlich schade, daß sie Eva plötzlich aus dem Weg zu gehen versucht. Sie hätte gern über vieles mit ihr geredet. Aber seit dem Fest ist ihr die Lust dazu vergangen.
Eva ist in einer Frauengruppe. Aber wenn das solidarisches Verhalten sein soll: Sich auf den Typen einer anderen stürzen, wenn die nur mal kurz den Rücken dreht!

Ulla versteht es immer noch nicht ganz. Sie hätte Eva das nie zugetraut. Wie man sich doch täuschen kann ...
Jetzt bleibt ihr nur noch Lis-Jytte, wenn sie im Krankenhaus mal mit jemandem reden will. Mit den anderen grüßt sie sich zwar, mehr aber auch nicht. Für die meisten in ihrem Alter ist die Arbeit hier der Anfang einer Ausbildung. Es sind hauptsächlich Mädchen, aber auch einige Männer.
Richtige «Morgenfrauen» auf dieser Station sind nur Lis-Jytte und sie.
Lis-Jytte arbeitet schon im Spülraum.
«Morgen!» sagt Ulla fröhlich.
«Morgen.»
«Na, frisch und munter?»
Normalerweise ist das Lis-Jyttes allmorgendliche Floskel. Aber heute zieht sie nur die Schultern hoch und sagt matt: «Wie ein Fisch auf dem Trockenen ... Der Kleine hat Ohrenschmerzen ... die ganze Nacht hat er geweint. Ich kann ihn so nicht einmal in den Kindergarten bringen.»
«Was hast du gemacht?»
«Ich hab Kai gesagt, er soll ihn zu den Nachbarn bringen, wenn er nachher geht. Jetzt hoffe ich nur, daß er nicht soviel brüllt, sonst nehmen sie ihn nie wieder. Und ich weiß wirklich nicht, was ich dann machen soll.»
Ulla sieht Lis-Jytte besorgt an. Lis-Jytte ist ein fröhlicher Typ und läßt sich so leicht nicht aus der Ruhe bringen. Sie hat Schwierigkeiten mit ihrem Rücken, aber heute stöhnt sie mehr als sonst, während sie die vollen Plastikeimer auf den Wagen hebt.
Ulla hat eine Idee: «Weißt du was, hau doch einfach früher ab! Ich mache den Rest für dich!»
«Du spinnst! Ich kann doch nicht einfach weggehen!» Lis-Jytte schüttelt den Kopf.
«Warum denn nicht! Du mußt natürlich der Mortensen Bescheid sagen.»
Lis-Jytte sieht ganz unglücklich aus. «Ich geh nicht gern zu der Mortensen. Ich weiß nicht, was ich ihr sagen soll ...»

«Sag doch einfach, was ist!»
«*Einfach* ist gut!»
«Das kann doch nicht so gefährlich sein! Sie wird dich schon nicht auffressen.»
«Ich traue mich nicht, mehr zu fehlen als unbedingt nötig.»
«Aber wenn dein Sohn krank ist...»
«Ich kann mir nicht Vorstellen, daß das die Mortensen rührt.»
Ulla überlegt. «Und Kai? Kann der nicht mal zu Hause bleiben?»
«Bist du wahnsinnig! Das können wir uns nicht leisten! Er verdient mehr in der Stunde als ich!»
«Ach so. Ich dachte, er ist auch Ungelernter.»
«Stimmt. Trotzdem verdient er mehr.»
«Wieso verdient er mehr als du?»
«So ist das nun mal.»
Ulla weiß nichts mehr zu sagen.
«Schon gut», meint Lis-Jytte und schiebt den Reinigungswagen zur Tür. «Mach dir keine Sorgen. Ich komme schon zurecht.» In der Tür hält sie an. «Im Grunde müßte man die Kinder mitbringen dürfen, wenn sie krank sind.»
«Versuch's doch mal!»
Lis-Jytte lacht laut auf. «Stell dir mal die Gesichter vor! Nein, ich sehe zu, daß ich schnell nach Haus komme.»
Ulla hat sich den großen Kittel angezogen und schiebt jetzt ihren Wagen in die entgegengesetzte Richtung des langen Flurs. Vor ihr liegen einige Stunden schwerer Arbeit. Reden kann sie jetzt mit niemandem. Lis-Jytte trifft sie nur in den Kaffeepausen.
Ulla ist mit ihrem Job zufrieden. Sie weiß ganz genau, was sie wo machen muß, und was gemacht ist, ist fertig. Es ist eine körperlich anstrengende, aber auch nicht allzu schwere Arbeit. Und sie ist jung und kräftig. Nur einmal im Monat, kurz vor der Menstruation, kriegt sie bei dieser Arbeit Rückenschmerzen.
Sie ist aber auch erst knapp ein Jahr hier. Von Lis-Jytte weiß sie, daß die Rückenschmerzen mit den Jahren zunehmen und nicht nur einmal im Monat auftreten. Obwohl die Reinigungswagen

so konstruiert sind, daß nur ein Minimum an Bewegung notwendig ist.
Auch mit dem Teil der Station, in dem sie saubermacht, ist Ulla zufrieden. Sie arbeitet im Erdgeschoß, in der Abteilung für Haut- und Geschlechtskrankheiten. Es ist ein verantwortungsvoller Job. Sie mag gar nicht daran denken, was alles passieren kann, wenn sie bei ihrer Arbeit pfuscht oder unvorsichtig ist.
Die meisten Leute, die hierherkommen, sehen so aus, als hätten sie große Angst davor, sich anzustecken. Sie wagen es kaum, die Illustrierten im Wartezimmer anzufassen, die allerdings auch so aussehen, als wären sie schon durch Hunderte von Händen gegangen. Ulla muß mit der Arbeit im Wartezimmer fertig werden, bevor die Sprechstunde beginnt. Manchmal macht sie extra langsam, um sich noch eine Zeitlang die Patienten anzusehen.
Manche sinken auf ihrem Stuhl zusammen und blicken nur kurz auf, wenn ein neuer Patient hereinkommt – als hätten sie fürchterliche Angst, einen Bekannten zu treffen. Andere kommen hereinstolziert, lassen sich auf einen freien Stuhl fallen, zünden sich trotz Rauchverbot eine Zigarette an und warten, als ob sie sich die Haare schneiden lassen wollten, oder als ob sie es gewohnt wären, ihre Geschlechtsorgane untersuchen zu lassen. Aber wahrscheinlich ist ihnen in Wirklichkeit genauso mulmig wie den anderen, und sie wollen mit ihrem übertrieben lässigen Auftreten nur ihre Nervosität verbergen. Wieder andere kommen ganz natürlich herein und tun weder lässig und welterfahren, noch haben sie das Bedürfnis, sich zu verstecken. Hauptsächlich sind das die Jüngeren – Frauen wie Männer. Leute wahrscheinlich, die es dank einer vernünftigen Erziehung gewohnt sind, die Dinge beim Namen zu nennen. Oder sie waren schon öfter hier, denkt Ulla. Wie ich. Beim erstenmal war es ihr mehr als unangenehm. Beim zweitenmal wußte sie schon Bescheid und nahm alles gelassen hin. Hanne hat ihr vor langer Zeit einmal beim Aufstellen einer Liste geholfen, in der alle öffentlichen Krankenhäuser mit den jeweiligen Sprechstundenzeiten aufgeführt sind, damit sie so schnell wie möglich zur Untersu-

chung gehen kann, wenn sie feststellt, daß mit ihrem Unterleib irgend etwas nicht in Ordnung ist.
Daß Ulla an nichts anderes als an Sex denkt, stimmt nicht. Aber die Umgebung ermuntert sie dazu. Irgendwie hat es auch mit der Arbeit zu tun. Und bei der Wärme hier ist es fast unerträglich, unter dem Kittel noch etwas anderes anzuhaben. Ein tolles Gefühl, mitten im Winter so leicht bekleidet rumzulaufen. Sie spürt ihren Körper so viel intensiver. Fühlt sich selbst. Sicher ist es kein Zufall, daß Ullas Johannes-Phantasie hier im Krankenhaus spielt. Die Gedanken an Sex kommen hier ganz von selbst. Manche Leute behaupten, die Verkäuferinnen in Bäckereien seien allesamt geil, weil sie in der Wärme arbeiten und nie etwas unter ihren Kitteln anhaben. Ob das stimmt? Sicher ein Männer-Märchen.
Ich möchte wissen, ob es auch über Putzfrauen solche Männermärchen gibt. Geschichten von weiblichen Hinterteilen, die in die Höhe ragen und im Takt der Schrubber hin und her schwingen?
Ulla hat so etwas einmal in einem Pornoheft gesehen. Aber es kommt nur sehr selten vor, daß Männer sie oder die anderen Hilfsputzfrauen anmachen. Das Reinigungspersonal, wie es höflich heißt, ist ja gewöhnlich auch längst von der Bildfläche verschwunden, wenn die Herren Ärzte die Szene betreten.
Hat man etwa jemals davon gehört, daß ein Arzt eine Putzfrau geheiratet hat? So etwas passiert nicht einmal in Groschenromanen. Wenn überhaupt, dann heiratet ein Arzt seine Sekretärin oder eine MTA oder allenfalls eine Krankenschwester. Und nicht eine Frau ohne Ausbildung, mit roten rissigen Händen und dunklen Ringen unter den Augen. So eine Frau sieht ein Arzt doch überhaupt nicht.
Komisch, denkt Ulla, nie gesehen zu werden ... Irgendwie ja auch ganz gut. Man braucht sich nicht zu verstellen. Leben sie nicht in einer anderen Welt, diese feinen Akademiker? In einer Welt der Atriumhäuser und Segelyachten? Und ich? Ich bin Lis-Jyttes Arbeitskollegin. Wir reden und flaxen miteinander, aber trotzdem wissen wir beide, daß ein Unterschied zwischen uns

besteht. Ich bin länger zur Schule gegangen als Lis-Jytte. Sie hat nie die gleichen Chancen gehabt wie ich. Wenn ich wollte, könnte ich auf der Stelle etwas ganz anderes anfangen. Das kann Lis-Jytte nicht, außer sie macht etwas völlig Ungewöhnliches. Aber woher sollte sie die Kraft dafür nehmen?
Wozu soll ich mich noch durch eine Ausbildung quälen? Ich habe ein angenehmes ungebundenes Leben! Und es kann viel geschehen, wenn man am wenigsten damit rechnet. Man muß nur aufpassen, daß man sich nicht einfangen läßt.
Wie zum Beispiel Pelle! Er ist auf dem besten Weg zu einer richtigen Karriere, mit Frau und Kindern, Auto und Tiefkühltruhe und dem ganzen Scheiß. Pelle wird einmal genau so werden wie sein Vater. An seiner Art zu reden merkt man schon jetzt, wie er zu Vaters Milieu hinstrebt. Und selbstverständlich sollte damals er dort hinziehen und nicht ich. Aber aus irgendeinem Grund läßt man die Jüngsten immer bei der Mutter wohnen. Wahrscheinlich wäre Pelle heute noch schlimmer, wenn er bei seinem Vater wohnen würde.
Bei unserem Vater, müßte ich wohl sagen, denn er ist ja der Vater von uns beiden. Kaum zu glauben. Ulla wird nie vergessen, wie er immer mit der Uhr in der Hand auf der Türschwelle stand, wenn sie abends nach Hause kam. Okay, sie hat früh angefangen, ihre eigenen Wege zu gehen. Früher als viele andere Mädchen. Sie weiß selbst nicht, wie es dazu kam. Aber es hing wohl eben damit zusammen, daß ihr Vater sie immer mit der Uhr in der Hand erwartete. Sie wußte nicht, was sie tun sollte, und war auch zu unsicher, um mit ihm darüber zu sprechen – und zu alt, um ihn anzuspucken. Denn das hätte sie am liebsten getan. Statt dessen ist sie einfach weggeblieben. Manchmal mehrere Tage hintereinander.
Für sie war das die einzige Möglichkeit, so jedenfalls sieht sie es heute. Eine freie Wahl war das nicht. Und jetzt? Ich soll zur Schule gehen und mich frustrieren lassen, bis ich platze? Nein! Ich habe auch so genug gelernt. Ich habe Menschen kennengelernt, die mich alle irgendwie weitergebracht haben, die mir gezeigt haben, wer ich selbst bin, durch die mein Körper mir ver-

Sprüche vom Sparen…

Wer einen Sparstrumpf hat…

... der kriegt nicht so schnell kalte Füße. Die Hand, von der man in den Mund lebt, sollte sich gewaschen haben. Was auf der hohen Kante liegt, schützt vor Torheit nicht. Von dem, was einer im Rücken hat, bekommt er keine Bauchschmerzen. Wer etwas auf der Bank liegen hat, kann sich ruhiger zu Bette legen.

Pfandbrief und Kommunalobligation

die mit dem hohen Zins – und der großen Sicherheit – sobald man dem Sparbuch entwachsen ist

Verbriefte Sicherheit

trauter geworden ist. Und durch die ich langsam angefangen habe zu verstehen, wie unsere Gesellschaft aufgebaut ist und funktioniert – oder nicht funktioniert. Seither bin ich eigentlich nur noch mit Älteren zusammen.
Damals ist Ulla überall problemlos durchgeschlittert, und manchmal wundert sie sich heute noch darüber. Vielleicht lag es daran, daß sie immer mit Hanne in Verbindung geblieben ist. Hanne hat sich sicher Sorgen gemacht, als Ulla eigene Wege zu gehen begann. Sie war damals ja noch die ordentliche, gutbürgerliche Ehefrau. Und zugleich wohl auch etwas neidisch auf Ullas Freiheit. Jedenfalls hat sie immer zu Ulla gehalten und Vater beruhigt, wenn er sich aufregte.
Nachdem ihre Eltern sich hatten scheiden lassen, hielt übrigens auch Lisbeth immer zu Ulla. Und dann kam Pernille, und ihr Vater hatte solche Angst vor Zank und Streit im neuen trauten Heim, daß er sie machen ließ, was sie wollte. Was blieb ihm auch anderes übrig? Hätte er die Fürsorge zu Hilfe rufen sollen? Da wäre Ulla ihm zuvorgekommen. Eine irre Situation: Tochter ruft Jugendfürsorge zu Hilfe, weil ihr Vater sie tyrannisiert! Er war sicher froh, sie los zu sein ...
Nun läuft alles ganz gut. Ulla und Hanne unterstützen sich gegenseitig. Und nicht nur im Haushalt – darüber streiten sie noch genausoviel wie früher. Auch in vielen anderen Dingen kann eine die andere unterstützen: Ulla möchte ihrer Mutter helfen, mehr aus ihrem Leben zu machen. Und ihre Mutter kann ihr helfen, Antworten auf die vielen unbeantworteten Fragen zu finden: Ulla ahnt, daß alles, was sie erlebt und was um sie herum geschieht, irgendwie miteinander zusammenhängt, und daß sie die gesellschaftspolitischen Zusammenhänge erkennen muß.
Warum bricht Lis-Jytte fast zusammen, wenn ihr Kind Ohrenschmerzen hat?
Warum hacken Axel und Alice plötzlich aufeinander herum?
Warum muß sich Pelle mit diesen idiotischen Deutschbüchern herumschlagen und pauken wie ein Irrer?
Warum muß ich unsichtbar sein?
Es muß sich doch ein roter Faden durch alle diese Fragen ziehen.

Hanne kann ihr dabei helfen, ihn zu finden. Hanne ist nicht dumm und weiß viel, auch wenn sie nie auf einer Uni war. Das meiste hat ihre Mutter in ihrem Elternhaus gelernt. Die Großeltern, also die Eltern ihrer Mutter, haben politische Diskussionen nie gescheut. Die Dinge wurden beim Namen genannt. Und so war es auch die natürlichste Sache von der Welt, daß Hanne in der Gewerkschaft mitarbeitete. Bevor sie heiratete. Aber dann hat sie mit allem aufgehört ...

Wie konnte sie diese Seite von sich nur so viele Jahre lang unterdrücken – all die Jahre, die sie mit Vater verheiratet war? Ulla ist es unbegreiflich, daß die beiden geheiratet haben. Sie kommen aus zwei verschiedenen Welten – beinahe wie Ärzte und Putzfrauen.

Das hat sich auch deutlich gezeigt, als sie sich scheiden ließen. Von einem Tag auf den andern wurde Hanne von der *Gattin des Herrn Henning Møller, Dipl.-Ing.,* in die *Hanne Møller, kaufm. Angest., geschieden,* verwandelt. Mit entsprechender Senkung des Lebensstandards. Obwohl sie das Geld, das sie beanspruchte, auch bekam – darin hat Ullas Vater sich immer korrekt verhalten.

Jetzt ist Hanne seit fast anderthalb Jahren arbeitslos. Aber wenigstens langweilt sie sich nicht, denkt Ulla. Auf dem Tisch liegen immer stapelweise Bücher. Und außerdem wirft sie sich seit neuestem mit viel Elan und aller Kraft auf die Arbeit im Arbeitslosenausschuß der Gewerkschaft. Als wollte sie die Hausmütterchen-Jahre aufholen.

Ulla hat schnell und angestrengt gearbeitet. Jetzt ist sie völlig ausgepumpt. Sie kann nicht wie Lis-Jytte stundenlang gleichmäßig und ruhig vor sich hinarbeiten. Sie verausgabt sich – und muß öfter eine Pause machen. Typisch! Sie setzt sich auf einen dieser unbequemen Krankenhausstühle. Einen Moment Pause. Plötzlich steht die Mortensen vor ihr. Ausgerechnet! Sie sagt nichts, sieht Ulla nur mißbilligend an. Okay, ich mache ja schon weiter, denkt Ulla und steht stöhnend auf. Sie weiß, daß die Leute nach ihrem Job Schlange stehen. Also, bloß keinen schlechten Ein-

druck machen! Immer schön eifrig tun. Kotz! Spei! Der Tag ist noch lang. Und zu Hause ist heute Reinmachtag! Da geht dann der ganze Tanz noch einmal von vorn los!
Das bißchen Arbeit in der Wohnung läßt sich mit dem, was sie hier macht, zwar nicht vergleichen, aber es kann sie unheimlich aufregen, daß Pelle nie mitmacht. Seine Hilfe im Haushalt erschöpft sich darin, daß er den Müll runterbringt und ab und zu einkaufen geht. Nicht einmal Küchendienst hat er! Hanne will ihn offenbar schonen! Merkwürdige Einstellung!
Sie muß mal mit Pelle darüber reden.

Pelle der Eroberer

Inzwischen sind fast vierzehn Tage vergangen, und Ulla hat immer noch nicht mit Pelle geredet. Sie hat sich überlegt, daß es vielleicht besser ist, wenn sie zuerst mit Hanne darüber spricht. Aber Hanne versteht nicht, worauf Ulla hinauswill.
«Also, ich möchte das wirklich nicht mehr hören!» sagt Hanne. «Immer und ewig hackst du auf Pelle rum. Ich will nicht, daß du hier Unfrieden stiftest!»
«Meine herzallerliebste Mutter! Ich wußte gar nicht, daß du vor Auseinandersetzungen kneifst! Du willst dir also deinen Scheinfrieden erhalten?»
«Was meinst du denn *damit*?»
«Pelle hat dich völlig in die Tasche gesteckt! Hier zu Hause bestimmt er doch, wo's langgeht!»
«So. Und das möchtest lieber du bestimmen?»
«Nein! Nicht ich, *du* sollst sagen, wo's langgeht!»
«Es müßte doch möglich sein, daß wir drei das gemeinsam entscheiden ...» sagt Hanne seufzend. «Ich bringe es nicht fertig, jemanden zu etwas zu zwingen, wozu er keine Lust hat. Entweder es kommt von selbst ...»
«Glaubst du wirklich, daß Pelle je von selbst ankommt? Wenn du nichts tust – freiwillig übernimmt der nie im Leben einen Teil

der anfallenden Hausarbeiten. Aber das mußt du wissen. Es geht ja hauptsächlich auf deine Kosten.»
«Misch dich da bitte nicht ein, Ulla. Für mich ist es so, wie es jetzt ist, am besten. Und ich möchte nicht, daß du alles umwirfst.»
Vor ein paar Jahren wäre Ulla aufgesprungen und hätte geschrien: Das ist doch gelogen, daß es so am besten für dich ist! Du hast doch bloß Angst vor Pelle! Jetzt geht sie diplomatischer vor. Sie beläßt es fürs erste dabei und zieht nur die Schultern hoch. Schade, Hanne war so fröhlich, ehe sie mit dem Thema anfingen. Anscheinend hat sie irgend etwas mit Lars vor. Das sieht Ulla auf den ersten Blick: Hanne hat sich die Haare gewaschen und hat die neuen Jeans an, die sie sich neulich gekauft hat, nachdem sie endlich die alte braune Trevirahose ausgemustert hatte. Ja, Hanne hat sich verändert. Aber sie braucht wohl noch etwas Zeit, bis sie auch ihre Ansichten geändert hat. Ulla wechselt das Thema.
«Mutti», sagt sie, «das wollte ich dich schon oft fragen: Warum heißt Pelle eigentlich *Pelle*?»
Hanne sieht sie an und zögert einen Moment, dann sagt sie: «Henning und ich waren der Meinung, daß die beiden l in euren Namen hübsch klingen. Henning hat diese Tradition ja dann bei Pernille fortgesetzt. Pelle Møller – findest du nicht, daß es gut klingt?»
«War das der einzige Grund? Hätte er genauso gut Palle heißen können?»
«So sollte er eigentlich ursprünglich heißen. Aber ich fand Pelle schöner. Liegt wohl daran, daß ich aus einer Arbeiterfamilie komme.»
«Pelle der Eroberer?»
Hanne nickt. «Ja. Wir hatten das Buch und haben oft darüber geredet. Zum Beispiel, daß die Möglichkeiten und Chancen der Kinder auch damals davon abhingen, in welcher gesellschaftlichen Schicht sie aufwuchsen. Und wie wichtig es ist, daß sie das erkennen, damit sie etwas dagegen tun können.»
«Und was hat Vater dazu gesagt? Hat er es verstanden?»

Hanne schüttelt den Kopf.
«Ich habe auch nicht damit gerechnet», sagt sie. «Wir haben gar nicht weiter darüber gesprochen ... jedenfalls nicht *so.*»
«Schade, daß es nicht ein Buch *Ulla die Eroberin* gibt! Das wäre stark!»
Hanne sieht zur Uhr.
«Wo Lars wohl bleibt? Wir kommen noch zu spät zur Sieben-Uhr-Vorstellung.»
Im gleichen Moment klingelt das Telefon.
Ulla hört an Hannes Stimme, an ihrem «ja», «nein», «also wirklich», daß es Alice sein muß. Einen Augenblick später klingelt es an der Tür. «Tut mir leid, Alice, ich muß jetzt Schluß machen», sagt Hanne. «Ich muß weg. Ich rufe dich wieder an, ja?»
Lars kommt herein. Wie üblich hat er seine ewige braune Kordhose an. Wie immer sieht er sympathisch und freundlich aus, denkt Ulla. Er kann sicher phantastisch mit kleinen Kindern umgehen. Immer ruhig, immer ausgeglichen – jedenfalls wenn er hier bei ihnen ist. Ein richtiger Pfeifenrauchertyp.
Während Hanne noch damit zu tun hat, sich aus dem Gespräch mit Alice zu winden, steht Lars am Tisch und sieht sich interessiert Hannes Bücherstapel an. Endlich legt sie auf.
«Was wollte sie denn?» fragt Ulla.
Hanne gibt Lars einen Kuß. Dann verzieht sie das Gesicht zu einer komischen Grimasse und sagt: «Gar nicht so leicht zu sagen. Und außerdem fällt es mir immer schwer, ernsthaft darüber zu reden. Also, sie hat gesagt, ich soll aufpassen, daß ich mich nicht überanstrenge. Ich sei schließlich nicht mehr ganz jung.»
Sie sieht Lars an, als hätte sie etwas Unpassendes gesagt. «Na, und dann noch, daß Axel ruhelos in der Wohnung rumläuft und nicht weiß, womit er sich beschäftigen soll. Und zum Schluß hat sie sich tausendmal entschuldigt, daß sie mir meine Zeit gestohlen hätte. Bloß weil ich gesagt hab, daß ich weg muß.» Hanne schüttelt den Kopf.
«Na, kommst du mit deinem Studium voran?» fragt Lars, während Hanne sich fertigmacht.
«Na ja, ich beiße mich gerade durch ein Lehrbuch der Betriebs-

wirtschaft. Ganz schön schwer. So als sollten gewöhnliche Sterbliche diese Wissenschaft gar nicht verstehen.»
«Tut dir ganz gut!» stichelt Lars. «Du bist schließlich nicht in den Ferien.»
«Ha! Du benutzt deine ach so aufreibende Arbeit doch nur als Vorwand, um mit mir nicht in einen anspruchsvollen Film gehen zu müssen! So – ich bin so weit. Mach's gut, Ulla. Und bitte stör Pelle nicht. Er arbeitet. Er muß zu morgen einen Deutschaufsatz machen.»
«Macht's gut. Viel Spaß.»
Hanne und Lars sind gerade zur Tür hinaus, als das Telefon klingelt. Ulla ist in der Küche. Sie hört, wie Pelle aus seinem Zimmer geschossen kommt und abnimmt. Ulla hört die Enttäuschung in seiner Stimme. Es ist Alice. Schon wieder!
Aber Pelle wimmelt sie schnell ab und geht schon nach kurzer Zeit wieder in sein Zimmer. Wessen Anruf er wohl erwartet hat? Ein Mädchen?
Pelle ist völlig anders, als Ulla in seinem Alter war. Damals war sie schon mittendrin im Geschehen – Feste, Musik, Männer. Sie kannte all die kleinen Kneipen in der Innenstadt und zog nie ohne Pessar in der Tasche los. Dafür hatte ihre Mutter gesorgt. Auch dafür, daß sie später eine Spirale eingesetzt bekam. Ob sie jetzt dafür sorgt, daß Pelle Präser in der Tasche hat?
Klar hat er Mädchen im Kopf. Auch wenn er ein Spätentwickler ist. Ich wüßte ja zu gern, ob er es auf ein bestimmtes Mädchen abgesehen hat, denkt Ulla. Aber irgendwie kann ich ihn so etwas nicht fragen. Hoffentlich hat er andere, mit denen er reden kann. Aber wen wohl? Er bringt selten Freunde mit nach Hause.
Ulla kann es nicht lassen. Sie steckt den Kopf zu Pelles Tür hinein. «Was hat sie denn diesmal wieder gewollt?»
«Sie wollte sich bei Mutti entschuldigen, daß sie ihr so viel Zeit gestohlen hätte», sagt Pelle und legt dabei den Zeigefinder an die Schläfe und dreht ihn kräftig hin und her. «Die ist nicht ganz dicht!»
«Sie langweilt sich.»

«Und Axel macht gerade seinen Abendspaziergang, hat sie noch gesagt.»
«Typisch! Tagsüber ist er ihr zuviel in der Wohnung, und kaum geht er abends mal fünf Minuten weg, hängt sie sich ans Telefon und schlägt die Zeit mit Tratschen tot!»
«Du –», sagt Pelle, «ich glaube, er traut sich tagsüber nicht raus.»
«Darf ich? Ich geh gleich wieder.» Sie setzt sich auf Pelles Bett. Ganz gemütlich hier. Viele Poster. Motorräder. Pelles Gitarre an der Wand. Schade, daß er nicht mehr spielt. «Wieso traut er sich nicht raus? Wie kommst du darauf? Meinst du, er hat Angst vor Vergewaltigerinnen?»
«Mann, kannst du nicht mal mit diesem Emanzengewäsch aufhören?» sagt Pelle gereizt. «Vergewaltigerinnen! Mußt du dich denn immer und ewig über die Männer lustig machen! Ich glaube, Axel geht es nicht gut. Ich glaube, er hängt den ganzen Tag zu Hause rum, weil er vor dem Gerede der Nachbarn Angst hat.»
«Was sollen die denn reden?»
«Zum Beispiel, daß er keine Lust hat, sich eine neue Arbeit zu suchen.»
Ulla sieht Pelle prüfend an. Könnte was Wahres dran sein. «Axel tut mir leid», sagt sie. «Meinst du, er schämt sich, daß er nicht zur Arbeit geht?»
«Genau!»
«Und daß er sich deshalb erst nach Feierabend rausschleicht?»
Pelle nickt. «Könnte ich mir gut vorstellen. Wenn ich an seiner Stelle wäre – mir wär's auch peinlich. Wie sieht denn das aus, wenn ein erwachsener Mann spazierengeht, während alle anderen arbeiten!»
«Er muß endlich lernen, sich darüber hinwegzusetzen! Es ist doch nicht *seine* Schuld, daß er arbeitslos ist.»
«Darum geht es nicht», sagt Pelle. «Axel war schon immer einer von der gemütlichen Sorte, und ich glaube, im Grunde gefällt es ihm ganz gut, Unterstützung zu kassieren und 'ne ruhige Kugel zu schieben.»

Ulla fährt auf. «Denkst du etwa, Axel ist freiwillig zu Hause? Und all die anderen Arbeitslosen? Glaubst du, es liegt an ihnen, wenn sie keine Arbeit kriegen?»
«Ja, schon. Wenn sie bereit wären, sich etwas mehr einzusetzen, würden sie sicher irgendwas finden. Nicht alle, natürlich. Aber die meisten sitzen einfach nur rum und hoffen, daß ihnen alles in den Schoß fällt. Und tun von sich aus überhaupt nichts mehr.»
«Sag mal, was glaubst du, warum Axel sich tagsüber nicht mehr aus dem Haus traut?»
«Weil er erkannt hat, daß er der Gesellschaft zur Last fällt und auf Kosten derer, die arbeiten, lebt.»
Ulla wünscht sich, sie wären noch kleine Kinder und sie könnte auf ihn losgehen und ihm eine runterhauen. Aber sie sind zivilisierte Menschen – und außerdem ist Pelle stärker. Ulla muß argumentieren. «Ist dir vielleicht aufgefallen, daß es in der gesamten EG Arbeitslosigkeit gibt? Und in der gesamten westlichen Welt? Und daß die Arbeitslosenraten ständig steigen. Bist du im Ernst der Meinung, das läge daran, daß die Arbeitslosen keine Lust zum Arbeiten haben?»
«Wie ich bereits vorhin sagte», erklärt Pelle in seiner selbstsicheren, überheblichen Art, die Ulla so reizt, daß sie ihm am liebsten schon wieder eine runterhauen würde, «sind natürlich auch anständige Leute unter den Arbeitslosen, die nichts dafür können. Aber du brauchst nur mal durch die Stadt zu gehen, und du wirst feststellen, daß die Leute mit ihrem faulen Leben ganz zufrieden sind.»
«Hat dein Vater dich mit diesem hirnrissigen Scheiß vollgepumpt? Oder blasen sie euch diesen Bockmist in der Schule ein?»
«Stell dir vor, ich kann selber denken!»
«Klingt aber nicht danach! Klingt eher nach der ganz alten Leier!»
«Mensch, ich bin doch nicht blind. Und taub auch nicht», sagt Pelle. «Die Gesellschaft ist das, was wir aus ihr machen, und in der Schule siehst du doch auf den ersten Blick, einige wollen was tun und andere nicht. Und die müssen dann auch die Konse-

quenzen tragen! Das heißt, im Grunde tragen *wir* die Konsequenzen – wir müssen für sie zahlen. Du glaubst gar nicht, wie viele in meiner Klasse immer noch nicht kapiert haben, daß nur selbständiges Arbeiten dich vorwärtsbringt!»
«Wie Pelle Møller, von Beruf Streber, es ihnen vorlebt!» sagt Ulla höhnisch.
«Du brauchst mich gar nicht immer Streber zu nennen. Ich bin auf gute Zensuren angewiesen, weil ich zur TH will. Und deshalb arbeite ich. Ist das etwa verboten!»
«Du bist ein arschkriecherischer Streber! Du bist keinen Deut besser als die, die in der Fabrik das Tempo hochtreiben! Je mehr du ackerst, um so mehr zwingst du die anderen, auch zu ackern, wenn sie mithalten wollen. Es ist deine Schuld, wenn sie die Leistungsschraube bei euch anziehen und wenn der Druck dadurch immer größer wird. Und das alles, damit du deine Scheißzensuren kriegst!»
«Na und?»
«Und ich mache jede Wette, daß du mit daran schuld bist, wenn der Streß in eurer Klasse immer stärker wird. Und daß du höllisch unbeliebt bist, weil du immer nur an deinen beknackten Vorsprung vor deinen Klassenkameraden denkst ... und arschkriechst.»
WUMM! Das hat gesessen. Ulla hat Pelles wunden Punkt getroffen. Ganz ruhig fügt sie hinzu: «Aber möglicherweise begreifst du es ja später, wenn du dein Abi und deine anderen Examen in der Tasche hast und *trotzdem* keinen Job kriegst.»
«Der Tüchtige wird immer gebraucht», sagt Pelle mit aufreizender Selbstsicherheit.
«Ja! Aber er darf sein Gehirn nicht für vernünftiges Denken gebrauchen! Gut, du wirst sicher einer der Auserwählten sein, wenn die Jobs verteilt werden. Aber glaub doch nicht, daß du mal die Arbeit kriegst, von der du jetzt träumst! Du rackerst dich für irgendeinen Scheißjob ab!»
«Ich werde nicht irgendeinen Scheißjob annehmen. Ich will Ingenieur werden, und dafür muß ich etwas tun. Die Zulassungsbestimmungen sind verdammt hart. Alles andere sind Sprüche.»

«Daran siehst du doch, wie geschickt das Ganze eingefädelt ist: durch Zulassungsbeschränkungen erreichen sie, daß die Leute immer mehr büffeln und daß dann nur die Besten ausgewählt werden. Dank der Jugendarbeitslosigkeit haben sie sowieso schon eine *große* Auswahl. Aber darüber hinaus wird so auch noch nach Qualität ausgesiebt. Und weißt du, auf wessen Kosten das alles geht? Auf Kosten der armen Schweine, die nicht so tolle Möglichkeiten haben wie du und die nicht ungestört über ihren Büchern sitzen und lernen können. Das sind die Verlierer bei diesem Spiel.»

«Ich habe genau die gleichen Voraussetzungen und Möglichkeiten wie die anderen in meiner Klasse!» sagt Pelle.

«So? Du hast zum Beispiel eine Mutter, die dich von vorn bis hinten bedient. Aber sicher bist du sowieso der Ansicht, daß es Mutters eigene Schuld ist, wenn sie arbeitslos ist. Mich wundert's nur, daß sie den Mut hat, sich tagsüber auf der Straße blikken zu lassen. Es müßte ihr doch *peinlich* sein!»

«Ich hab nur von Männern gesprochen», sagt Pelle. «Bei Frauen ist das was anderes.»

«Aha, was anderes! Und wieso, wenn ich fragen darf?»

«Das siehst du doch selber, falls du mit deiner Emanzipationsbrille und der roten Fahne vorm Gesicht dazu noch in der Lage bist. Würdest du dir Mutti nur ein einziges Mal genau ansehen, müßte dir doch auffallen, daß es ihr sehr viel besser geht als früher. Weil sie nicht richtig arbeitslos ist!»

«Wie bitte?»

«Sie ist nicht in demselben Sinne arbeitslos wie Axel», sagt Pelle und macht ein bedeutungsvolles Gesicht. «Es gefällt ihr, zu Hause zu sein. Das siehst du doch. Sie ist Hausfrau, genau wie früher. Warum sollte ihr das peinlich sein? Wenn du das nicht begreifst, dann fehlt dir offenbar die Achtung vor der Hausfrauenarbeit.»

Das Lied hat Ulla schon einmal gehört. Wo war das gewesen? Ach ja, Carsten, bei dem Fest! «Du dreckiger kleiner Schmarotzer!» schreit sie. Und mit schriller Stimme fügt sie hinzu: «Du redest, als wärst du Muttis Arbeitgber! Oder, als wäre sie *deine*

Frau! Du sitzt hier mit deinem dicken Arsch, ohne einen Finger zu rühren, und hast den Nerv, mir zu erzählen, *ich* hätte keine Achtung vor Muttis Arbeit! Glaubst du denn, es macht ihr Spaß, dich zu bedienen?»

«Ist doch nur natürlich. Sie kann ihr Können als Hausfrau anwenden, und ich finde, sie ist eine außergewöhnlich fähige Hausfrau.»

«Das ist Mutti also in deinen Augen!» schreit Ulla. «Die fähige kleine Hausfrau! O Mann! Was für ein Glück, daß ich nicht deine Frau werden muß, bei dem Lebensstil, den du gewohnt bist – mit DIENSTMÄDCHEN!»

«Ich muß noch Schularbeiten machen! Und im übrigen – warum soll eigentlich nicht jeder von uns das machen, was er am besten kann? So gesehen ist es für Mutti das Beste, wenn sie hier im Haushalt aufgeht. Daß wir beide davon profitieren, sehe ich auch.»

«Du schon! Aber laß mich bitte aus dem Spiel. Im Gegensatz zu dir helfe ich ihr nämlich soviel wie möglich. Und damit solltest du auch langsam anfangen.»

«Ach, hör doch mit deinem scheinheiligen Gelaber auf! Es paßt dir doch ganz gut in den Kram, daß Mutti nicht zur Arbeit geht.»

«Mir? Wieso?»

«Na, weshalb bist du denn sonst wieder zu uns gezogen?»

Das ist zuviel für Ulla. Sie springt auf und geht zur Tür. Sie wollte nicht mit Pelle streiten. Warum muß es immer wieder so ausgehen?

MÄRZ

Ein Abend in der Stadt

Ein paar Tage später macht Ulla sich abends auf den Weg zum Bus. Sie hatte schon seit langem vor, Bolette und Kim zu besuchen. Ihr ist klar, daß es ein schwieriger Abend wird. Zu vieles hat sich verändert. Normalerweise hat Ulla nichts gegen Veränderungen, aber in diesem Fall ist es etwas anderes. Ihre Freundschaft mit Bolette ist betroffen. Sie hat etwas verloren, für immer. Je enger Kim und Bolette sich zusammengetan haben, um so weniger brauchen sie Ulla. Sie sind sich offensichtlich selbst genug. Ulla ist überflüssig.

So einfach ist das, denkt Ulla. Sie haben sich gefunden, und seitdem brauchen sie mich nicht mehr. Simpel und unbarmherzig. Unbarmherzig, weil ich immer noch dieselbe bin und sie immer noch brauche. Oder? Ich brauche die Bolette von *früher* und den Kim von *früher*.

Ulla ist zumute, als ob sie irgendwelche fremden Leute zum erstenmal besucht. Aber sie ist fest entschlossen, von sich aus alles dazu beizutragen, daß es ein gemütlicher Abend wird.

Der Bus kommt, sie findet einen Sitzplatz – und merkt, wie angespannt sie ist.

Bolette hat Tee gemacht. Sie hat ihren langen geblümten Rock an. Ihre dunklen Locken sind – wie immer – kurz. Auf dem Tisch steht die Nähmaschine – wie früher. Trotzdem ist alles völlig anders als zu der Zeit, als Ulla hier wohnte. In ihrem ehemaligen Zimmer liegt eine gigantische Matratze, die fast den ganzen Raum einnimmt, auf dem Fußboden. Eine indische Baumwolldecke ist darübergebreitet. An der einen Wand steht jetzt ein kleiner Tisch, auf dem ein paar Bücher liegen. Über dem Tisch ist ein Spiegel angebracht. An den Wänden hängen überall getrocknete Blumen, und die eine Wand ist wie eine Pinnwand

mit Farbdrucken, alten Fotos von Leuten, die Bolette garantiert nie gesehen hat, kunterbunten Samtfetzen und an glänzenden Messinghaken hängenden Armreifen und Halsketten gespickt. Typisch Bolette, diese Wand, denkt Ulla. Und da ist sie selbst, die echte Bolette und serviert Tee und Kandis bei Kerzenlicht. Drüben in dem anderen Raum, wo die gemütliche Sitzecke ist und wo auch ihr verhältnismäßig aufgeräumter Schreibtisch steht. Er ist jetzt so weit von der Wand abgerückt, daß auch an der anderen Seite ein Stuhl Platz hat.
«Sehr idyllisch», sagt Ulla. «Könnt ihr beide arbeiten, wenn ihr euch so am selben Tisch gegenübersitzt?»
«Geht prima», sagt Kim.
«Du auch, Bolette?»
«Ja, warum nicht?»
«Als ich hier gewohnt hab, ging das nicht. Schade», sagt Ulla. «Damals konntest du nicht einmal lesen, wenn wir beide im selben Zimmer saßen. Da siehst du mal. Ja, ja, die Liebe ...»
«Ich finde es schön, Kim so gegenüberzusitzen und zu arbeiten. Er ist allerdings auch wesentlich ruhiger als du.»
«Oder *du* bist ruhiger geworden», sagt Ulla.
«Bin ich auch. Ich hab mich in den letzten Monaten unheimlich verändert, weiterentwickelt.»
Kim gießt den Tee ein. Richtige Teetassen, denkt Ulla. Mit Untertassen! Nicht mehr die guten alten Teebecher. Aber nur *ein* Teelöffel, der im Zuckertopf steckt. Wie früher, stellt Ulla erleichtert fest.
Die Platten sind auch noch dieselben. Kim legt einen Klassiker auf. Bob Dylan. Ulla schließt die Augen und fühlt sich in alte Zeiten zurückversetzt. Aber ‹alte Zeiten› sind alte Zeiten. Als sie jetzt die Augen wieder öffnet, sitzen Kim und Bolette Händchen haltend da und sehen einander tief in die Augen. Kim zieht seine Hand weg, als er merkt, daß Ulla sie beobachtet. Ulla muß grinsen. «Du bist süß, Kim. Aber inzwischen weiß ich, was Trumpf ist. So gut müßten wir uns doch kennen, daß ich nicht das Gefühl zu haben brauche, ich störe. Oder?»

«Und wie geht's sonst?» fragt Bolette und fügt hinzu: «So zu Hause, mit Hanne und dir?»
«Abgesehen davon, daß meine Mutter abends nie zu Hause ist, geht's wirklich ganz gut.»
«Immer auf Achse, wie? Na, bei dem Fest war sie ja groß in Form! So hab ich sie noch nie erlebt!»
«Ja, an dem Abend hat sie den *Mann fürs Leben* gefunden.»
«Ist sie noch mit Lars zusammen?»
«Ja.»
«Ist ja Spitze!» sagt Bolette.
«Ja. Ich bin auch richtig stolz. Wenn ich nicht gewesen wäre, hätte sie sicher nicht den Mut gehabt, ihn wiederzusehen nach dem Fest.»
«Wegen ihres Alters?»
«Genau!»
«Und jetzt hat es schon über einen Monat gehalten?»
«Ja.»
Bolette denkt nach. «Und was meinst du, wie das endet?»
«Wieso? Wie meinst du das?» fragt Ulla überrascht.
«Na, glaubst du, daß sie heiraten?»
«Bist du wahnsinnig? Die kommen einfach gut miteinander aus. Ich glaube nicht, daß einer von beiden an ein *Ende* denkt.»
«Das muß komisch sein ...», sagt Bolette. «So verliebt zu sein ... und das nun schon so lange Zeit ... ohne an eine Zukunft zu denken ...»
«Du lieber Himmel, Bolette! Bloß weil du jetzt Kim hast! Kannst du dich nicht mehr erinnern, wie du vor noch gar nicht langer Zeit gedacht hast? Wir haben doch beide, wenn wir verliebt waren, nie darüber nachgedacht, wie das endet.»
Bolette lächelt. Es ist das alte Bolette-Lächeln. «Das war auch etwas anderes. Das meine ich ja gerade – ich hab mich weiterentwickelt.»
«Auf alle Fälle hast du dich verändert!»
«Und was ist daran so schlimm?» fragt Kim. «Sonst stört dich das doch auch nicht!»
Was soll sie dazu sagen? Kim hat wohl recht. Aber irgendwie

findet sie diese Art Veränderung nicht gut. Sie fühlt sich irgendwie ausgeschlossen. Vielleicht wäre alles einfacher, wenn sie Bolette mal eine Stunde lang für sich allein hätte.
Immer wieder entstehen in der Unterhaltung lange Pausen. Ulla trinkt eine Tasse Tee nach der anderen. Jetzt sprechen sie von gemeinsamen früheren Freunden. Wer was macht, und wer mit wem zusammen ist, und wer sich gerade von wem getrennt hat. Wer mit Drogen angefangen hat und wer mit Schweinefleischessen aufgehört hat.
«Wir leben neuerdings vegetarisch», sagt Kim.
«Im Ernst?»
«Also nicht hundertprozentig. Ab und zu essen wir schon mal ein Stückchen Fleisch. Aber sonst ernähren wir uns von Gemüse, ungeschältem Reis, Kartoffeln und so.»
«Auch wenn wir Gäste haben», sagt Bolette. «Sie müssen sich damit abfinden.»
«Wir probieren allerhand aus, um den Speiseplan auch ohne Fleisch abwechslungsreich zu gestalten», sagt Kim.
Wir! Dieses schwachsinnige kleine Wort, das alles verändert und alle anderen ausschließt!
«Es macht irre Spaß, gemeinsam zu kochen», sagt Kim weiter.
«Kommt ihr noch viel mit Leuten zusammen?» fragt Ulla.
Bolette schüttelt den Kopf. «So einfach reingeschneit kommen nicht mehr viele. Ich weiß auch nicht, warum. Ist aber eigentlich auch ganz gut so. Und ab und zu laden wir ein paar Leute richtig zum Essen ein.»
«Mit wem kommt ihr denn so zusammen?»
«Tja, mit wem eigentlich? Hauptsächlich mit Kims alten Freunden.»
«Wieso?»
«Weiß nicht. Das hat sich von selbst so entwickelt.»
«Nichts entwickelt sich von selbst», sagt Ulla. «Es muß doch einen Grund haben, wenn du niemanden mehr von unseren alten Freunden triffst.»
«Ich weiß nicht, wie das gekommen ist. Irgendwie hatten wir uns nichts mehr zu sagen ...»

«Das verstehe ich nicht. Kim hat doch auch noch seinen alten Freundeskreis! Und da bist du klammheimlich reingerutscht! Meinst du das mit weiterentwickeln?»
Ulla merkt, wie aggressiv ihre Stimme klingt. Aber Bolette nickt nur und sieht Kim lächelnd an. Ulla begreift allmählich, warum niemand mehr einfach so reingeschneit kommt. In dieses kleine Liebesnest. Sie hat plötzlich wahnsinnig Lust, Wörter wie Schwanz und Eier und Fotze zu sagen und eine der neuen Tassen an die Wand zu schmeißen. Statt dessen sagt sie: «Wollen wir nicht noch irgendwo hingehen? Vielleicht würde es euch mal ganz gut tun, etwas vom Leben in der großen weiten Welt zu sehen!»
Kim sieht Bolette an. Er hat offensichtlich Lust, noch wegzugehen und ein Bier zu trinken. Bolette überlegt.
«Komm schon, Bolette! Ihr könnt hier doch nicht jeden Abend wie die Turteltauben sitzen. Ihr müßt doch auch mal raus! Und Kim sehe ich an, daß er Lust hat!»
«Stimmt das, Kim? Hast du Lust?» fragt Bolette.
«Ja. Es muß Jahre her sein, seit wir zuletzt in einer Kneipe waren ...»
«Also gut. Auf ein Bier ...»
Ulla atmet erleichtert auf. «Affengeil! Du, Bolette, kannst du mir irgendwas zum Anziehen leihen? Eine Weste oder so?»
War da nicht ein Schatten von Mißbilligung in Bolettes Gesicht? Das darf doch nicht wahr sein! Können wir uns nicht einmal mehr gegenseitig Sachen leihen?
Bolette zieht den Vorhang zur Seite. Ulla schafft sich einen Überblick über die an der Gardinenstange hängenden Sachen. Dann entscheidet sie sich für eine kleine Weste aus lila Samt mit großen exotischen Blumen in einem helleren Lila und einem hellen Grün – von Bolette eigenhändig aufgenäht.
«Ist es okay, wenn ich die hier nehme?»
«Hm.»
«Vielleicht finde ich ja damit den *Mann fürs Leben*!»
«Suchst du ihn denn?» fragt Kim, und es klingt fast wie in alten Zeiten.

«Wir gehen doch ins ‹Wespennest›, ja?» fragt Bolette. «Dann haben wir's nicht so weit nach Hause.»
«Ich male mich nur noch schnell an!» Ulla setzt sich vor den Spiegel in ihrem ehemaligen Zimmer. Sie macht sich schnell fertig, damit sie losgehen können. Bolette schließt sorgfältig die Tür ab, und Ulla fällt auf, daß das auch neu ist. Früher haben sie das Sicherheitsschloß nie benutzt. Aber natürlich ist es vernünftiger, ordentlich abzuschließen.

Sie kommen gerade im rechten Moment ins «Wespennest». Das Lokal ist schon voll, aber an einem Tisch ist noch Platz für drei Personen. Kim geht an den Tresen und holt drei Bier und drei Gläser. Bei der lauten Musik ist es unmöglich, sich zu unterhalten, aber was soll's. Kim und Bolette genügt sowieso ihre Augen- und Fingersprache.
Ulla sieht sich um. Am Tresen steht ein heißer Typ, den sie hier schon ein paarmal gesehen hat. Sie erkennt ihn am Rücken. Er hat eine besondere Art, sich an den Tresen zu lehnen. Irre, denkt sie, wie abweisend so ein Männerrücken aussehen kann. Und so versuchen Männer anziehend zu wirken. Manchmal. Wenn sie nicht das Gegenteil machen: unverhohlen mit den Augen jagen und die Frauen mit einem unsichtbaren Zollstock taxieren.
Ulla schüttelt sich innerlich. Und doch, dieser Lederjackenrükken hat etwas, das sie irgendwie fasziniert.
An ihrem Tisch sitzen außer Kim und Bolette zwei Mädchen, die sich unterhalten, und ein ganz nett aussehender Junge. Sie merkt immer wieder, wie er sie ansieht. Aber jedesmal, wenn sie ihn direkt ansieht, blickt er weg.
Einige Paare tanzen jetzt auf der winzigen Tanzfläche. Hoffentlich kommt gleich jemand und fordert mich auf, denkt sie. Aber es sieht nicht danach aus. Die beiden Mädchen diskutieren eifrig, aber die Musik ist zu laut, Ulla kann ihrer Unterhaltung nicht folgen. Sie leert ihr Glas.
«Soll ich noch drei holen?» fragt sie.
«Klar!» sagt Kim.
Es tut gut, aufzustehen und sich zu bewegen, auch wenn es nur

bis zum Tresen ist. Jetzt kann sie sich den Typen in der Lederjakke mal näher ansehen. Als sie neben ihm steht, sieht sie, daß er Zeitung liest. Absolut cool, am Tresen in der Kneipe Zeitung lesen! Alles Tarnung, denkt sie.
«Drei Pils!» schreit sie durch den Lärm und legt das Geld hin.
«Neue Gläser?»
«Nein, danke. Wir kauen noch an den alten.»
Der Typ hinter dem Tresen verzieht das Gesicht zu einem gelangweilten Grinsen. Aber für ihn hat sie den Spruch auch nicht losgelassen. Lederjacke soll von seiner idiotischen Zeitung aufblicken. Er tut es. Für den Bruchteil einer Sekunde treffen sich ihre Blicke. Ulla sieht ihm in die Augen – gerade lange genug, daß er es bemerkt, und nur so lange, daß sie die erste ist, die wieder wegguckt. Dann geht sie mit den drei Flaschen in beiden Händen wieder zurück zu ihrem Tisch.
Obwohl Kim und Bolette sich immer noch anstarren, ist ihr schon wesentlich wohler. Warum soll sie eigentlich passiv dasitzen und darauf warten, daß jemand sie auffordert? Das kann sie doch auch selbst in die Hand nehmen. Sie trinkt einen Schluck Bier, dann spricht sie den netten Jungen an: «Hast du Lust zum Tanzen?»
Eigentlich fordert sie nicht so gern Männer zum Tanzen auf. Ihr ist dabei ganz schön mulmig zumute. Aber ab und zu versucht sie es doch. Und meistens hat sie das Gefühl, daß die Männer sich darüber freuen, wenn eine Frau sie auffordert – auch wenn es noch so ungewohnt ist.
Deshalb trifft es sie jetzt besonders, als der nette Junge den Kopf schüttelt und sagt: «Zu *der* Musik? Nein, du. Aber vielen Dank.»
Ulla kann sich nicht einmal ein Lächeln abringen. Scheiße. Wie kann der Typ es wagen! Sie hat zwar ein ganz schön dickes Fell, aber das hier ist mehr, als sie vertragen kann. Sie merkt, wie sie in sich zusammensinkt und auf ihr Bier starrt. Ein Glück, daß die Musik so laut ist! Wenigstens haben Kim und Bolette nicht mitbekommen, wie sie abgewiesen worden ist. Sie sitzt da, brütet vor sich hin und stöhnt innerlich vor Schmerz. Dann muß sie

plötzlich daran denken, wie oft *sie* schon nein gesagt hat, wenn jemand sie zum Tanzen aufforderte. Sicher nicht besonders komisch, von einem Mädchen ein Nein zu hören.

Aber die Männer sind es anscheinend gewöhnt. Sie setzen sich immer wieder der Gefahr aus, abgewiesen zu werden. Einen Korb kriegen, nannte man das früher. Vielleicht härtet es ab – sonst müßten sie ja vor Scham sterben.

Kim und Bolette wollen nach Hause.

Sie stehen alle drei auf. Aber an der Tür zögert Ulla. Sie hat keine Lust, schon zu gehen. Sie will... sie weiß nicht genau, was sie will, sie will nur noch nicht gehen. Irgendwas muß noch passieren.

Sie verabschiedet sich von Kim und Bolette und stellt sich – in der Nähe von dem Lederjackentypen – an den Tresen. Aber zu weiteren Experimenten ist sie heute abend nicht aufgelegt. Und schon gar nicht wird sie bei diesem Typen die Initiative ergreifen. Diese Knallharten müssen, soweit sie sich auskennt, anders genommen werden: Sie müssen sich in dem Glauben wiegen, sie seien diejenigen, die aufreißen und dürfen nicht merken, daß sie aufgerissen werden. Also der uralte Trick. Sich in Positur stellen. Herausfordernd wirken. Abwarten.

Wie macht man das eigentlich? Wenn sie es einem anderen Mädchen erklären sollte, hätte sie Schwierigkeiten. Es ist wohl so, daß sie dieses Spielchen schon so drauf hat, daß es bei ihr ganz automatisch abläuft. Auf Knopfdruck. Bestimmt ist das bei vielen Mädchen und Frauen so. Wir bringen es uns wahrscheinlich gegenseitig bei, denkt sie. Die eine guckt es der anderen ab. Und bei einem bestimmten Typ von Männern kommt er immer an. Zum Glück nicht bei allen.

Manchmal erschreckt es sie, wenn ihr bewußt wird, wie kalt, wie zielstrebig und berechnend sie oft vorgeht. Ist doch verrückt! Andererseits reizt es sie. Und es kann schon etwas dabei herauskommen. Zum Beispiel Revanche für vorhin. Aber sie hat das Gefühl, jetzt aggressiver zu sein, als sie es selbst gut findet. Es kommt ihr so vor, als hätte sich ein Teil von ihr in eine Flasche zurückgezogen – Korken drauf, und das Gewissen ist beruhigt. Aber das hier ist auch ein Teil von mir, oder?

Sie bestellt sich ein Bier. «Mit Glas! Danke.»
«Na, hast du das andere runtergekriegt?» fragt der Typ hinter dem Tresen.
«Ja», antwortet sie. «Das brave Mädchen ißt, was auf den Tisch kommt.»
Lederjacke sieht zu ihr herüber. Sie hat sich so hingestellt, daß er sie sehen kann. Sie spielt ihr Spiel. Mit den Augen, mit den Schultern, mit der Zigarette. Sieht ihn an, sieht weg, sieht ihn wieder an. Zieht an ihrer Zigarette.
Diesmal hat sie mehr Glück. Drei Minuten, nachdem sie ihr Bier bekommen hat, steht er hinter ihr und tickt ihr mit dem Zeigefinger auf die Schulter. Sie dreht sich um. Er macht eine Kopfbewegung zur Tanzfläche hinüber. Sie nickt, drückt ihre Zigarette aus.
Er preßt sie beim Tanzen fest an sich. Schon nach dem ersten Stück fragt er: «Gehen wir woanders hin?»
«Meinetwegen.»
Sie holt ihre Jacke. Er wartet an der Tür. Na, dann passiert heute abend ja doch noch etwas, denkt Ulla. Wenigstens einer, der Lust hat, mit mir zusammen zu sein.
Sie sind ein Stück die Straße hinuntergegangen, als er sie unvermittelt in eine Toreinfahrt zieht und küßt. Feuchte, gewaltsame Küsse. Ulla kichert. «Mann, hast du's aber eilig!» Er antwortet nicht. Er zieht ihre Hand zu seinem Hosenschlitz.
«Moment! Hör auf! Wenn jemand kommt!»
«Komm. Hier rein!» sagt er hastig.
Sie stehen in einem Hinterhof. Fremde Geräusche, fremde Gerüche. Eine rollige Katze schreit. Es stinkt nach Müll und nassem Asphalt. Ulla wird nervös. Worauf will er hinaus? Will er sie hier im Hof aufs Kreuz legen? Jetzt mal ganz ruhig, sagt sie sich.
«Ich heiße Ulla. Und du?»
«Komm!» sagt er. Seine Stimme klingt heiser. Er nimmt wieder ihre Hand. Den Reißverschluß hat er schon selbst geöffnet. Zuerst weiß Ulla nicht, was er will. Dann ist ihr alles klar. Sie soll ihm einen runterholen.
«Soll ich dir einen ...»
«Ja du, ich brauch das unheimlich.»

Jetzt sieht er überhaupt nicht mehr knallhart aus. Jetzt sieht er wie ein Junge aus, der so scharf ist, daß er einen schnellen Erguß braucht, egal mit wem.
Sie schüttelt den Kopf. «Nein, du, da kann ich nicht drauf.»
«Ich dachte, du machst alles, nach *der* Show, die du da abgezogen hast!»
«Hör auf. Das mach ich nicht mit!»
«Ist doch alles easy, du. Nur ein bißchen – sei doch ein bißchen lieb, du!»
Liegt es daran, daß er sie festhält, oder hat sie Mitleid mit ihm? Also gut, denkt sie, wenn's denn sein muß ... Bringen wir es schnell hinter uns. Sie umfaßt seinen Schwanz, bewegt die Hand hin und her, kalt und mechanisch. Völlig unbeteiligt.
Er atmet schwer. Dann kommt er. Das warme Sperma läuft ihr über die Hand. Zum Glück hat sie ein Taschentuch bei sich.
«Ah! Das war gut! Vielen Dank», sagt er. Sein Blick ist abwesend. Noch bevor er seinen Reißverschluß wieder hochgezogen hat, macht Ulla sich von ihm los und geht schnell in Richtung Bushaltestelle.
«He, du! Was soll denn das ...» hört sie ihn rufen.
Sie rennt. Zufällig kommt gerade ein Bus. Sie steigt ein, geht ganz nach hinten durch. Sie weiß nicht, ob sie lachen oder weinen soll.
Sie würde gern mit ihrer Mutter darüber reden, aber Hanne schläft sicher schon. Und sie weiß auch nicht, ob sie ihr erzählen würde, was sie gerade erlebt hat.
Sie lacht nicht, als sie endlich im Bett liegt. Aber sie weint auch nicht. Sie grübelt und grübelt. Was war das, was sie da gerade erlebt hat? Eine Art Vergewaltigung? Sie hätte dem Typ vermutlich leicht entkommen können. Trotzdem war es gewalttätig. Warum ist sie nicht einfach weggegangen. Wie hätte ein Mann sich verhalten? Fühle ich mich, weil ich eine Frau bin, verpflichtet, einem Mann zum Erguß zu verhelfen, bloß weil ich ihn in einer Kneipe ein bißchen angemacht habe?
Sie ist immer noch etwas schockiert, fühlt sich aber weder beschämt noch erniedrigt. Die meisten Mädchen würden sicher

den Kopf über sie schütteln und sagen, daß es eine erniedrigende Schweinerei war. Und gerade deshalb steht sie positiv zu dieser Erfahrung – aus Widerspruch. Sie will nicht, daß andere darüber entscheiden, was sie darf und was sie nicht darf.
Ein aufregender Abend. Wenn es ihr nur gelänge, so etwas wie eine Lehre daraus zu ziehen! Ein Mann hat in ihrer Hand seine sexuelle Notdurft verrichtet. Und sie? Hat sie die Rolle der Florence Nightingale für einen aufgegeilten Typ gespielt? Sie empfindet nichts für ihn, höchstens Verachtung und ... Mitleid.
Noch ein Problem für ihre Problemliste. Oder, besser gesagt, eine ganze Latte von Problemen.
Es dauert lange, bis sie einschläft.

Probleme

Probleme
und wie ich sie lösen kann
MÄNNER
Die Zukunft
Carsten
Eva
Hans-Jørgen
Mein Körper

Ulla hat mit der Liste noch einmal von vorn angefangen. Aber sie kommt immer noch nicht weiter. Wie soll sie die Probleme von gestern abend beschreiben? Das sind doch tausend Probleme in einem. Vielleicht sollte sie es so versuchen:
Wen brauche ich? Und wozu? Ja, wen brauche ich? *Jemanden fürs Bett.* Das ist Hans-Jørgen. Ist das das Wichtigste? Und: *Jemanden zum Reden.* Jemanden, mit dem ich nicht nur über dies und das, sondern über alles reden kann. Ist das das Wichtigste?
Hanne ist wieder nicht zu Hause. Sie ist bei einer Versammlung. Sie ist überhaupt selten zu Hause – wenn sie nicht zu einer Ver-

sammlung geht, trifft sie sich mit Lars. Ulla fühlt sich manchmal im Stich gelassen, fühlt sich ersetzt durch einen vollbärtigen Erzieher, der zu allem Übel auch noch zwölf Jahre jünger ist als Hanne und *Ullas* Freund sein könnte ...
Warum ist Hanne nicht hier und sitzt mit mir am Küchentisch? Ich wünschte, wir würden mal wieder richtig miteinander reden, denkt Ulla. Und zum 99. Mal redet Ulla sich ein, daß es trotz allem vieles gibt, was sie nicht mit ihrer Mutter besprechen kann.
Aber warum habe ich keine Freundin, die mich versteht? Warum kenne ich keine Frau, der ich, ohne Schiß zu haben, alles erzählen könnte. Sie fühlt sich einsam. Nicht weil sie allein zu Haus ist, sondern richtig einsam. Einsam und allein in der Welt. Pelle ist bei einem Schulfest und kommt sicher nicht vor Mitternacht nach Hause. Außerdem – wie könnte sie über Dinge, die sie nicht versteht, ausgerechnet mit Pelle reden, der selber nie ein Fragezeichen setzt!
Während sie hier über einer ganzen Liste voller Fragezeichen sitzt, für die sie nicht einmal die richtigen Worte findet ... Oh, Scheiße!
Sie ist so in Gedanken, daß sie erschrocken zusammenfährt, als sie hört, wie die Tür aufgeschlossen wird. Es ist doch erst zehn. Pelle kommt herein. Er sieht aus, als wollte er sich mindestens zehn Meter tief in die Erde vergraben. Aber vorher muß er noch durch die Küche zum Klo.
«Hallo, Pelle!»
Pelle antwortet nicht. Er geht an ihr vorbei, als sähe er sie nicht. War das Fest etwa nichts? Und er hat doch so viel Zeit darauf verwendet, sich die Haare zu waschen und sich zu entscheiden, welches T-Shirt am besten zu der verwaschenen, an den Knien ganz dünn gescheuerten Jeans paßt! Klar, auch Jungen putzen sich raus, auch Jungen brauchen Erfolg! *Kennt* sie ihren Bruder? Oder andere Jungen in seinem Alter, irgendwo auf dem Weg vom Jungen zum Mann? Mit plötzlich tief klingender Stimme, mit Flaum auf der Oberlippe und einem Pimmel, der ein Schwanz wird? Mit dem er wahrscheinlich schon lange herumexperimen-

tiert? Wovon träumt Pelle wohl, wenn er nachts feuchte Träume hat? Woran denkt er, wenn er masturbiert?
Ulla stellt überrascht fest, daß sie sich nie mit Jungen in Pelles Alter abgegeben hat. Sie kennt Mädchen in diesem Alter, auch kleinere Jungen und erwachsene Männer, aber keine fünfzehnjährigen Jungen.
Der bleibt aber lange auf dem Klo! Ob er Angst hat, daß sie ihn nach der Fete ausfragt? Er weiß, wie neugierig sie ist. Sie wüßte auch gern, ob er masturbiert und was er von Mädchen hält. Gegen Neugier ist nichts zu sagen, findet sie. Neugier ist besser, als sich aus dem Weg zu gehen und sich fremd werden! Jungen sind immer so verschlossen. Und sie hat schon oft gedacht, daß Pelle sehr früh angefangen hat, den harten Mann zu spielen. Er hat eine Mauer um sich herum errichtet, damit ihm bloß niemand nahekommt. Und er paßt höllisch auf, daß er das Gesicht nicht verliert. Besonders ihr gegenüber – kein Wunder, sie ist oft ziemlich häßlich zu ihm. Schade, daß er immer so auf cool macht. So wie sie gestern abend am Tresen im «Wespennest»... Sie muß wieder daran denken, wie elend ihr zumute war, als sie nach Hause kam. Pelle fällt es heute bestimmt genauso schwer wie ihr gestern, einfach so ins Bett zu gehen, ohne vorher mit jemandem geredet zu haben. Sie sollte versuchen, ihm zu helfen, daß er sich ausspricht. Aber sie muß sehr vorsichtig sein, sonst verschließt er sich noch mehr oder faucht sie an, sie soll gefälligst mit ihrem Weltverbesserer-Gequatsche aufhören!
Ulla hat eine Idee. Sie steht auf, gießt Milch in einen Topf und setzt ihn auf.
Pelle kommt in die Küche. Er sieht aus wie ein junger Hund, dem jemand den Knochen weggenommen hat.
«Du –» sagt Ulla, «ich mache Kakao. Trinkst du eine Tasse mit?»
Da kann Pelle nicht nein sagen. «Hm», sagt er und setzt sich.
Jetzt kommt es darauf an, daß sie den richtigen Anfang findet. Sie überlegt. Dann sagt sie: «Mann, bin ich froh, daß du gekommen bist. Ich glaube, ich hab heute meinen Melancholischen. Und die Stille hier, wenn ihr nicht da seid, geht mir unheimlich auf den Geist.»

«Wieso hast du denn deinen Melancholischen?» fragt Pelle.
Ha, es hat geklappt! Vielleicht erzählt er was. Aber Vorsicht! Sie sagt: «Ach, ich weiß auch nicht. Manchmal habe ich das Gefühl, ich krieg es nicht in den Griff.»
«Was?»
«Alles. Zum Beispiel das mit Hans-Jørgen.»
«Ich dachte, ihr kommt großartig miteinander aus?»
«Ja, das denken alle. Stimmt in gewisser Weise auch. Aber ich weiß nicht ... Es ist alles irgendwie so ... so oberflächlich.» Das war nicht einmal gelogen. Es ist schwer, über so etwas zu reden, ohne gleich zu offenbaren, wo der Hase im Pfeffer liegt. «Du kannst dir nicht vorstellen, wie mich das nervt, daß jeder davon ausgeht, daß Hans-Jørgen und ich ein Paar sind.»
«Seid ihr das denn nicht?» Pelle sieht sie erstaunt an.
«Siehst du! Nur weil wir uns hin und wieder treffen und weil wir hin und wieder zusammen ins Bett gehen, denken alle, wir wollen heiraten und Kinder kriegen – eine süße, kleine Bilderbuchfamilie, lebendig begraben!»
«Was ist denn daran so schlecht?»
«Ich will es einfach nicht, verstehst du? Ich bin noch nicht soweit! Und das wird sich wahrscheinlich auch noch nicht so bald ändern. Ich will noch was haben von meinem Leben. Ich hab einfach Angst, mich in einer festen Zweierbeziehung mit Hans-Jørgen zur Ruhe zu setzen. Außerdem gibt es tausend Sachen, die ich dann nie mehr schaffen würde. Und das will ich nicht riskieren.»
«Das verstehe ich nicht. Muß doch Spitze sein, so zu zweit. Jemanden zu haben, mit dem man zusammen sein kann, sooft man Lust hat, mit dem man ins Kino gehen, vögeln, Händchen halten kann ...»
«Das stimmt schon, aber das kann auch leicht zuviel werden. Dann passiert nie mehr etwas Neues!»
«Du verlangst ganz schön viel», sagt Pelle. «Du willst den Spatz in der Hand *und* die Taube auf dem Dach. Irre!»
«Genau. Ganz genau das will ich. Was ist denn daran irre?»
«Und das schlimmste ist, du kriegst es auch.»

Pelle starrt finster vor sich hin.
«Und du? Du etwa nicht?» Jetzt soll Pelle endlich die Katze aus dem Sack lassen!
Es glückt. Pelle sieht plötzlich wütend aus. «Ich? Scheiße. Gar nichts krieg ich! Du hast Hans-Jørgen, Mutti hat Lars, und ich – ich hab niemanden!»
Ulla hat Kakaopulver in die Tassen getan. Sie gießt die Milch darüber und stellt die Tassen auf den Tisch.
«War wohl eine Scheißfete, wie?»
«Nein, eine ganz *tolle* Fete», sagt Pelle bitter.
«Nur nicht für Pelle Møller?»
«Ist ja auch eine Strafe, mit so einem beknackten Namen rumrennen zu müssen!» sagt Pelle. «Wie kann ein Mensch sein Kind nur dermaßen strafen! Lebenslänglich! Mit so einem Namen!»
«Pelle Møller?»
«Ja, verdammt. Dreimal darfst du raten, wie sie mich nennen.»
Aha! Jetzt weiß Ulla, worauf er hinaus will. «Pelle der Eroberer, stimmt's?»
Pelle nickt nur.
«Ich verstehe», sagt Ulla. «Schürzenjäger und so. Und *diese* Erwartung soll man erst mal erfüllen, nicht?» Wenn er meine kleine Schwester wäre, würde ich jetzt zu ihm gehen und ihm über die Haare streichen, denkt sie. Und dann würde er zu heulen anfangen und mit seinem ganzen Kummer rausplatzen. Aber bei Pelle geht das nicht. Für ihn wäre das nur noch eine weitere Niederlage zu den anderen, die er offenbar heute abend erlitten hat. Falls er vorhat, ihr zu erzählen, wo ihn der Schuh drückt, muß sie ihm jetzt Zeit lassen. Zuerst muß er seine Stimme wieder unter Kontrolle haben. Sie sagt: «Mir würde es nichts ausmachen, wenn sie mich ‹Ulla die Eroberin› nennen würden. Ist doch stark!»
«Du hast gut reden. Ein Mädchen würde so einen Namen nie kriegen.»
«Warum nicht?»
«Ich habe noch nie etwas von einem weiblichen Eroberer gehört.»

«Kann sein. Aber das wird sich schon noch ändern!»
Pelle zuckt mit den Schultern. Sein Gesicht sieht fast schon wieder normal aus. «Denkst du dabei an dich?»
«Wer weiß?» sagt Ulla grinsend. «Aber du hast schon recht mit deinem Namen. Ärgern sie dich damit?»
Pelle nickt. «Zur Zeit ist es ganz beknackt in der Schule. Alle haben sich zu Cliquen zusammengeschlossen, in die du nicht reinkommst. Bei dem Fest heute abend war es auch so. Wenn du nicht in einer von diesen Cliquen bist, stehst du nur dumm rum.»
«Und die Mädchen? Wollte keine mit dir tanzen?»
«Doch ...»
«Aber nicht die, mit der du tanzen wolltest?»
Pelle nickt.
«Los, raus mit der Sprache, Pelle!»
«Ja, also, ich wollte gerade Charlotte fragen, ob sie mit mir tanzt, da hat Sten gesagt: ‹Achtung, Charlotte, paß auf, da kommt der große Eroberer!› Und alle haben gelacht.»
«Und da hast du dich nicht mehr getraut, sie aufzufordern. Und sie hätte wahrscheinlich auch nicht mehr den Mut gehabt, ja zu sagen. Zu blöde! Habt ihr eine so schlechte Klassengemeinschaft?» Ulla ist ehrlich entsetzt.
«Ja. Das ist ganz beschissen bei uns. Finden übrigens auch die Lehrer. Wir sind eine Problemklasse. Die Klasse mit den meisten Rabauken und so. Das schlimme ist, daß es überhaupt keinen Zusammenhalt bei uns gibt.»
«*Eine* Klasse ist *immer* die Rabaukenklasse», sagt Ulla. «An jeder Schule. Die einen sind schon halb erwachsen, die anderen noch Kinder. Und alle haben damit zu kämpfen.»
«Glaube ich nicht. Wer in einer Clique ist, hat es doch gut! Du warst natürlich in der Clique der Erwachsenen, nicht?»
«Ja, stimmt, aber mir wird immer noch ganz schlecht, wenn ich daran denke, wie wir die anderen behandelt haben. Gerade die Jungen. Wir Mädchen waren absolut bescheuert.»
«Aber ich gehöre auch nicht zu der anderen Gruppe», sagt Pelle verzweifelt. «Ich gehöre nirgendwohin.»

«Tröste dich, das geht vorbei», sagt Ulla – und bereut es im selben Augenblick.

«*Geht vorbei*! Du redest wie die Alten. *Wann*, wann geht es vorbei? Ich würde am liebsten die Schule wechseln, aber ich traue mich nicht. Ich komme mit den Lehrern ganz gut zurecht und weiß inzwischen auch, was sie hören wollen. In einer anderen Schule müßte ich wieder ganz von vorn anfangen.»

«Du kannst es dir doch leisten, bei deinen Zensuren!»

«Du hast gut reden! Du mußt dich nicht zur Oberstufe durchboxen!»

«Durchboxen?»

«Ja, bildlich gesprochen. Aber im Ernst, du glaubst nicht, wie schwer man da reinkommt. Und wenn ich noch mehr Zeit für die Schularbeiten brauche, habe ich keine Zeit mehr für den Job, und dann kann ich mir nie eine Mühle kaufen ...»

«Meinst du, Charlotte würde auf die anderen pfeifen und mit dir tanzen, wenn du ein Moped hättest?»

Pelle überlegt. Dann antwortet er: «Meinst du nicht? Glaubst du nicht, daß es für Mädchen ausschlaggebend ist, ob du ... ob du was vorzuweisen hast?»

Ulla würde jetzt gern sagen: Nein, ausschlaggebend ist einzig und allein, daß du nett und liebevoll bist und daß du ihnen zeigst, wie gern du sie hast. Aber das wäre gelogen. Und sie will Pelle nicht anlügen, schon gar nicht, wenn er sich einmal ein wenig ausspricht. «Also, um ehrlich zu sein – unwichtig ist es sicher nicht. Ich will jetzt nicht klug daherreden, aber ich kann mich noch gut daran erinnern, wie ich mit vierzehn oder fünfzehn war. Mir hat's immer unheimlich imponiert, wenn einer ein Moped hatte oder eine superheiße Lederjacke oder so eine echt lokker-flotzige Art zu reden. Aber das gibt sich mit der Zeit.»

«Bist du sicher?»

«Na klar! Allerdings –» Ulla muß plötzlich an gestern abend denken – «das kann manchmal Jahre dauern. Bis einem das alles nicht mehr imponiert.»

«Siehst du! Das hab ich mir gedacht. Die Mädchen müssen doch bescheuert sein!»

Jetzt fühlt Ulla sich im Namen ihres Geschlechts gekränkt. «Was zum Teufel verlangst du, wenn du bei dem Spiel selbst mitmischst – oder es jedenfalls versuchst?»
«Und wer soll zuerst aufhören?»
Ulla weiß es nicht. Pelle hat ja recht. Was soll sie antworten? Schließlich sagt sie: «Vielleicht würde ja einiges anders werden, wenn du mit dem Durchboxen, wie du es nennst, aufhören würdest. Du boxt dich doch gegen deine Klassenkameraden durch.»
«Ach, halt's Maul!» sagt Pelle heftig. «Du immer mit deinen Patentlösungen! Was soll ich denn machen? Ich habe keine Lust, eines Tages arbeitslos zu sein. Ich will mal eine Familie ernähren können!»
«Vielleicht klingt es nach Patentlösung», sagt Ulla, «aber so, wie du dich jetzt verhältst, trägst du auch nicht zu einer besseren Atmosphäre in deiner Klasse bei. Siehst du das nicht?»
«Nein, seh ich nicht!» murmelt Pelle, und Ulla merkt, daß er gleich anfangen wird zu heulen.
Plötzlich hören sie den Schlüssel in der Tür.
«Wehe, du sagst Mutti was davon!» droht Pelle.
«Ach, Unsinn.»
Pelle ist in sein Zimmer verschwunden, bevor Hanne in die Küche kommt.
«Na, war's anstrengend? Du siehst müde aus.»
«Das kann man wohl sagen! Die sind so entsetzlich lahm in diesem Ausschuß. Die glauben, mit dieser Art Kaffeeklatsch könnten sie etwas verändern! Dabei gibt es so viel zu tun! Ich verlange ja gar nicht, daß wir uns alle als Streikposten betätigen, aber wir müssen doch wenigstens die laufenden Aktionen hier in der Gegend unterstützen! Wir müßten mit der politischen Schulung beginnen, und wir müssen organisieren lernen.» Hanne schüttelt verzweifelt den Kopf. Dann fährt sie fort: «Denen ist gar nicht klar, daß Arbeitslosigkeit ein politisches Problem ist. Die denken: ‹Was von allein kommt, geht auch von allein wieder.›»
Pelle steckt den Kopf zur Tür herein. Seine Augen haben plötzlich einen ganz anderen Ausdruck. «Hallo, Mutti! Du, kann ich

Fußball im Fernsehen sehen? Liverpool gegen Manchester United!»
«Was, *jetzt* noch? Oh, Pelle, ich bin hundemüde, und das Fernsehen ist immer so laut.»
«Und wenn er's ganz leise stellt?» schlägt Ulla vor.
«Okay. Also, ich geh gleich ins Bett. Gute Nacht.»
Pelle geht ins Wohnzimmer und schaltet den Fernseher ein. Ulla macht es sich auf dem Sofa bequem. Nicht daß sie sich für Fußball interessiert. Aber sie möchte noch ein bißchen mit Pelle zusammensitzen. Ruhig und friedlich. Und bei Fußball können sie wenigstens nicht aneinandergeraten. Oder doch? Da ist etwas, was Ulla zu schaffen macht. «Siehst du, Pelle, das ist genau wieder das, worüber wir vorhin gesprochen haben – nur anders verpackt!»
«Psst!»
«Das ist auch Durchboxen und Wettbewerb.» In diesem Moment schießt einer der Spieler – Ulla weiß nicht, zu welcher Mannschaft er gehört – ein Tor.
«Hör auf!» sagt Pelle ärgerlich. «Du siehst doch, es ist genau das Gegenteil. Sie umarmen den, der das Tor geschossen hat! Das ist Mannschaftsgeist!»
«Genau! In einer Fußballmannschaft gibt es jedenfalls Mannschaftsgeist. Könntet ihr das in eurer Klasse nicht auch haben?»
«Und uns gegenseitig umarmen?» fragt Pelle grinsend.
«Aber bei euch gibt's nicht einmal mehr Gruppenarbeit, stimmt's?»
Pelle nickt zerstreut.
«Siehst du!» sagt Ulla. «Mann, bin ich froh, daß ich nicht mehr zur Schule gehen muß – bei so einem Schulsystem!»
«Hm?»
«Bei einem Schulsystem mit Zulassungsbeschränkungen und täglich neuen Verordnungen und Zensurendruck und dem ganzen Kram!»
«Ist doch nur logisch. So haben die Eltern wenigstens eine gewisse Garantie, daß wir etwas lernen.»

«Ha!» Ulla schnaubt verächtlich. «Die Eltern, die da mitmachen, wissen doch gar nicht, was sie tun. Die erreichen nur, daß jeder gegen jeden kämpft. Und weißt du, was dabei rauskommt? Aus der Schule wird eine Lernfabrik, die genau den Typ Arbeitskraft produziert, der gebraucht wird.»
Pelle starrt auf den Bildschirm. Die Spieler rackern sich ab. Ulla überlegt laut: «Das wär doch was, Pelle! Stell dir mal vor, der bessere Spieler würde den Ball dem schlechteren zuspielen, der sicher auch in irgend etwas gut ist. Jeder ist doch in irgend etwas gut ...»
«O je!»
«Findest du nicht?» beharrt Ulla.
Pelle antwortet nicht. Nach einer Weile sagt er mit hohler Stimme: «Was willst du eigentlich? Soll ich mich aufmachen und all die anderen retten? Nur um am Ende zu erleben, wie mir die Tür zur Hochschule vor der Nase zugeschlagen wird?»
«Ich will nur, daß dir klar wird, welche Rolle du in diesem Scheißspiel spielst!»
Das klingt reichlich billig, denkt Ulla. Ist das alles, was ich meinem kleinen Bruder zu sagen hab? Irgendwie ist er jetzt schon ein Opfer der Arbeitslosigkeit – aus Angst vor der Arbeitslosigkeit. Aber das sagt sie ihm nicht. Sie fügt nur hinzu: «In diesem verfluchten System.»
«Aufpassen, Mensch!» brüllt Pelle plötzlich los. «Jaaa! Sehr gut! Mann, war das knapp. Ein toller Torwart!»

Das Projekt Mutter

Ulla soll versetzt werden. Vom nächsten Montag an soll sie nicht mehr mit Lis-Jytte das Erdgeschoß machen, sondern drüben in der Frauenabteilung der M arbeiten. M steht für Medizinische.
Schade. Sie kannte sich hier unten inzwischen so gut aus! Sie konnte sich die Arbeit so einteilen, wie es ihr gefiel. Sie wußte

genau, was zu tun war. Und hatte immer noch Zeit und Muße genug, ihren Gedanken nachzuhängen. In einer richtigen Patientenabteilung wird das nicht möglich sein. Eva hat ihr vor einiger Zeit erzählt, die stationären Patienten seien ganz wild darauf, jemanden zum Reden zu finden. Und da die Krankenschwestern nie Zeit haben, versuchen die Patienten, die Putzfrauen ins Gespräch zu ziehen.

Der Wechsel kommt Ulla etwas plötzlich, aber irgendwie ist es auch spannend. Wenn man bedenkt, wie viele Leute sie da kennenlernen kann! Jede Frau mit einer anderen Geschichte und einem anderen Schicksal! Und vielleicht kann sie sogar mal etwas für die eine oder andere tun.

Lis-Jytte schüttelt den Kopf. «Ein Glück, daß ich da nicht hin muß.»

Sie haben Kaffeepause.

«Warum?» fragt Ulla.

«Da drüben ist die Andreasen Oberschwester. Die wird nur ‹der Oberfeldwebel› genannt. Sie hat ständig was zu meckern und paßt fürchterlich auf. Eine von den Scharfen, weißt du.»

«Mit der werde ich schon fertig.»

«Wart's ab, sag ich. Ich sage nur, ein Glück, daß ich da nicht hin muß. Hier unten kannst du wenigstens ungestört deine Arbeit machen und dann mit gutem Gewissen nach Hause gehen. Aber so ein Oberfeldwebel ...»

«Ach, wegen so einer blöden Gans!»

«Freu dich nicht zu früh. Und laß dir wengistens einen guten Rat geben. Paß besser auf als hier!»

«Auf was denn?»

«Na, was du so sagst und was du so machst.»

In diesem Moment steckt die Stationsschwester den Kopf zur Tür herein. Lis-Jytte fährt zusammen und sieht auf die Uhr. Was soll das denn, denkt Ulla. Wir haben doch ein Recht auf unsere Pause, auch wenn wir sie nicht zusammen mit den Schwestern halten dürfen. Aber die Stationsschwester ist schon wieder verschwunden. Ulla nimmt den Faden wieder auf. «Das Entscheidende ist doch, wie du deine Arbeit machst. Manchmal könnte

man denken, du hättest vor so einer Angst. Du läßt dich doch sonst nicht so leicht einschüchtern.»
«Vielleicht. Kein Wunder, ich hab ja auch mehr Grund dazu als du. Ich kann putzen, und ich weiß, daß ich's kann. Aber etwas anderes kann ich nicht. Und was mache ich, wenn ich rausgeschmissen werde?»
Ulla weiß nicht, was sie darauf antworten soll.
«Ich kann auch zeitlich keinen anderen Job annehmen als so einen wie den hier», sagt Lis-Jytte. «Wenn der Kleine den ganzen Tag in den Kindergarten müßte, dann wär das für uns zu teuer. Wir kommen so schon kaum aus!»
«Glaubst du, *ich* wüßte, was ich machen soll, wenn ich rausgeschmissen werde?»
«Du findest leicht etwas anderes. Du bist ... Ich meine, du hast es fast so gut wie ein Mann. Du bist jung. Du brauchst nur an dich zu denken – und an das Geld, was du brauchst. Du hast keinen Mann und keine Kinder – das macht viel aus! Wenn du hier fertig bist, bist du wirklich fertig! Ich habe zwei Arbeitsplätze. Und der hier ist fast noch der leichtere!»
Ulla nickt.
«Na ja», sagt Lis-Jytte, «so ist es nun mal im Leben. Fußböden wischen sich nicht von allein – glücklicherweise. Wovon sollten wir sonst leben? In manchen Krankenhäusern arbeiten jetzt schon Reinigungsunternehmen. Rationalisierung nennen sie das. Vielen Dank! Auf die Art werden sie uns noch wegrationalisieren.»
«Ist das hier etwa auch schon geplant?»
«Nein!»
«Bist du sicher?»
«Das hat unser Obmann gesagt.»
«Unsere Obfrau!»
«Oh, du alte Emanze!»
«Woher weiß Gerda das denn so genau?»
«Weiß nicht. Vielleicht weiß sie es auch gar nicht so genau. Mir graut jedenfalls vor dem Tag, an dem die hier ein Reinigungsunternehmen beauftragen. Die sind verdammt raffiniert, und ich

hab mitgekriegt, daß sie hier auch schon darüber verhandelt haben.»

«Können wir nicht versuchen, ihnen zuvorzukommen? Indem wir zum Beispiel die Sache untersuchen? Viele von uns wissen doch überhaupt noch nichts davon. Ich höre es jedenfalls heute zum erstenmal!»

Lis-Jytte zuckt mit den Schultern und drückt ihre Zigarette in der Untertasse aus.

«Dafür haben wir Gerda», sagt sie.

«Meinst du, die schafft das allein? Weißt du was, Lis-Jytte, wir berufen eine Versammlung ein, und dann bereden wir, was wir machen, wenn es aktuell wird. Laß uns gleich einen Abend festlegen. Und dann sagen wir es den anderen!»

«Ulla! Du weißt nicht, was du da redest! Was meinst du, wie viele da kommen werden? Ich jedenfalls nicht! Ich möchte mal Kais Gesicht sehen, wenn ich ihm sage, daß ich abends zu einer Versammlung muß! Der wird mir was husten.»

«Das darf doch nicht wahr sein! Er geht doch auch zu Versammlungen!»

«Das ist was anderes.»

«Das ist ganz genau dasselbe!»

Lis-Jytte schüttelt den Kopf. «Nein! Das verstehst du nicht. Und das kannst du auch nicht verstehen. Aber ich habe kein Interesse, zu Hause mehr Ärger als unbedingt notwendig zu haben. Wenn du Lust hast, kannst du die Sache ja allein in Gang bringen.»

«Wenn du nicht mitmachst, mache ich auch nichts. Es ist ja nicht so, daß ich mich abends zu Hause langweile!»

«Nein, tust du sicher nicht. Und du bleibst ja sicher auch nicht bis ans bittere Ende deiner Tage hier.»

«Bis ans bittere Ende meiner Tage! Du hast manchmal eine merkwürdige Art zu reden, Lis-Jytte!»

«Ich sage es, wie ich es sehe. Und deshalb sage ich auch nochmal: Paß auf, was du sagst, da drüben in der M. Du unverbesserliche Emanze!»

Emanze! denkt Ulla, während sie durch den langen Gang geht.

Es macht ihr nichts aus, wenn sie Emanze genannt wird. Ist doch klar – im Zweifelsfall ist sie eine! Oder? Ist man eine Emanze, wenn man sich zum Beispiel über ein Schild ärgert, wie sie es neulich im Finanzamt: «Ehefrauen wenden sich unter Angabe der Steuernummer ihrer Ehemänner an die zuständige Stelle in Zimmer ...»? Als ob die Welt eine Männerwelt wäre!
Ich bin nicht aktiv in der Frauenbewegung. Ich war nicht einmal bei dem Frauenfestival im Faelledpark. Das ist irgendwie nichts für mich. Aber ich bin ja auch nicht unterdrückt. Ich verdiene mir mein Geld selbst – ich bin frei und unabhängig. Ich kann mir jederzeit einen Mann ins Bett holen. Und ich bin nicht auf den Mund gefallen, ich weiß mich zu wehren. Oder?
Sie erinnert sich an ein Erlebnis im letzten Jahr, als sie den Aushilfsjob bei der Post hatte. Als Postbotin. Die meisten Männer mit denen sie dort zusammenarbeitete, waren sehr nett zu ihr. Vielleicht gerade, weil sie ein Mädchen war. Aber eines Morgens als sie mit ihrer schweren Tasche im Gang stand und sich gerade auf den Weg machen wollte, drückte sich so ein dicker Kerl an ihr vorbei und zischte: «He, du, 57-57-90, mach mal gefälligst Platz!» Und als sie ihn verständnislos ansah, sagte er wütend: «Aus dem Weg, Junge!»
Ulla war völlig außer sich. Er hatte sich über ihre Brust lustig gemacht! Sie stand stumm da, völlig am Boden zerstört. Ob ich eine Antwort parat gehabt hätte, wenn ich aktiv in der Frauenbewegung mitmachen würde? Hätte Eva eine Antwort parat gehabt? Was antwortet Eva, wenn ein Mann zu ihr sagt, Emanzen sind schmutzig und haben fettiges Haar? Eva hat kein fettiges Haar. Eva hat auch keine besonderen Kennzeichen, wie ich sie habe. Und selbst wenn sie welche hätte – ich würde Evas Recht, so auszusehen wie sie aussieht, jederzeit verteidigen!
Aber dazu bietet sich jetzt keine Gelegenheit mehr. Einmal neulich hat sie Eva kurz oben auf der Treppe gesehen. Sie wollte gerade rufen, um die dumme Geschichte aus der Welt zu schaffen, aber dann hat sie es sich anders überlegt: Nein, ich tu's nicht!
Ulla muß an Lis-Jytte denken. Schrecklich, wieviel Nervosität

sich hinter Lis-Jyttes scheinbarer Ruhe verbirgt. Wieviel Angst. Wer sie richtig kennt, merkt, wie sehr sie aufpaßt, vieles *nicht* zu machen und vieles *nicht* zu sagen. Man könnte meinen, das Wasser steht ihr bis zum Hals.
Das ist traurig, denkt Ulla. Wann ermöglichen Eltern endlich auch ihren Töchtern eine so gute Ausbildung, daß sie nicht gleich in Ohnmacht fallen bei dem Gedanken, einen blödsinnigen Reinmachjob zu verlieren! Eigentlich müßten die Mädchen die bessere Ausbildung kriegen und nicht die Jungen, denn die Mädchen sind später in der Regel für die Kinder verantwortlich. Mit einer besseren Ausbildung würden sie einen höheren Stundenlohn erhalten und brauchten nicht so viele Stunden zu arbeiten. Aber wahrscheinlich sind die Eltern nicht allein schuld daran. Es ist das System. Und das System hat Glück: Die Frauen wollen tagsüber möglichst viel Zeit für ihre Kinder haben. Wer wäre sonst bereit, zu so idiotischen Zeiten – mitten in der Nacht – in Krankenhäusern, Schulen, Büros und Fabriken sauberzumachen?
Lis-Jytte hat recht, denkt Ulla. Bei mir ist es was anderes. Mir stehen viele Möglichkeiten offen. Das verpflichtet. Wenn ich schon so viel Kraft habe, sollte ich sie auch vernünftig anwenden. Mich engagieren. Dinge um mich herum in Bewegung bringen. Einigen Leuten Schwung machen. Ihnen notfalls einen Tritt in den Hintern geben, damit sie sich bewegen.
Die Welt verbessern – das sind große Worte! Aber ich sollte irgend etwas *tun*. Ulla wollte schon immer irgend etwas tun, was keiner so gut kann wie sie. Und was ist das? Das ist die Frage. Wo soll ich mich engagieren? Sie möchte sofort anfangen. Sie kann es kaum noch abwarten!
Ruhig! Ich muß lernen, eins nach dem anderen zu machen. Und im Moment bin ich noch mittendrin im «Projekt Mutter». So hat Ulla das damals genannt. Und das Projekt macht gute Fortschritte. Hanne trifft sich nach wie vor mit Lars. Und Ulla hat ihr sogar schon mehrmals mit Erfolg vorgeschlagen, Lars nach Hause einzuladen. Es war jedesmal urgemütlich. Lars ist ein ruhiger Typ, man kommt gut mit ihm aus – er hat nicht einmal mit Pelle Schwierigkeiten.

Aber meistens schläft Hanne bei Lars. Dann kommt sie mitten in der Nacht und manchmal auch erst frühmorgens, kurz bevor Pelle aufstehen muß, nach Hause. Sie kann es nicht über ihr Mutterherz bringen, daß ihr vierzehnjähriges Söhnchen sein Frühstück und seine Schulbrote selbst zubereiten muß. Mütter! Frauen! Sie graben sich ihr eigenes Grab!
Ulla hat eine Idee. Pelle will heute abend zu Vater und Lisbeth fahren, und sie selber wollte sich eigentlich mit Hans-Jørgen treffen, aber das kann sie absagen. Es ist eine Ewigkeit her, seit sie sich mit Hanne so richtig in Ruhe unterhalten hat.
Als Ulla nach Hause kommt, ist ihre Mutter nicht da. Stimmt, sie ist beim Arbeitsamt. Ulla sieht sich in der Wohnung um. Hier müßte mal aufgeräumt werden. Das Frühstücksgeschirr steht auch noch da. Ulla fängt an aufzuräumen. Die Wohnung soll so sauber und gemütlich aussehen wie möglich. Ein völlig freiwilliger Service!
Sie weiß noch, wie Hanne vor Jahren einmal mit ihr geschimpft hat, weil sie bei irgend etwas nicht mithelfen wollte. Du bist *unmöglich*, hatte ihr Hanne gesagt, warum kannst du nicht wenigstens dieses eine Mal mithelfen? Und Ulla hatte geantwortet, Hanne sei selber unmöglich, warum um alles in der Welt denn immer alles *so* ordentlich sein müsse. Und dann war Hanne richtig wütend geworden und hatte geschrien, sie sehe es gar nicht ein, daß sie immer alles selber machen müsse, und Ulla solle nicht auch noch frech werden. Und Ulla hatte geschrien, sie solle sich abregen, sie kriege wohl ihre Tage. Und dann hatte sich Hannes Gesichtsausdruck plötzlich merkwürdig verändert, und sie war mit erhobener Hand auf Ulla losgegangen, um ihr eine runterzuhauen. Aber Ulla hatte blitzschnell reagiert – sie war fest entschlossen, zum erstenmal zurückzuschlagen, falls ihre Mutter sie schlug. Sie hatte auch die Hand gehoben – und da hatten sie beide lachen müssen.
Seither hat Hanne nie mehr auch nur andeutungsweise den Versuch gemacht, sie zu schlagen. Aber kurz nach diesem Ereignis ließen sich ihre Eltern auch scheiden, und ihre Mutter hatte wieder angefangen zu arbeiten, und es war sowieso alles anders ge-

worden. Ab und zu kommt Hanne noch einmal auf diese alte Geschichte zu sprechen, und jedesmal bittet sie dann Ulla um Entschuldigung dafür, daß sie ihr ein paarmal eine runtergehauen hat. Du liebe Zeit! Ist doch wirklich nur höchst selten vorgekommen: Kein Grund, sich deswegen jetzt noch Gedanken zu machen.

Ulla ist gerührt, wenn sie daran zurückdenkt. Sie freut sich auf heute abend. Jetzt sieht es in der Wohnung schon sehr schön aus. Sie legt eine Platte auf und raucht eine Zigarette. Sie dreht die Lautstärke voll auf. So hört sie Musik am liebsten.

Sie bemerkt Hanne erst, als die schon im Wohnzimmer steht.

«Hallo, Mutti!» ruft sie. «Gibt's was Neues?»

Hanne schüttelt den Kopf. «Hallo, Ulla. Wann gehst du zu Hans-Jørgen?»

Ulla erzählt Hanne von ihren Plänen für den heutigen Abend. Hanne stellt die Musik leiser.

«Das rummst ja bis ins Erdgeschoß! Du solltest an die Nachbarn denken!»

«Ach, die werden schon nicht gleich sterben!»

Hanne hat eingekauft, eine große Tragetasche voll. Sie bringt sie in die Küche. Als sie wieder ins Wohnzimmer kommt, sagt sie: «Ich hab Lars zum Essen eingeladen.»

«So ...» Ulla macht ein langes Gesicht.

«Traurig?» fragt Hanne.

«Da kann man nichts machen. Ich hatte nur gedacht, wir ... wir könnten einmal allein miteinander reden.»

«Das können wir doch ein andermal machen, Ulla. Ich habe lauter leckere Sachen eingekauft. Und Rotwein. Und ...» Hanne verstummt.

«So. Du willst also den ganzen Abend mit Lars zusammenhocken!»

«Weißt du was, Ulla», sagt Hanne zögernd, «hast du nicht Lust, nach dem Essen ins Kino zu gehen? Ich lade dich ein.»

«Null!»

«Bitte?»

«Ich habe keine Lust!»

«Aber Ulla, du wolltest dir doch den neuen Film mit Robert de Niro ansehen, und heute abend würde es doch gut passen.»
«Ja, das glaube ich! *Dir* würde es gut passen, dann bist du mich los. Warum kann ich eigentlich nicht hier bleiben? Bloß weil Lars kommt?»
«Du kannst doch hier bleiben! Ich hatte nur damit gerechnet, Lars und ich hätten heute abend ein paar Stunden für uns. Ich kann nicht mit ihm zusammen sein, so richtig, mein ich, wenn du hier bist.»
«Vögeln, meinst du! Sag doch, was du meinst. Es stört mich nicht, wenn ihr nach dem Essen ins Bett geht – wenn das das einzige ist, woran ihr denkt!»
«Aber mich! Ich kann nicht mit Lars ins Bett gehen, wenn du im Nebenzimmer sitzt. Kannst du das nicht verstehen?»
«Nein. Kann ich nicht. Das einzige, was ich langsam verstehe, ist, daß du prüde und ... und egoistisch bist und ... Ach, Scheiße. Ist ja auch egal. Ich gehe schon. Ich werde euch nicht stören.»
Einen Moment lang sieht Hanne aus, als wollte sie Ulla zurückhalten. Aber es ist zu spät. Ulla hat schon ihre Tasche geholt, in die sie schnell noch einen frischen Slip geworfen hat, und ruft vom Flur aus: «*Vergnügen!*» Dann knallt sie die Tür hinter sich zu und rennt die Treppe hinunter. Die alte Wut, die alte Verzweiflung kommt in ihr hoch. Beides ist ihr so wohlbekannt. Meine eigene Mutter will mich nicht!

Ein Schnaps am Nachmittag

Ulla geht zu Hans-Jørgen. Wohin soll sie sonst? Bei Hans-Jørgen weiß sie wenigstens, daß sie ihm jederzeit willkommen ist. Auch wenn er sie nicht erwartet. Er ist zu Hause. Und zum Glück ist er allein. Wäre gar nicht komisch, wenn sie mit rotgeränderten Augen ankommt und einer seiner Freunde säße bei ihm. Sie hätte dann auch nicht offen mit ihm reden können. Und das braucht sie jetzt – jemanden, mit dem sie reden kann, jemanden, der sie kennt, bei dem sie sich nicht zu verstellen braucht, jemanden, dem sie sagen kann: Mir geht's beschissen.

«Na?» sagte Hans-Jørgen und sieht sie forschend an. «Ist was passiert?»

«Weiß nicht.» Ulla schluchzt. «Meine Mutter ...»

«Habt ihr euch gestritten?»

«Weiß nicht. Ich weiß nicht, was los ist. Ich habe mich so darauf gefreut, einen richtig schönen Abend mit ihr zu verbringen, nur sie und ich, verstehst du, und dann hatte sie sich ausgerechnet heute auf die ganz große Liebesnacht mit Lars vorbereitet. Damit bin ich nicht klargekommen.»

«Verstehe.»

«Ja, nicht?» Ulla ist kurz davor, wieder loszuheulen. Die Tränen kommen ihr besonders leicht, wenn jemand mit ihr fühlt – dann merkt sie erst so richtig, wie bedauernswert sie ist.

«Komm, setz dich zu mir, mein Kleines», sagt Hans-Jørgen und zieht sie zu sich aufs Sofa. Sie macht sich ganz klein und kuschelt sich an ihn. Er streichelt sie. Schweigend sitzen sie so eine Weile. Dann fragt Hans-Jørgen: «Sag mal, bist du vielleicht auf Lars eifersüchtig?»

«Auf *den*?» sagt Ulla schluchzend. «Der ist überhaupt nicht mein Typ.»

«Das mein ich nicht. Ich meine, ob du das Gefühl hast, er nimmt dir deine Mutter weg oder so ...»

«Nein, ich sage dir doch, Lars ist ganz in Ordnung. Ich hab nichts gegen ihn. Nur gegen meine Mutter. Wenn ich nur ein einziges Mal möchte, daß wir für uns allein ...» Sie verstummt.

«Aber eigentlich wolltest du doch gar nicht zu Hause sein heute abend. Findest du es nicht etwas unfair, das jetzt so hinzustellen?»

«Dann säße ich jetzt wohl nicht hier und würde so blöde heulen. Warum kann ich meine Mutter nicht ein einziges Mal in Ruhe für mich haben?»

«Na, hör mal», sagt Hans-Jørgen. «Erst drängst du sie in so ein Verhältnis, und dann zerrst du an ihr rum wie ein kleines Kind und willst nicht, daß sie was unternimmt.»
«Aber ich hindere sie doch gar nicht! Wenn sie bloß nicht so fürchterlich kleinbürgerlich wäre! Sie kann nur mit Lars bumsen, wenn sich weit und breit keine Menschenseele aufhält! Weißt du, was sie mir vorgeschlagen hat? Ob ich nicht ins *Kino* gehen wollte! Da bin ich ausgeklinkt.»
«Also, ich weiß nicht, aber ich finde es nicht gut, daß du dich ausgestoßen fühlst, wenn Hanne anders reagiert, als du erwartest. Du kannst von ihr nicht verlangen, daß sie so handelt und so fühlt wie du. Ich finde, du bist ihr gegenüber intolerant.»
Ulla weiß nicht, was sie antworten soll. Natürlich, sie hat sich blöde, kindisch aufgeführt. Aber was soll sie gegen das alte, wohlbekannte Gefühl in ihrem Innern tun? Gegen das Gefühl, daß ihre Mutter sie im Stich läßt.
«O Mann, du redest ja wieder unheimlich klug daher!» sagt sie und fügt aus Trotz hinzu: «Zum Kotzen!»
«Wie du hier in Selbstmitleid badest, das ist auch zum Kotzen. Hanne ist nicht dazu verpflichtet, ihre Zeit mit dir zu verbringen, wenn es *dir* paßt! Daran mußt du dich gewöhnen. Sonst wirst du genau wie meine Mutter!»
«Wie Alice! Nie!» Was für ein Gedanke!
«Natürlich nicht genauso, aber siehst du nicht, daß es bei ihr ganz ähnlich ist? Wenn sie etwas mehr Selbstvertrauen hätte, müßte sie nicht dauernd wie unter Zwang Beweise erbringen, wie unentbehrlich und wichtig und was weiß ich nicht alles sie für uns ist.»
«Willst du damit sagen, daß sie deshalb immer versucht, zu helfen und zu trösten und so? Damit wir das Gefühl haben, sie bedeutet uns etwas?»
«Ja. Und den Alten hat sie auch fast angesteckt. Das ist nicht nur unerträglich, das ist lebensgefährlich!»
«Wie soll sie denn Axel anstecken?» fragt Ulla erstaunt.
«Ich kann es dir nicht genau sagen. Ich merke nur, wie er seit einiger Zeit dauernd bei allen Bestätigung sucht.»

«Können wir ihm nicht irgendwie helfen?» Aus unerklärlichen Gründen hat sich Ulla in Axels Gegenwart immer etwas unsicher gefühlt. So wie Alice sie jedesmal irritiert. Axel war immer ein in sich selbst ruhender Mann, der eine unwahrscheinliche Selbstsicherheit ausstrahlte. Alle vierzehn Tage brachte er einen braunen Umschlag mit Bargeld nach Hause. Axel, der Versorger der Familie, der Mann im Haus. Und das gilt nun nicht mehr, seit an die Stelle der braunen Umschläge das Arbeitslosengeld getreten ist? «Ich weiß», sagt sie, «du hast schon versucht, Arbeit für ihn zu finden. Aber ist es wirklich so aussichtslos?»
«Leider ja.»
«Dann müssen wir irgend etwas anderes versuchen. Man müßte ihm zum Beispiel klarmachen, daß er keinen Grund hat, sich wegen seiner Arbeitslosigkeit zu schämen. Er ist nicht weniger wert, bloß weil ein kleiner Fabrikant ihn rausgeschmissen hat!»
«Versuch's mal. Ich fürchte nur, das wird schwer werden.»
«Wollen wir nicht gleich mal zu ihnen rüber? Ohne vorher anzurufen? Damit sie nicht erst groß was vorbereiten?»
«Okay, das ist eine gute Idee! Aber erschrick nicht, wenn du ihn siehst!»
Der Gedanke, etwas Vernünftiges zu tun, eine Aufgabe zu haben, muntert Ulla etwas auf. Sie nehmen ihre Räder und fahren los.
Axel öffnet ihnen die Tür. Nichts an ihm sieht erschreckend aus. Im Gegenteil, er macht einen ausgesprochen fröhlichen Eindruck. Seine Augen blitzen so lebendig wie eh und je. Außerdem ist er im Gesicht etwas voller geworden. Steht ihm gut. Er empfängt sie mit offenen Armen. Ebenso Alice.
«Schön, dich mal wieder zu sehen, Ulla», sagt sie und gibt ihr einen Kuß. Dann fügt sie hinzu: «Du warst wirklich *sehr* lange nicht hier!»
Offene Arme, denkt Ulla. Lange, gierige Fangarme. Sie schüttelt den Gedanken ab und geht mit Alice in die Küche, um Kaffeewasser aufzusetzen. Sie wird versuchen, lieb und nett zu Alice zu sein, was schwer ist, so wie Alice sich auf sie stürzt.

«Aber ich weiß ja, du hast immer viel zu tun», sagt Alice. «Was macht denn die Arbeit?»
«Danke. Es geht ganz gut.»
«Wird es dir auch nicht zu anstrengend?»
«Nein ...» Wenn Ulla etwas auf die Nerven geht, dann die Art, wie Alice sie immer bedauert.
«Na, dann ist es ja gut», plappert Alice weiter. «Ich denke ja immer noch, es war ganz schön gewagt von dir, so eine Arbeit anzunehmen. Aber ich weiß ja, es ist schwer für euch junge Leute heutzutage. Als ich jung war ... Ach ja, das war ganz anders damals. Da konntest du die Arbeit wählen, zu der du Lust hattest. Und konntest dir das beste aussuchen.»
Hast *du* das etwa gemacht? denkt Ulla, während Alice den Würfelzucker und das Sahnekännchen aus dem Glasschrank mit den niedlichen gelben Scheibengardinen holt. Hast du dir *diese* Arbeit nach reiflicher Überlegung ausgesucht? Oder hat deine Wirklichkeit nicht eher so ausgesehen, daß alles schon entschieden war, lange bevor du angefangen hast zu überlegen? Hast du wirklich von Anfang an vorgehabt, Teakholzmöbel zu polieren? Und Fenster, die zum nächsten roten Backsteinhäuserblock rausgehen, zu putzen? Und Suppe für Axel und den kleinen Hans-Jørgen zu kochen? Laut sagt sie: «*Das* kann man heute nicht mehr, sich das beste aussuchen. Trotzdem, ich habe das Gefühl, mir geht so leicht nichts schief.» Sie meint das ernst. Wenn sie mit Alice redet, fühlt sie sich aus irgendeinem Grund immer sehr stark. Aber das hätte sie lieber nicht sagen sollen. Jedenfalls nicht hier. Hoffentlich hat es Axel nicht gehört. Nein, sie hört ihn im Wohnzimmer laut und herzlich lachen. Hans-Jørgen hat offenbar mal wieder schwarzgemalt!
«Hoffentlich hast du recht», sagt Alice. «Hoffentlich bist du nicht *zu* optimistisch, Ulla.»
Ich weiß, denkt Ulla, dir wäre es lieber, wenn ich so pessimistisch wäre wie du.
«Wie geht's Hanne?» fragt Alice. «Wie kommt sie zurecht mit ihren Problemen?»

«Oh, Mutti geht's blendend», sagt Ulla herausfordernd. «Sie ist ein völlig neuer Mensch, seit sie mit Lars befreundet ist. Du weißt ja, nichts geht über einen jugendlichen Liebhaber!»
«Lars?»
Oh, hat Alice nichts davon gewußt? Ist es ihrer Mutter tatsächlich gelungen, das vor Alice geheimzuhalten? Oder ist es ihr immer noch peinlich?
Alice ist offensichtlich sittlich entrüstet. Sie sieht Ulla einen Moment lang mit hochgezogenen Brauen an. Dann dreht sie sich um und hantiert mit Tassen und Teelöffeln. Wer weiß, was sie aus dieser Neuigkeit macht!
«Ich bringe schon mal die Tassen ins Wohnzimmer», sagt Ulla schnell. «Bin gespannt, wie es Axel geht. Er klingt ganz fröhlich.»
«Das Leben muß ja weitergehen», sagt Alice ausweichend. Sie gibt Ulla das Tablett, ohne sie anzusehen. «Ich glaube, ihr habt ihm eine große Freude gemacht ... daß ihr gekommen seid. Wir sehen Hans-Jørgen in letzter Zeit ja auch immer seltener ...»
Na, dann kreuz es mal gleich auf dem Kalender an! denkt Ulla. Warum fühle ich mich durch Alice immer so genervt? Ich habe doch eigentlich gar keinen Grund! Und wenn Alice nun in meinen Gedanken lesen kann? Könnte doch sein. Es gibt Leute, die Gedanken lesen können. Na, zu denen gehört Alice mit Sicherheit nicht! Sonst wüßte sie längst, daß alles, was sie sagt, das genaue Gegenteil bewirkt – daß es die Leute abstößt, statt sie anzuziehen. Sie sollte mir leid tun. Tut sie aber nicht.
Hans-Jørgen hat es sich auf dem Sofa bequem gemacht. Axel holt gerade Schnapsgläser. Ein Glas und eine Flasche stehen schon auf dem Tisch.
«Aha, hier hat sich jemand einen Nachmittagsschluck gegönnt», sagt Ulla.
«Nur einen kleinen. Ist gut für die Gesundheit», sagt Axel. «Du weißt doch: Essen und Trinken hält Leib und Seele zusammen!»
Er schenkt ein. «So, nun wollen wir mal zum gemütlichen Teil übergehen ...»

Alice will natürlich zuerst nichts trinken. Dann doch: «Gut, aber nur halbvoll.» Demonstrativ! denkt Ulla. Gönnt sie Axel diese kleine Freude etwa nicht? Er kann's gebrauchen. Es ist deutlich zu sehen, wie Axel sich über unseren Besuch freut.
Ein Schnaps folgt dem anderen. Axel erzählt Geschichten aus seinem Betrieb. Geschichten von DAMALS. Axel konnte schon immer gut Geschichten erzählen, ausführlich und mit lustigen Details geschmückt. Das hat er jedenfalls noch nicht verlernt, denkt Ulla. Und er ist froh, daß er Zuhörer hat.
Axel ergeht sich in Erinnerungen. Als ob es keine Gegenwart gäbe. Ulla sieht Hans-Jørgen an, daß er es auch nicht übers Herz bringt, das Gespräch auf die Arbeitslosigkeit zu lenken und darauf, wie Axel sich dabei fühlt. Es wäre zu brutal.
Ulla muß lachen. Die Geschichte, die Axel gerade erzählt, ist komisch. Sie legt den Arm um ihn und gibt ihm einen Kuß auf die Wange. Sie merkt, das alte herzliche Gefühl zwischen ihnen ist noch lebendig.
Aber irgend etwas ist anders als sonst. Ist es der Unterton in Axels Stimme? Ist ihm bewußt, daß er von Erinnerungen an eine Zeit, die nie wiederkommen wird, lebt? Redet er deshalb so hastig, fast hektisch? Das war doch sonst nicht seine Art. Ulla schüttelt ihre düsteren Gedanken ab. Sie trinkt aus, und Axel füllt ihr Glas sofort wieder.
Hans-Jørgen versucht es jetzt. Ohne Umschweife fragt er: «Ja, und jetzt? Wie kommst du jetzt zurecht?»
«Das Leben muß ja weitergehen, wie Alice immer so schön sagt. Und das tut's auch, wie ihr seht!»
«Du gewöhnst dich wohl langsam an dein Hausmanndasein, was?» neckt Ulla ihn.
«Und wie! Das ist aufregend, kann ich dir sagen. Außerdem sehe ich so wenigstens mal, was Alice den ganzen Tag über macht.»
Alice steht auf und geht in die Küche. Axels Gesicht verdunkelt sich, aber er sagt nichts.
«Mal ehrlich, Axel, hast du dich etwas daran gewöhnt?» fragt Ulla.
«Gewöhnt? Woran? Ach so, na ja – so schlimm ist es nun auch

wieder nicht ...» Er hält den Kopf gesenkt und starrt auf den Tisch. «Es ist nur alles so anders ...» sagt er dann.
«Inwiefern?» fragt Hans-Jørgen.
«Ja, es ist so ...» Er bricht ab. Er sieht Ulla an, als suche er Hilfe bei ihr. Schließlich sagt er: «Die kommen nun wohl ohne mich aus. Ich habe schon manchmal das Gefühl, niemand braucht mich mehr.» Seine Stimme klingt jetzt ganz anders.
«Wir haben vorhin darüber geredet, daß ...» beginnt Hans-Jørgen. Aber Axel hört ihm nicht zu. Ein Muskel in seinem Gesicht fängt an zu zittern. Er steht schnell auf, stürzt ins Schlafzimmer und schließt hinter sich ab. Hans-Jørgen geht ihm nach, redet durch die Tür auf ihn ein, redet ihm zu, doch aufzumachen. Vergeblich. Ulla ist sitzen geblieben. Sie fühlt sich unglücklich und hilflos.
Kurz darauf verabschieden sie sich. Schweigend fahren sie zurück zu Hans-Jørgen.
Später sagt Ulla: «Wir sind unsere Theorien nicht losgeworden.» Und da Hans-Jørgen nicht antwortet, fügt sie hinzu: «Ich glaube, wir werden ihm nie klarmachen können, daß nicht er es ist, der versagt hat.» Und nach einer Pause: «Meinst du, er gibt auf?»
Hans-Jørgen spricht langsam: «Weiß nicht. Wenn wir ihn nur dazu bringen könnten, daß er sich zu irgendwas aufrafft – aber das setzt voraus, daß er sich eingesteht, daß er arbeitslos ist, und sich klarmacht, womit das wirklich zusammenhängt. Ich fang auch gleich an zu heulen, vor Wut über dieses schweinische System. Er ist so ein phantastischer Mensch – und wird einfach fallengelassen, abserviert, durch einen billigeren ersetzt!»
«Wer spart, gewinnt», sagt Ulla bitter.
«Wenn er erst einmal anfängt, sich an die Flasche zu klammern, ist es aus mit ihm!»
«Nein, Hans-Jørgen, jetzt gibst du auch auf. Wir müssen uns was ausdenken. Irgendwie müssen wir ihm doch helfen können ...»
«Und wie?» fragt Hans-Jørgen verzweifelt.
Ulla weiß es nicht.

«Du –» sagt sie, «ich möchte noch mal schnell zu Hause anrufen. Damit meine Mutter nicht traurig ist. Sonst ist ihr der ganze Abend verdorben.»

Wer braucht wen?

Am nächsten Morgen wacht Ulla vor Hans-Jørgen auf. Ein neuer Tag – und heute hat sie frei.
Es ist schön, neben Hans-Jørgen aufzuwachen. Es ist schön, neben ihm einzuschlafen. Daß sie gestern abend nicht mehr gebumst haben, macht nichts. Sie haben ja heute noch viel Zeit. Wenn Ulla mit Hans-Jørgen zusammen ist, denkt sie oft: Wir sind ja schon wie ein altes Ehepaar! Vielleicht, weil ich nicht richtig in ihn verliebt bin, höchstens ein bißchen, aber nie so, daß ich davon hin und her gerissen bin, bis ich nicht mehr weiß, ob es eigentlich gut tut oder weh tut. Nach diesem starken Gefühl sehnt Ulla sich manchmal. Diesen wichtigen Teil von ihr hält sie zurück, wenn sie mit Hans-Jørgen zusammen ist ... Und da ist auch ein wichtiger Teil von ihm, den sie nie zu sehen kriegt, den sie nicht greifen kann.
Aber die anderen Gefühle sind auch sehr schön: Sicherheit, Zusammengehörigkeit, Freundschaft. Deshalb schläft sie auch so gern mit Hans-Jørgen. Er kennt sie so gut. Er weiß, was sie gern hat – und er macht es auch gern. Er ist ein guter Freund.
Sie schlüpft aus dem Bett, geht in die Küche, trinkt etwas und ist gerade wieder im Bett, als er aufwacht. Er streckt den Arm nach ihr aus, streichelt ihre Hüften und dann die Innenseiten ihrer Schenkel. Sie umfaßt seinen Schwanz, liebkost ihn zärtlich.
«Moment», sagt er.
Helles Sonnenlicht fällt auf seinen schlanken Körper, als er aus der Küche zurückkommt. Ulla verkriecht sich unter der Bettdecke und zieht ihn zu sich. «Komm», sagt sie, «wir spielen, daß wir ganz allein in einem tiefen finsteren Wald sind. Wir haben uns versteckt, damit niemand erfährt, daß wir zusammen schla-

fen. Sonst verfolgen sie mich und jagen mich aus der Stadt, denn ich bin verheiratet, und ‹Du sollst nicht ehebrechen!›»
Etwas mühsam, jetzt Geschichten zu erfinden. Und verwirrend. Aber solange sie so liegen, ist ihr Körper nicht dem hellen Sonnenlicht ausgeliefert. Es glückt. Sein Kopf schiebt sich zwischen ihre Beine. Ihr Ritual beginnt. Ulla kann sich ganz auf ihre süße, heftige Lust konzentrieren. Jetzt phantasiert sie nicht, sie spürt nur sich selbst, merkt, wie die Lust sich ausbreitet, zu einer Woge wird, die steigt und steigt und sich im Orgasmus überschlägt...
Danach gleitet Hans-Jørgen vorsichtig in sie ein. Jetzt ist er an der Reihe. Zielstrebig arbeiten sie auf seinen Höhepunkt hin. Er kommt, stöhnt, den Kopf hoch erhoben, in den Nacken geworfen. Dann sinkt er auf sie.
Dann lacht er. Das ist schön bei Hans-Jørgen – er lacht hinterher immer. Zufrieden. Männer haben ihren Orgasmus anders als Frauen. Endgültiger, mehr entweder – oder.
Manchmal hat Ulla Zweifel. Nicht ob sie nun wirklich gekommen ist – die Anzeichen sind ihr vertraut, seit sie bei Hans-Jørgen zum erstenmal einen Orgasmus hatte: sie fühlt die Kontraktionen und könnte sie zählen, wenn sie die Geistesgegenwart dazu hätte. Nein, das ist es nicht. Was sie nachdenklich macht, ist, daß ein Orgasmus bei ihr selten mehr berührt als ihre Geschlechtsteile.
Heute schwirrt ihr irgend etwas im Hinterkopf herum. «Wir beide brauchen einander», sagt sie.
Hans-Jørgen weiß, worauf sie hinaus will. «Ja – und das genießen wir, solange wir es haben.»
«Hast du eigentlich noch nie darüber nachgedacht, ob wir uns wirklich brauchen?» sagt Ulla. «Ich meine, sexuell?»
«Wieso? Findest du, wir machen sexuell etwas falsch? Ich hatte eben nicht den Eindruck.»
«Nein. Das nicht. Aber manchmal denke ich hinterher, ich *benutze* dich.»
«Ach so! Na, dann sind wir quitt. Ich benutze dich ja auch.»
«Ja, aber manchmal denke ich, was besteht eigentlich für ein Unterschied zwischen dir und meinem Massageapparat?»

«Kann ich dir sagen. Dein Massageapparat hat nichts davon! Eine völlig einseitige Geschichte!»
«Blödmann», sagt Ulla. «Ich meine es ernst!»
«Sag mal, du entwickelst dich doch wohl nicht zur Puritanerin?»
«Hör auf, Mann! Was meinst du damit?»
«Sehr wohl, Frau. Ich meine damit, daß ich hoffe, du fängst nicht an, Schuldgefühle zu entwickeln, weil du den natürlichsten aller Massageapparate benutzt.»
«Sag das noch einmal! Du nennst deine Zunge den natürlichsten aller Massagestäbe?! Kommt dir eigentlich nie der Gedanke, daß es irgendwie etwas *künstlich* ist, wie wir bumsen?»
«Meinst du pervers?»
«Nein, du Vollidiot!» sagt Ulla liebevoll. «Ich meine diese technisch ausgereifte und immer nach demselben Schema ablaufende Art, wie wir's machen.»
«Der Zweck heiligt die Mittel!» sagt Hans-Jørgen. «Wenn du das nicht einsiehst, bist du tatsächlich auf dem besten Weg zum Puritanismus. Was willst du eigentlich? Willst du Kinder?»
«Spinnst du? Doch nicht mir dir!»
«Aha. Bist du dir da sicher?»
«Nein, bin ich nicht. Aber denkst du nie, daß wir aus unserer Beziehung etwas gemacht haben, was in Richtung Sexkonsum geht?»
«Nein. Es ist schöner, sich gegenseitig zu brauchen, als sich selbst zu gebrauchen.» Hans-Jørgen streichelt ihre Möse. «Oder nicht?»
Ulla muß grinsen. Aber sie hat noch nicht wieder Lust. Sie möchte lieber mit ihm reden. «Wenn ich eine Puritanerin bin, bist du ein hoffnungsloser Nimmersatt!»
«Ein Allesfresser!»
«Wie man sieht...»
«Ich finde es unter anderem weniger künstlich, sich an Mösen zu überfressen, als an Massagestäben. Außerdem ist es ein Beitrag zum energiebewußten Leben. Was meinst du, wieviel Strom wir sparen, wenn –»

Ulla muß laut lachen. «Komisch», sagt sie, «das habe ich neulich auch gedacht! Trotzdem! Ich glaube, es ist besser, du stehst jetzt auf und holst uns Joghurt und Weißbrot und Käse und Kaffee. Man braucht massenhaft natürliche Energien zur Wiederherstellung –»

«Zur Reproduktion der Reproduktion, meinst du?» unterbricht er sie.

«Was? Nein, das verstehe ich nicht!»

«Dann eben zur Reproduktion der Potenz. Das verstehst du sicher!»

«Nein, danke – jetzt nicht!» sagt Ulla und schüttelt den Kopf, als ob sie es aufgibt. «Es ist zwecklos. Du bist un-mög-lich. Ich stehe auf. *Ich* muß was tun, um die verlorene Energie wieder aufzubauen!»

«Ja, komm, laß uns Brötchen holen – auch wenn heute nicht Sonntag ist.» – «O ja, toll, wir spielen Sonntag!»

Während sie frühstücken sagt Ulla: «War übrigens ganz schön schwachsinnig, was ich da vorhin über das Sich-wirklich-Brauchen gesagt habe. Ich hab an Alice gedacht und daran, daß sie nicht mehr gebraucht wird.»

«Nein, nicht mehr. Aber früher ...»

«Ja, genau, früher! Um dich großzupäppeln! Sie ist höchstens als Mutter für dich gebraucht worden – und ebenso für Axel. Ich sage mir, wie ungeheuer praktisch das doch für den guten alten Herrn Fabrikanten war, von ihr tagaus, tagein einen frischen, ausgeruhten Axel mit einem großen Packen Stullen geliefert zu bekommen. Nicht einmal eine Kantine brauchte er einzurichten! Wirklich zu toll, daß ihr uns habt! Nur daß ihr nie darüber redet! Jedenfalls nicht so.»

«Mich kannst du damit wohl nicht meinen. Ich bin kein Unternehmer. Übrigens hatten sie eine Kantine.»

«Na, egal. Aber es war für ihn doch Gold wert, daß seine Arbeiter ihre Frauen zu Hause hatten. Was hat ihm das alles eingebracht: unentgeltliches Waschen der Arbeitskleidung, liebevolle Fürsorge und Pflege ...»

«Na, ich weiß nicht . . .!»

«Es muß doch wichtig für ihn gewesen sein, daß seine Leute immer gut ernährt wurden und mit ruhigen Händen an seinen verdammten Maschinen stehen konnten! Ich wette, er hat sich die Hände gerieben vor Freude über die Summen, die er an Krankentagegeld gespart hat, weil Frauen wie Alice da waren und für die Kinder der Arbeiter sorgten, den kleinen Hans-Jørgen, wenn er Ohrenschmerzen hatte . . .»

«Halt, stopp! Jetzt gerätst du auf Abwege!» unterbricht Hans-Jørgen sie. «Das Geld hat nicht der Betrieb gespart, sondern allenfalls die Krankenkasse.»

«Und wenn schon. Letzten Endes läuft es auf dasselbe hinaus.»

«Gut, gut. Andererseits darfst du nicht vergessen, daß Alice wirklich stolz auf ihre Arbeit zu Hause war – und glücklich!»

«Es muß ein seltsames Gefühl für sie gewesen sein, das alles zu machen, ohne je einen Pfennig Geld dafür zu kriegen. Sie war doch völlig abhängig von Axel. Und wenn er nun nicht so nett und anständig gewesen wäre? Sie hätte sich nicht einmal von ihm scheiden lassen können. Oder jedenfalls nur sehr schwer! Und plötzlich wird sie aus heiterem Himmel entlassen.»

«Wieso entlassen?»

«Na, mehr oder weniger. Ich meine, als du ausgezogen bist, konnte sie doch nur noch rumrennen und Staub wischen und die Geländer abseifen und darauf warten, daß Axel von der Arbeit kam. Ist doch auch eine Art Arbeitslosigkeit, oder? Und fing es nicht genau zu der Zeit an, daß sie . . .»

«Daß sie unerträglich wurde? Sag's ruhig.»

Ulla nickt. Hans-Jørgen überlegt. Dann sagt er: «Ja, das stimmt . . . Sie hätte sich wie Hanne einen neuen Job suchen sollen. Aber auf den Gedanken wären meine Alten nie gekommen.»

«Verständlich. Meine Mutter ist ja auch in einem anderen Zuhause aufgewachsen als Alice. Mein Großvater und meine Großmutter haben immer beide gearbeitet. Das mußten sie einfach. Sie hatten kein Geld, um an Sprüche wie ‹Der Platz der Frau ist am heimischen Herd› zu glauben.»

«Schade, daß so etwas erblich ist!» neckt Hans-Jørgen sie und stößt leicht mit dem Fuß gegen ihr Bein. Er steht auf und bringt die Butter in den Kühlschrank. Er sucht die Papiertüten vom Bäcker zusammen und wirft sie in den Abfalleimer. Dann sammelt er die Teller und Tassen ein, bringt sie zur Spüle und fängt an abzuwaschen. Nur um ihn zu ärgern, bleibt Ulla sitzen.
«Eigentlich –» sagt Ulla gedehnt, «eigentlich haben beide ihre Arbeit verloren, verstehst du?»
Hans-Jørgen nickt. «Beide haben den Bereich verloren, in dem sie Bestätigung und Selbstbewußtsein fanden. Deshalb haben jetzt beide hart zu kämpfen. Alice war schon lange darauf eingestellt – seit ich zu Hause ausgezogen bin. Bei Axel ist der Verlust plötzlicher und viel unerwarteter gekommen. Und natürlich reagiert er auch anders.»
«Du meinst den Schnaps?»
«Zum Beispiel. Und ich frage mich, was als nächstes kommt. Und Alice? Noch begnügt sie sich damit, nur in der Wohnung rumzufegen und Hanne mit ihren ewigen Telefonaten auf den Wecker zu fallen. Aber wie lange noch? Ich habe Angst, daß sie sich irgendwann aus Verzweiflung etwas antut! Und wir können ihr nicht helfen!» Hans-Jørgen schlägt mit einer heftigen Bewegung das Wasser aus der Abwaschbürste. «Dabei müßten sie sich doch eigentlich gegenseitig helfen können.»
«Aber etwas muß man auch selber machen, oder?»
«Wenn man es noch kann. Wenn es noch nicht zu spät ist. Wenn man sonst keine Hilfe bekommt, egal in welcher Form. Hilfe zur Selbsthilfe – das wäre gut. Das brauchten sie.»
Er setzt sich an den Küchentisch und stützt den Kopf in die Hände. Schweigend sitzen sie eine Weile da. Dann sagt Ulla: «Also, ich bin jedenfalls sicher, daß ich, wenn ich mal arbeitslos werden sollte, nicht mit so einem verdammten Schuldkomplex rumrennen werde.»
«Nein – *du* nicht! Du bist jung. Du bist stark. Du bist abgesichert. Du wurdest schon immer von zu Hause unterstützt.»
«Na ...»
«Und vor allem bist du länger zur Schule gegangen und könntest

jederzeit wieder hingehen. Du hast eine ganz andere Ausgangsbasis.»
«Ich weiß. Deshalb werde ich auch immer irgendwie durchkommen. Und ich weiß auch, daß ich Glück habe und daß nicht alle gleichviel Glück haben.»
«Wär ja auch unlogisch.»
«Wieso?»
«In dieser Gesellschaft werden massenhaft Leute gebraucht, die kein Glück haben», sagt Hans-Jørgen bitter. «Sonst würden nämlich tatsächlich alle im gleichen Boot sitzen. Man versucht uns zwar dauernd einzureden, wir säßen alle im gleichen Boot, aber es gibt mehr als nur ein Boot. Und alle wissen das. Und so soll es bleiben – sonst bricht das System zusammen.»
«Ein großes Boot und ein kleines Boot», sagt Ulla. «Und das große Boot zieht das kleine Boot hinter sich her.»
«Genau!»
«Und in dem großen Boot sitzen die meisten Menschen und rudern – wie die Galeerensklaven ... Bis einer automatische Ruder erfindet! Dann wird der größte Teil der Galeerensklaven von denen in dem kleinen Boot nicht mehr zum Rudern gebraucht. Das ist es doch, was heute passiert!»
«Genau! Aber damit fangen für die in dem kleinen Boot die Schwierigkeiten an. Sie können die Überflüssigen ja nicht einfach ins Wasser schmeißen. Das wäre zu gefährlich. Die in dem großen Boot könnten ja auf die Idee kommen, sich zusammenzutun und Aufruhr zu machen und das Tau, mit dem das Boot angebunden ist, zu kappen, damit es wegtreibt!»
«Da siehst du. Es kommt darauf an, was wir unternehmen», sagt Ulla. Das ist mehr als nur eine Phantasiegeschichte, denkt sie. Das ist bittere Realität. Für uns beide und für viele, viele andere.
Später fragt Ulla: «Du? Was hast du heute noch vor?»
«Ich mach heute blau. Wollen wir nicht ein bißchen raus und spazieren gehen?»
«Oder uns gleich wieder hinlegen?»
«Gute Idee!»

Sie kuscheln sich auf dem Sofa aneinander. Unwillkürlich streicht ihre Hand an seinem Körper herunter und fängt an, ihn zu streicheln. Aber dann überlegt Ulla es sich anders. Sie zieht die Hand weg. «Weißt du was – ich denke gerade, daß wir über viele Dinge eigentlich noch nie geredet haben!»
«Findest du?» sagt Hans-Jørgen überrascht.
«Ja. Wir reden über Politik und über Probleme und über das Krankenhaus und über deinen Kursus und über andere Menschen, aber nie über uns.»
«Wahrscheinlich, weil's über uns nicht viel zu reden gibt. Es läuft doch gut, oder?»
«Ja. Aber denkst du nie darüber nach, wie wir eigentlich zueinander stehen?»
«Ehrlich gesagt, nein.»
«Aber ich. Sogar oft.»
«Und?»
«Ich kann es nicht auf eine Formel bringen, aber wenn ich so richtig darüber nachdenke, wundert es mich, daß wir so zusammenhalten. Wir sind doch nicht so richtig ineinander verliebt, nicht?»
«Liebe ist, wenn ... Nein, so richtig verliebt sind wir wohl nicht. Aber wir fühlen uns wohl zusammen.»
«Hm.» Ulla nickt. «Das schon. Aber was passiert, wenn sich einer von uns beiden in jemand anders verknallt?»
«Ist doch sonst nicht deine Art, soviel über die Zukunft nachzudenken. Und gerade das mag ich an dir.»
«Glaubst du nicht, daß das auch mit zur Gegenwart gehört? Jedenfalls hab ich das Gefühl.»
«Sag mal, warum beschäftigst du dich eigentlich so viel mit deinen Gefühlen?»
«Tu ich das? Weiß nicht. Vielleicht weil ich mich mehr auf meine Gefühle verlasse. Man denkt doch nicht nur mit dem Gehirn! Manchmal ärgere ich mich auch über mein Gefühl, aber meistens zeigt sich hinterher, wenn ich in Ruhe darüber nachdenke, daß es irgendeinen logischen Grund dafür gegeben hat. Ich *fühle* einfach oft etwas, *bevor* ich es gründlich durchdacht habe.»

«Hm.»
«Ist das alles, was du dazu sagst! Mensch, es ist einfach *toll*! Ich erlebe tausendmal mehr als du! Du solltest es auch mal probieren – du kannst es lernen!»
«Danke. Du machst mir Mut.»
«Ich meine es ernst! Zum Beispiel gestern, als du gesagt hast, du könntest heulen über das mit Axel. Warum hast du denn nicht geheult?»
«Davon wird es auch nicht besser.»
«Woher weißt du das? Wenn du nie heulst!»
«Ich denke lieber darüber nach, was ich tun kann, statt mich gehenzulassen.»
«Ich möchte möglichst beides», sagt Ulla trotzig. «Warum soll ich mich nicht gehenlassen, das schadet doch nichts. Im Gegenteil, hinterher kann ich klarer denken.» Sie überlegt. Dann sagt sie: «Im übrigen bin ich der Meinung, daß es unserer Beziehung ganz gut tun würde, wenn du dich ab und zu mal etwas gehenließest. Ich weiß, daß du unheimlich viel von dir *nicht* zeigst, ja sogar zurückhältst, wenn wir zusammen sind. Und ich habe so das Gefühl, daß das irgendwie auch mit ausschlaggebend dafür sein wird, wieviel Zukunft unsere Beziehung hat.»
«Was fühlst du denn im Hinblick auf unsere gemeinsame Zukunft?»
Ulla denkt nach. Sie will ihre Worte richtig abwägen. «Ich glaube, wir riskieren beide, daß irgendwann etwas passiert, was zur Folge hat, daß wir uns dann nicht mehr so oft treffen werden. Und ich glaube, daß das von heute auf morgen passieren kann – wenn wir am wenigsten damit rechnen. Und ich weiß nicht, ob ich darüber froh sein soll, oder ob ich darüber traurig sein soll.»
«Ich glaube, das ist eine Vorbeugungsmaßnahme. Freu dich doch einfach darüber, daß wir jetzt zusammen sind!»
«Himmeldonnerwetter, das tu ich doch auch, Mann! Aber das andere ist praktisch mit eingebaut – auch jetzt.»
«Daß wir uns trennen könnten?»
«Ja.»

«Bist du darüber traurig?»
Ulla lächelt und streicht Hans-Jørgen liebevoll mit der Hand über die Haare. «Du mußt immer alles in Spalten einteilen. ‹Ja›, ‹Nein›, ‹Weiß nicht›, Zutreffendes bitte ankreuzen! *Männer!*»
«Kann sein. Aber mir ist nicht klar, warum wir so lange darüber nachgrübeln müssen. Wenn es soweit ist, ist es eben soweit.»
«Das würdest du nie sagen, wenn es um Politik geht. Es kommt darauf an, was man selber unternimmt! Was würdest du zum Beispiel sagen, wenn ich mich nach einem anderen Mann umsehen würde?»
«Ich würde und könnte dich nicht daran hindern, Ulla. Das ist deine Sache. Wenn du meinst, wir beide ... das haut nicht mehr hin ... Natürlich wäre ich sehr traurig. Ich kann mir einfach nicht vorstellen, daß wir uns irgendwann völlig trennen werden. Du?»
«Weiß nicht. Nein, eigentlich kann ich mir das auch nicht vorstellen. Ich glaube eher ... ich habe irgendwie das Gefühl, wir werden uns immer haben ... so in der Hinterhand, verstehst du?»
«Schön, daß du es auch so siehst!» sagt Hans-Jørgen und zieht sie an sich.
«Ja, schön, nicht? Aber ich bin hundertprozentig sicher, daß dieses schöne Gefühl und ich sofort auf Nimmerwiedersehen verschwinden, wenn du auf die Idee kämst, mich festzuhalten!»
«Sieh mal einer an!» sagt Hans-Jørgen und kitzelt sie am Bauch.
«Ich bin doch gar nicht so dumm, wie du denkst!»

Das heißt «Danke»!

Montagmorgen, kurz vor halb sechs. Ulla muß zur Arbeit. Sie macht sich leise fertig, um ihre Mutter – und Lars – nicht zu wecken. Lars bleibt jetzt öfter auch über Nacht. Ulla hat immer noch ein komisches Gefühl dabei. Dabei sollte es mich doch

eigentlich nicht stören, denkt sie. Ich müßte mich freuen, daß meine Mutter alles schon viel cooler angeht. Außerdem ist es immer gut, wenn jemand sich in dem Takt verändert, in dem sich seine Lebensumstände ändern.
Aber wenn es sich um die eigene Mutter handelt, ist es gar nicht so einfach zu verdauen. Hanne hat sich gründlich verändert. Daß sie die Haare jetzt länger trägt, ist nur *ein* Beispiel. Sie redet auch anders als früher. Sie benutzt Wörter, die sie früher nie benutzt hätte: *Klasse* anstelle von schön, *packen* oder *in den Griff kriegen* für hinkriegen. Fehlt nur noch, daß sie *echt geil* statt herrlich sagt!
Außerdem war es absolut nicht eingeplant, daß sich unser ganzes trautes Familienleben verändert, bloß weil meine Mutter sich einen Liebhaber zulegt, denkt Ulla.
Sie beeilt sich. Sie hat keine Lust, im Bad oder in der Küche mit Lars zusammenzutreffen. Und Lars muß fast genauso früh aufstehen wie sie – er hat einen weiten Weg bis zu dem Kindergarten, in dem er arbeitet.
Lars hat eine alte Ente, einen roten 2 CV, der jetzt unten vor der Tür parkt. Er hat die Ente mit den üblichen Aufklebern verziert – und mit zwei oder drei anderen, die nicht jeder hat. Das Rot ist bemerkenswert. Handgemalt. Lars hat mehrere Wochen gebraucht, bis das Ding tipptopp war. Dafür hat er jetzt ein Auto, das fährt – und eines, wie es kein zweites in der Stadt gibt. Will er damit Aufmerksamkeit auf sich lenken?
Ulla nimmt ihr Rad und fährt los. Sie ist zeitig dran. Um so besser.
Zur Zeit hat sie die Nase voll von ihrem Job. Sie hatte sich von der Versetzung in die Medizinische mehr versprochen. An Gespräche mit den Patientinnen ist gar nicht zu denken. Dafür fehlt ihr die Zeit. Sie reden zwar mit ihr, aber sie muß dabei arbeiten, um ihr Pensum zu schaffen. Und wenn sie sich einmal auf ein Gespräch eingelassen hat, ist jedesmal eine von den Schwestern reingekommen und hat ihr mißbilligende Blicke zugeworfen. Lis-Jytte hatte recht: Man wird hier stärker überwacht.

Neulich war es die Andreasen, die Oberschwester. Ulla hatte sich gerade bei einem dünnen bleichen Mädchen auf die Bettkante gehockt, das geweint hatte, weil es in die Chirurgie verlegt werden sollte. Sie brauchte jemanden, der mit ihr redete oder einfach nur ihre Hand hielt. Und die Krankenschwestern haben dazu keine Zeit. Als die Oberschwester – «der Oberfeldwebel» – Ulla auf der Bettkante sitzen sah, warf sie den Kopf zurück und sagte mit schnarrender Stimme: «Wir wünschen generell nicht, daß das Personal auf den Betten sitzt!»
Was für eine Art, sich auszudrücken! hatte Ulla gedacht. Aber sie war aufgestanden und hatte sich neben das Bett gehockt, ohne die Hand des Mädchens loszulassen.
«Und im übrigen ist diese Station kein Debattierclub!» hatte die Oberschwester daraufhin gesagt. «Tun Sie Ihre Arbeit. In einer halben Stunde ist Visite!»
Und so, wie sie sich nach den Befehlen der Oberschwester richten muß, muß die Oberschwester sich wahrscheinlich nach dem richten, was der Herr Oberarzt verlangt ... Nicht auszudenken, wenn bei der Visite eine Aushilfsputzfrau anwesend wäre! Wenn die Ärzte und Studenten mit ansehen müßten, daß Fußböden sich nicht selber saubermachen, sondern von Menschen gewischt werden! Unmöglich!
Seit Ulla auf der neuen Station arbeitet, hat sich das Gefühl, sie dürfe nicht gesehen werden, bei ihr noch verstärkt. Unten im Parterre war es sicher das gleiche, aber da war niemand um sie herum gewesen. Da *war* sie praktisch unsichtbar gewesen. Zur Entschädigung hatte sie Zeit zum Nachdenken gehabt. Hier ist das unmöglich. Hier hat sie ständig das Gefühl, alle ziehen und zerren an ihr herum. Alle wollen mit ihr reden, und manche erwarten sogar Sonderleistungen von ihr.
Besonders die hochnäsige Patientin mit dem blaugetönten Haar in Nummer 7, einem Einzelzimmer. Eine irre Fregatte. Liegt fett in ihrem Bett und erteilt Befehle. Sie will, daß Ulla die Rosen woanders hinstellt, daß sie ihr ein Glas frisches Wasser bringt, daß sie ihr dies holt und das abnimmt. Zuerst hat sich Ulla noch alle Mühe gegeben. Aber da die Blaugetönte nie eine freundliche

Miene machte oder gar ein Wort des Dankes sagte, hat Ulla keine Lust mehr, sich von ihr herumkommandieren zu lassen.
Sie kann es nicht vertragen, wenn jemand ihr etwas befiehlt. Und sie kann auch die Hierarchie, die Rangordnung hier im Krankenhaus nicht vertragen. Alle buckeln nach oben und treten nach unten.
Oder ist sie zu empfindlich? Sicher gibt es Gründe dafür, daß alles nach einem bestimmten Plan abläuft und daß jeder einzelne in dem System seinen bestimmten Platz hat. Aber warum müssen diejenigen, die am meisten verdienen, auch am meisten zu sagen haben? Und warum muß sie, die am wenigsten von allen verdient, sich von allen anderen – einschließlich von gewissen Patienten – etwas befehlen lassen?
Wenn es nach mir ginge, würden alle den gleichen Lohn kriegen. Damit würden schon allerlei Ungerechtigkeiten flachfallen. Alle würden auf der gleichen Stufe stehen und auf die gleiche Art anerkannt und respektiert werden. Wäre doch die einfachste Sache der Welt!
Ulla holt ihren Reinigungswagen aus dem Spülraum. Sie beginnt im Allerheiligsten – im Büro der Oberschwester. Aschenbecher leeren, Fensterbrett abwischen, neue Plastiktüte in den Papierkorb hängen. Neben dem Papierkorb liegt ein abgekauter Apfel. Ulla würde ihn am liebsten liegen lassen. Aber natürlich hebt sie ihn auf, wischt den Fußboden, macht alles, was man ihr aufgetragen hat, wie ein liebes braves Mädchen. Leckt mich doch am Arsch! denkt sie.
Sie ist stinksauer. Sie arbeitet hektisch und ist bald erschöpft. Verdammt! Ist aber auch mal wieder viel zu warm hier drinnen. Die Heizung läuft auf vollen Touren. Dabei ist schon fast Frühling. Aber wenn sie sich erdreisten würde, ein Fenster zu öffnen, würde garantiert jemand kommen und meckern.
Nach einer Atempause geht sie in Nummer 7. Eine Parfümwolke weht ihr entgegen. Die blaugetönte Fregatte sagt nicht einmal guten Morgen, hebt nur kurz den Blick von ihrer Zeitschrift. Dann eben nicht! denkt Ulla. Sie macht ihre Arbeit so schnell wie möglich – bloß raus hier! Sie ist fast fertig, muß nur noch das

Tablett, das auf dem Nachttisch steht, wegbringen, da legt die Fregatte herablassend die Hand auf Ullas Arm. «Kleines, vergiß nicht die alten Zeitungen da drüben auf dem Tisch! Und nimm auch die leere Pralinenschachtel mit. Und dann möchte ich, daß du den Schal in den Schrank hängst!»
Ulla antwortet nicht. Sie tut, was ihr befohlen wurde. Sie holt die Zeitungen und knallt sie auf das Tablett, und die Fregatte legt eigenhändig die leere Pralinenschachtel auf den Zeitungsstapel. Ulla nimmt das Tablett, dreht sich um und geht zur Tür.
«Das heißt ‹danke›, junges Fräulein!»
Ulla würde ihr am liebsten das Tablett an den Kopf werfen. Stattdessen faucht sie: «Ich bin doch nicht deine Kammerzofe, alte Ziege!» Und schmettert die Tür hinter sich zu. Jetzt ist ihr wohler.
Eine Stunde, ehe ihre Arbeitszeit endet, wird sie zur Oberschwester gerufen.
«Die Patientin von Zimmer 7 hat sich über Sie beschwert.»
«Wieso? Weshalb?» Ulla ist ehrlich empört. Ich hätte mich über sie beschweren sollen! denkt sie. Diese verfluchte neureiche Ziege!
«Es ist uns zu Ohren gekommen, daß Sie unhöflich zu der Dame waren. Und sie grob beleidigt haben. Sowohl ihr Ton als auch Ihre Arbeitsweise wurden, wie Sie wissen, schon des öfteren gerügt. Wir sind der Ansicht, daß Sie nicht geeignet sind für die Arbeit hier.»
«Soll das heißen, ich bin gefeuert?»
«Die fristgemäße Kündigung wird Ihnen schriftlich zugestellt. Der Ihnen noch zustehende Lohn wird Ihnen überwiesen. Sie brauchen nicht mehr zu kommen. So. Das wäre alles.»
Ulla stürzt aus dem Büro. Tränen schießen ihr in die Augen. Mit einem Arm vor dem Gesicht läuft sie den langen Gang hinunter.
Blind vor Tränen schiebt sie den Wagen in den Spülraum. Sie hält es hier keine Sekunde länger aus. Sie streift den verhaßten blauen Kittel ab und steigt in ihre Jeans. Hoffentlich ist Hanne zu Hause. Wie soll es jetzt weitergehen? Mit zwei arbeitslosen Frauen in der Familie!

Hanne ist zu Hause. Ulla erzählt ihr, was vorgefallen ist. Dann setzt sie sich an den Küchentisch und weint. Hanne rückt mit ihrem Stuhl dicht an sie heran. Sie legt den Arm um Ulla, streicht ihr mit der Hand über das Haar.
«Schon gut, Ulla. Hm? Schon gut. Komm, nicht weinen. Das ist doch nicht so tragisch. Wir werden schon weitersehen.» Ulla preßt den Kopf an Hannes Schulter. Nach einer Weile schluchzt sie nur noch. Die Tränen sind versiegt. Hoffentlich kommt Pelle jetzt nicht. Es wäre zu schrecklich, wenn er sie so sehen würde.
Aber wie sollte es anders sein: ausgerechnet heute kommt Pelle besonders früh nach Hause. Er geht in sein Zimmer und schleudert seine Schultasche aufs Bett.
«Ich erkläre ihm, was passiert ist», sagt Hanne und steht auf. «Bleib du nur hier sitzen. Komm, ganz ruhig.»
Als Hanne und Pelle zusammen in die Küche kommen, geht es Ulla schon etwas besser. Sie sieht Pelle an. Nein, zum Glück macht er kein triumphierendes Gesicht.
«Scheiße», sagt er. «Aber sei nicht traurig, Ulla. Mutti und ich haben schon darüber gesprochen. Vielleicht kann ich was für dich tun.»
Ulla sieht ihn erstaunt an.
«Ich spreche mal mit dem Kaufmann. Er braucht oft Leute für den Laden. Ich frage ihn nachher mal, okay?»
Ulla nickt. Sie hat zwar keine Lust, in demselben Betrieb zu arbeiten wie ihr kleiner Bruder. Aber sie muß jede Chance ergreifen. Und außerdem arbeitet dort Johannes im Lager! Was für Aussichten!
Aber es wird schon nicht klappen, denkt sie. Ausgeschlossen.

Intimitäten

«Mit bestem Dank zurück. Liebe Grüße, Ulla.»
Sie hat den Zettel schon zu Hause geschrieben und zusammen mit der lila Weste in eine Plastiktüte gepackt. Wahrscheinlich ist bei Bolette um diese Zeit niemand zu Hause. Sie klingelt. Nichts. Sie hängt die Plastiktüte an den Türknauf und geht wieder runter.
Sie schlendert zur Strøget. Wie viele Menschen hier an einem ganz gewöhnlichen Vormittag mitten in der Woche rumlaufen! So sieht es hier also aus, wenn sie – wie die meisten anderen – arbeitet. Ein seltsames Gefühl, sich einfach so treiben zu lassen, ohne Ziel durch die Stadt zu bummeln. Es sind noch nicht viele Touristen da. Dafür erstaunlich viele Jugendliche. Leute in ihrem Alter. Und Frauen, die einkaufen – mit und ohne Kinder an den Händen.
Ulla sieht sich Schaufenster an. Hauptsächlich Modeboutiquen. Viele schöne Sachen! denkt sie. Aber darunter auch vieles, was sie nicht brauchen kann – Sachen, die so geschnitten sind, daß sie Formen unterstreichen oder hervorheben – die natürlichen Formen! Doch werden auch massenhaft weite Blusen angeboten, Blusen in phantastischen Farben!
Aber wenn man arbeitslos ist und noch nicht weiß, für wie lange, ist es nicht angebracht, sich phantastische Blusen zu kaufen. Ulla beschließt, lieber gar nicht erst in die Läden reinzugehen. Aber ein Soft-Eis muß drin sein. Probleme mit der Linie hat sie ja nicht. Wenigstens *ein* Vorteil!
Sie schlendert weiter. Kleidung, überall Kleidung! Man fühlt sich regelrecht bombardiert. Ist dieses aufdringliche Angebot an Kleidung nicht ein Angriff auf das Selbstvertrauen? Du bist mit deinem Aussehen und deiner Figur natürlich nicht zufrieden, deshalb kauf dir öfter mal was Neues. Plötzlich bemerkt Ulla, daß sie sich selbst beobachtet. In jeder der großen Schaufensterscheiben sieht sie sich mit ihrem flachen Busen und ihrem Soft-Eis. Als wären diese Schaufensterscheiben nur deshalb so blank geputzt, damit sie sich darin spiegeln und kritisch betrachten kann.

Was soll das, verdammt! Warum setze ich mich fortgesetzt unter Druck? Kann ich nicht mal einen harmlosen Stadtbummel machen? Muß ich dauernd daran denken, wie ich gern aussehen würde? Und wie würde ich denn gern aussehen?
Es widert sie an, hier rumzulaufen und sich selbst anzuglotzen. Aber sie kann sich nicht dagegen wehren. Und ich habe immer geglaubt, ich wäre frei und unabhängig! Ha!
Sie biegt in eine Seitenstraße ein. Hier gibt es keine großen Schaufenster. Dafür ist es hier stinklangweilig. Sie geht zur Bushaltestelle und fährt nach Hause.
Hanne sitzt im Sessel und liest. «Hej!» sagt sie und blickt von ihrem Buch auf.
«Hej, Mutti! Was liest du?»
«Ach, ich bereite mich nur auf heute abend vor», antwortet Hanne. «Ich soll ein Referat halten. Über die Krise in den Dreißiger Jahren und wie man die mit der Krise, in der wir jetzt stekken, vergleichen kann und worin sie sich unterscheiden. Aber ich bin fast fertig.»
«Gut. Toll», sagt Ulla anerkennend und setzt sich zu ihr. «Weißt du, ich wollte mich bei dir immer noch für damals entschuldigen, für den Abend, an dem du mit Lars allein sein wolltest.»
«Lieb, daß du das sagst. Aber ich konnte dich auch verstehen. Ich hatte einfach nur nicht damit gerechnet, daß du da sein würdest.»
«Du bist nicht mehr sauer auf mich, nicht?»
Hanne schüttelt den Kopf.
«Das einzige, worüber ich mich manchmal ärgere ist, daß du dauernd mit Pelle streitest.»
«Er ist so – so reaktionär! Manchmal redet er wie ein verknöcherter alter Greis.»
«Du darfst nicht zuviel von einem Fünfzehnjährigen erwarten. Wir sollten schon versuchen, ihm zu erklären, was er noch nicht versteht. Aber das muß doch nicht jedesmal zu Streit führen. Ihr beide solltet lernen, euch gegenseitig zu respektieren. Du bist doch ein erwachsener Mensch, Ulla!»
«Findest du?»

«Ja, natürlich!»
«Dann mußt du mich aber auch wie einen erwachsenen Menschen behandeln», sagt Ulla. «Statt darüber zu meckern, daß Pelle und ich uns streiten. Du mußt akzeptieren, daß wir prinzipielle Differenzen in einigen politischen Dingen haben. Deshalb lassen sich Zusammenstöße zwischen uns gar nicht vermeiden.»
«Könnt ihr nicht in Ruhe darüber reden?»
«Pelle würde das sicher gut in den Kram passen. Aber mir nicht. Ich will herausfinden, in welchen Punkten wir verschiedener Meinung sind. Das geht nicht ohne Gefühlsäußerungen. Pelle macht zwar immer so auf cool, aber das will ich nicht – wir sind doch keine Politiker!»
«Er ist in einem schwierigen Alter, Ulla.»
Ulla wechselt das Thema. «Wie geht's mit Lars?»
Hanne strahlt und sagt lächelnd: «Oh, sehr gut! Ich mag ihn unheimlich gern. Es ist schön für mich, einen Mann zu kennen, der nicht dauernd Ansprüche an mich stellt.»
«Macht er das nicht?»
«Überhaupt nicht. Vielleicht weil er jünger ist als ich. Wir haben beide nicht das Bedürfnis nach einer Veränderung in unserem Verhältnis. So wie es jetzt ist, ist es gut.»
«Ihr wollt also noch keine Kinder?»
«Nein!» sagt Hanne und lacht. «Ich glaube, es ist wesentlich leichter, mit Männern wie Lars zusammenzuleben, als mit den Männern meiner Generation. Männer wie Lars haben einfach eine andere Erziehung durchgemacht. Ohne die althergebrachten Vorstellungen, wie Männer angeblich sein *müssen* und wie Frauen sein müssen.»
«Und wie ein Paar sein muß.»
«Genau.»
«Du hast dich sehr verändert, Mutti. Du bist ausgeglichener und – fröhlicher.»
Hanne nickt ernst. «Lars hat mir sehr dabei geholfen, und du auch. Hättest du mir damals nicht den Schubs gegeben – ich hätte ihn sicher nie kennengelernt!»

«Hab ich's nicht gesagt!»
Ein herrliches Gefühl! denkt Ulla. Ich hab für meine Mutter etwas tun können! Eigentlich sollte ich es jetzt wagen! Soll ich?
«Wie kommt ihr sexuell zurecht?» fragte sie.
Hanne sieht sie etwas verlegen an. «Oh, ganz gut», antwortet sie vorsichtig. «Mal besser, mal nicht so gut.»
«Ich meine, hast du auch was davon?»
«Wie – ?»
«Na, ich meine, ob du auch zum Orgasmus kommst, wenn ihr miteinander schlaft.»
«Ja – oft.»
«Nicht jedesmal?»
Hanne schüttelt den Kopf und sieht weg. «Ich finde es manchmal schwierig.»
«Als du mit Vater verheiratet warst – war es da auch schwierig?»
Hanne starrt auf den Tisch. Schließlich sagt sie: «Bei Henning habe ich nie einen Orgasmus gehabt.»
Ulla sieht sie erstaunt an. «Also, du warst elf Jahre lang verheiratet und hast zwei Kinder gekriegt – und hast nie einen Orgasmus gehabt?»
«Es fällt mir nicht leicht, darüber zu sprechen», sagt Hanne, «aber wenn du fragst – so war es ...»
«Wahnsinnig!»
«Aber das war nicht so schlimm», sagt Hanne schnell. «Wir hatten es trotzdem schön zusammen. Jedenfalls in den ersten Jahren.»
«HUNDSGEMEINE SAUEREI!» schreit Ulla.
«Nein, so darfst du das nicht sehen, Ulla! Ich glaube, es fällt vielen Frauen nicht leicht ...»
«Das macht die Sache nur noch schlimmer! Diese verdammten Männer! Denen ist es egal, ob die Frau was davon hat. Die denken NUR AN SICH!»
«Du bist ungerecht, Ulla. Henning war immer sehr rücksichtsvoll. Ich habe es eben nicht in den Griff gekriegt.»
«Moment! Bei dem Spiel sind immer zwei beteiligt! Komm jetzt

nicht mit der Tour, es sei alles deine Schuld! Vater war ebenso schuld daran. – Und Lars? Denkt der auch nur an sein eigenes Vergnügen? Oder auch an dich? Weiß er mehr davon, worum es geht?»

«Allerdings», sagt Hanne lächelnd. «Nur daß es eben manchmal nicht klappt.» Hanne zuckt mit den Schultern.

«Und beim Masturbieren, kannst du da auch manchmal nicht kommen?» Die Frage ist Ulla so rausgerutscht. Einen Moment lang wartet sie etwas beklommen, wie ihre Mutter reagieren wird.

«Ich masturbiere nicht», sagt Hanne nach einer kurzen Pause.

Ulla wagt weiterzufragen: «Hast du's nie probiert?»

«Doch. Vor Jahren. Aber ich fand es nicht so schön und hab wieder damit aufgehört. Vielleicht weil ich's nicht richtig konnte.»

Ulla merkt, wie Wut und Mitleid in ihr aufsteigen. Warum, zum Teufel, ist ausgerechnet ihre Mutter um so viel Schönes im Leben betrogen worden? Und dann lebt sie auch noch in dem Glauben, es sei ihre Schuld!

Ulla nimmt sich eine Zigarette, zündet sie an, inhaliert tief. «Ich habe einen Massagestab. Damit hab ich viel über meine Sexualität gelernt. Du kannst dich damit unheimlich gut kennenlernen ... merkst, wo du am empfindlichsten bist und wie du es am liebsten hast.»

Hanne ist gerührt. «Du bist süß, Ulla! Du glaubst gar nicht, wie schön es für mich ist, eine erwachsene Tochter zu haben, mit der ich über alles sprechen kann.»

«Siehst du? Nur keine Angst vor Aussprachen – auch wenn Gefühle mit im Spiel sind!»

«Du denkst an dich und Pelle, nicht?»

«Ja.»

Hanne schweigt. Dann sieht sie Ulla an. «Da ist noch etwas worüber ich nachgedacht habe. Was hältst du davon, wenn du mich Hanne nennst. Statt Mutti. Viele nennen heute ihre Eltern beim Vornamen.»

Ulla sieht sie erstaunt an. «Wie kommst du darauf?»

«Ach, ich finde, unser Verhältnis hat sich in der letzten Zeit doch sehr verändert. Wir sind wie Freundinnen, und wir können beide voneinander lernen.»
«Ja, aber deshalb brauche ich dich doch nicht Hanne zu nennen.» Ulla ist verletzt, ohne daß sie sagen könnte warum.
«Ich war so viele Jahre deine *Mutti*, und ich würde jetzt gern mit dir sozusagen auf einer Stufe stehen.»

Ulla weiß nicht, was sie dazu sagen soll.
Nach einer Pause fügt Hanne hinzu! «Manchmal denke ich, ich halte den Druck, der mit dem ‹Muttisein› verbunden ist, nicht mehr aus. Ich bin dafür nicht geeignet. Und der Gedanke, den Rest meines Lebens *Mutti* zu sein, erschreckt mich.»
«Aber verdammt, du *bist* meine Mutter!»
«Manchmal kommt es mir so vor, als ob du auch so etwas wie eine Mutter für mich bist! Ich brauche auch eine Mutter!»
«Du hast Oma!»
«Das meine ich nicht! Wenn du mich Hanne nennen würdest, dann wäre das so etwas wie eine Bestätigung oder eine Bekräftigung, daß wir uns gegenseitig sehr viel bedeuten ...»
Einerseits, mit dem Verstand, versteht Ulla ihre Mutter sehr gut. Aber andererseits kann sie sich von dem Gefühl nicht frei machen, daß ihre Mutter ihr Lebewohl sagt.
«Aber ich brauche dich als Mutter!» sagt sie verzweifelt. «Du bist meine Mutter – damit kannst du nicht einfach aufhören! Hanne bist du für alle möglichen Leute. Aber ich will, daß du *meine Mutter* bleibst!»
«Ulla ...»
«Ich finde dich scheißegoistisch!» Ulla zerdrückt ihre Zigarette im Aschenbecher und will aufspringen. Aber diesmal kommt ihr Hanne zuvor.
«Du egoistisches verwöhntes Gör!» sagt sie hart und geht in ihr Zimmer.
Ulla versteht überhaupt nichts mehr.

APRIL

Des einen Tod ist des andern Brot

Es hat geklappt: Ulla kann im SUPERMARKT OLSEN anfangen. Am nächsten Montag. Sie soll bedienen. Das wird sicher heiß.
Herr Olsen hat, wie er behauptet, ein Herz für junge Leute. Abgesehen von Frau Holm, der kleinen älteren Frau, die an der Kasse sitzt, arbeiten tatsächlich vor allem jüngere bei ihm: Annegrethe und Berit bedienen, ein Junge, der Kalle heißt, hilft überall, wo es nötig ist, nimmt Pfandflaschen entgegen, füllt die Regale, und Pelle fährt ein paarmal in der Woche nachmittags Waren aus. Und dann ist da noch *Johannes*. Er arbeitet im Lager.
Ulla ist erleichtert und voller Erwartungen. Obwohl es sie ein bißchen stört, daß Pelle und sein übertriebenes Pflichtgefühl ihr zu dem Job verholfen haben. Herr Olsen muß von ihm so begeistert sein, daß er Ulla sofort eingestellt hat. Aber er suchte auch gerade eine neue Verkäuferin.
Die ersten zwei Monate sind Probezeit. Die Bezahlung ist nicht sehr gut. Sie kriegt weniger als im Krankenhaus. «Aber wenn alles gut geht», hat Herr Olsen gesagt, «können wir ja in ein paar Monaten über eine Erhöhung reden.
Die Arbeitszeit ist länger und ungünstiger für sie als im Krankenhaus. Aber dafür ist die Arbeit leichter. Sie kennt den Laden. Der SUPERMARKT OLSEN ist eine Mischung aus Selbstbedienungsgeschäft und einem ganz gewöhnlichen Krämerladen, in dem die Kunden auch individuell bedient werden.

Ulla arbeitet sich schnell ein. Die Waren sind mit Preisetiketten ausgezeichnet. Und die Kunden, Leute aus der Gegend, sind gemütlich und freundlich. Zu bestimmten Tageszeiten ist unheimlich viel los, aber zwischendurch hat Ulla auch Zeit, sich etwas ausgiebiger mit den Kunden zu unterhalten und sich ihre

Probleme anzuhören. Die meisten sind natürlich Frauen: Hausfrauen, die außerhalb der Stoßzeiten einkaufen. Und natürlich Rentnerinnen. Die Berufstätigen kommen nach der Arbeit, die Frauen oft mit ihren Kindern. Dann ist der Laden immer voll: weinende Kinder, müde aussehende Frauen, Mütter, kaum Väter, einige jüngere Männer.
Es dauert ein paar Tage, bis sie Johannes trifft. Vielleicht war er krank. Und wahrscheinlich bleibt er in der Frühstücks- und Mittagspause draußen im Lager. Aber plötzlich steht er da, lächelt und sagt: «Hej!» Ulla ist völlig verdattert. Er ist viel größer und dünner, als sie ihn in Erinnerung hatte.
«Hej, Johannes!» sagt sie.
«Um ehrlich zu sein, ich heiße gar nicht Johannes», sagt er. «Sondern Kenneth ...»
«Sondern Kenneth!»
O je, natürlich! Er heißt ja gar nicht Johannes! Aber Kenneth? Paßt überhaupt nicht zu seinem Engelsgesicht mit den langen blonden Haaren und den wasserblauen Engelaugen, die verschmitzt zu ihr herabblicken. Jetzt hält er mich sicher für total bescheuert! Aber er lacht nur.
«Du bist Pelles Schwester, nicht? Dann heißt du Ulla. Oder stimmt das auch nicht?»
«Doch, stimmt!» sagt Ulla.
Ihre Unsicherheit ist verflogen. Wie schön, denkt sie, er weiß also, daß ich Ulla heiße!
«Da hat der Olsen aber Schwein gehabt, daß er so schnell eine gute Nachfolgerin für Susanne gefunden hat.»
«Ja. Ich bin rausgeflogen aus dem Krankenhaus, wo ich vorher gearbeitet hab. Ich habe wirklich unheimlich Glück gehabt!»
«Na, ich weiß nicht, wer mehr Glück gehabt hat, Olsen oder du ... Er hätte Susanne nicht rausschmeißen dürfen. Bloß weil sie schwanger ist. Und dann findet er auch noch im Handumdrehen eine Neue! Klar, bei der Arbeitslosigkeit ...»
«Davon hat Pelle mir nichts gesagt!»
Kenneth fährt sich mit der Hand durch seine langen blonden Haare. Aber sie fallen ihm sofort wieder in die Stirn. «Klar. Ol-

sen hat natürlich kein Interesse, es an die große Glocke zu hängen. Aber Susanne und ich haben uns oft unterhalten, und ich hab gewußt, daß sie schwanger ist. Olsen hat es irgendwie spitz gekriegt und hat sie unter einem Vorwand an die Luft gesetzt.»
«So ein Schuft!» sagt Ulla empört.
«Ich hab versucht, was in Gang zu bringen, aber es war nichts zu machen. Und ich allein war nicht stark genug, um was zu erreichen. In einem Laden wie dem hier ist es mit dem Zusammenhalt nicht weit her. Jeder weiß, daß die Leute Schlange stehen nach unseren Jobs. Und Olsen weiß das auch. Deshalb kann er sich auch erlauben, so niedrige Gehälter zu zahlen. Und die, die jünger als achtzehn sind, kriegen bei ihm sowieso weniger.»
«O Mann, und ich hab geglaubt, er hätte was für Jugendliche über!» Ulla faßt sich an den Kopf.
Kenneth lacht. «Das ist es doch gerade. Die Jüngeren haben meist überhaupt keine Ahnung, was ihnen zusteht. Und wenn du dann noch erfolgreich verhinderst, daß sie sich untereinander absprechen, ist die Sache für Leute wie Olsen gelaufen, verstehst du?»
«So ist das also ...» Jetzt weiß Ulla, warum Herr Olsen sie ausdrücklich gebeten hat, nicht mit den anderen Angestellten über ihr Gehalt zu sprechen. «So eine Scheiße! Werdet ihr denn auch unterbezahlt? Ich habe gedacht, ich kriege so wenig, weil ich hier neu bin und mich erst einarbeiten muß.»
«Wir werden alle unterbezahlt, außer vielleicht Frau Holm. Aber bei denen, die unter achtzehn sind, ist es am schlimmsten.»
«Das könnt ihr euch doch nicht gefallen lassen!»
«Nein, können wir nicht. Und ...?»
«Dir ist es vielleicht egal ... Kriegst du Geld von zu Hause?»
Johannes-Kenneth lacht laut auf. «Denkst du! Nein, weißt du, ich brauche nicht viel, und der Job hier paßt mir ganz gut. Ich hab keine Lust, mich für andere zum Krüppel zu malochen. Aber ich gebe zu, es ist unsolidarisch den anderen gegenüber, für ein Gehalt unter Tarif zu arbeiten. Allerdings habe ich, zum

Ausgleich für die schlechte Bezahlung, im Lager oft Zeit zum Lesen. Und so einen Job gibt's nicht alle Tage.»
«Und was liest du? Oder ist es indiskret, danach zu fragen?»
«Wieso, denkst du, ich verkrieche und verstecke mich mit meiner Lektüre?» Seine Augen funkeln belustigt. «Nein, ich lese weder Pornohefte noch Anleitungen, wie man es zu Erfolg und Reichtum bringt. Ich arbeite mich gerade durch die politischen Klassiker.»
«Das würd ich auch gern versuchen», sagt Ulla. «Ich denke nur immer, die sind so wahnsinnig schwer zu lesen.»
«Weißt du, ich hab damals bei den Hausbesetzungen in der Gegend, wo ich wohne, mitgemacht, und ich fluche jedesmal über die Schweinereien, die ans Licht kommen, sobald du ein bißchen an der Oberfläche kratzt. Genau wie hier im Laden. Aber ich möchte mehr über die Zusammenhänge wissen. Deshalb hab ich von Grund auf angefangen. Mal sehen, was dabei rauskommt.»
Seine Augen werden plötzlich wachsam. «Paß auf! Olsen kommt. Er hat eine irre Spürnase. Er wittert, wenn seine ‹Mitarbeiter› irgendwo miteinander reden!»
«Mitarbeiter?»
«Ja, so nennt er uns. Reizend, nicht? Na, wir sehen uns, ja. Bis bald, Ulla!»
Beim Abendbrot bestätigt Pelle alles, was Kenneth Ulla erzählt hat.
«Das verstehe ich nicht!» sagt Ulla. «Dann hast du die ganze Zeit gewußt, daß Olsen seine Angestellten unterbezahlt?»
«Ja, ja», sagt Pelle.
«Und du hast auch gewußt, daß er diese Susanne rausgeschmissen hat, weil sie *schwanger* war?»
«Das sagt Kenneth! Ich hab keine Ahnung, ob es stimmt!»
«Kannst du dir *vorstellen*, daß es stimmt?»
«Weiß nicht. Ich mische mich da nicht ein.»
«Das darf doch nicht wahr sein! Das ist doch unmöglich», schreit Ulla wütend. «Wie soll sie denn nun eine andere Arbeit kriegen?»

«Wenn sie keinen anderen Job findet, kriegt sie Arbeitslosengeld», sagt Pelle. «Oder etwa nicht? Und im übrigen mußt du die Sache auch aus Herrn Olsens Sicht sehen. Er müßte für ihren Mutterschutz vor und nach der Geburt und was weiß ich nicht alles aufkommen – und hätte damit immer noch keine Verkäuferin. Das kann sich so ein kleiner Laden nicht leisten.»
«Wenn du sie wärst, würdest du nicht so reden. Wenn Männer schwanger werden würden ...!»
«Ich muß auch sagen, es ist wirklich unglaublich, was er sich da geleistet hat!» sagt Hanne. «Ein Arbeitgeber dürfte damit nicht durchkommen. Eine Schwangere zu entlassen! Aber es gibt sogar Fälle, wo das nicht einmal ungesetzlich ist!»
«Ich hab keine Ahnung, ob er ihr *deshalb* gekündigt hat», sagt Pelle gereizt. «Kann genausogut sein, daß er sie entlassen hat, weil sie immer zu spät gekommen ist.»
«Klar», sagt Hanne. «Er weiß genau, daß er etwas anderes als Kündigungsgrund braucht. Aber irgend etwas findet sich immer. Und er weiß ja, er braucht nur mit dem Finger zu schnippen, und schon hat er eine neue. Das ist überall das gleiche. Auch in den großen Firmen, wo man meinen sollte, die könnten es sich leisten, die Leute anständig zu behandeln.»
«Olsen kann es sich anscheinend nicht mal leisten, seinen ‹Mitarbeitern›, wie er uns nennt, das zu zahlen, was ihnen tariflich zusteht», sagt Ulla bissig. «Ich hatte gedacht, mein Gehalt sei ein Anfangsgehalt. Aber Kenneth sagt, er bezahlt alle unter Tarif.»
«Und was willst du dagegen machen?» fragt Pelle.
«Weiß nicht. Ich habe ja gerade erst angefangen. Aber ist doch logisch, daß wir uns das nicht gefallen lassen können! Wir müssen rauskriegen, ob das stimmt, was Kenneth sagt. Wir müssen die anderen fragen, wieviel sie verdienen.»
«Damit wird Olsen nicht einverstanden sein», sagt Pelle kategorisch. «Die Bezahlung ist ausschließlich Gesprächs- und Verhandlungsgegenstand zwischen der Geschäftsleitung und dem jeweiligen Mitarbeiter.»
«Amen!» sagt Ulla höhnisch. «Das zeigt wieder mal deutlich,

daß Leute wie er besser zurechtkommen, wenn sie jeden von uns allein vor sich haben. ALLEIN MACHEN SIE DICH EIN, Mensch!»
«Wenn du allerdings Putz machen willst, kannst du dir jetzt schon ausrechnen, was passiert. Du hast es ja schon mal ausprobiert. Aber wehe, ich habe darunter zu leiden!»
Natürlich möchte Ulla nicht, daß Pelle seinen Job verliert. Aber wenn sie an die anderen denkt, die das, was sie bei Olsen verdienen, nicht wie er für ein Moped brauchen, sondern davon leben ... Ihnen gegenüber ist es unfair, wenn ich stillschweigend ein Gehalt unter Tarif akzeptiere. «Ich fürchte», sagt sie schließlich, «ich habe doch kein Glück gehabt.»
«Du hast immerhin den Job gekriegt», sagt Pelle.
«Dazu gehört nicht viel Glück – unter solchen Umständen. Und ich habe ihn auch nicht, wie ich dachte, gekriegt, weil Olsen dich so gut leiden kann, obwohl ich ohne weiteres glaube, daß er Leute wie dich, die sich mit allem abfinden, am liebsten um sich hat. Aber Glück kannst du es schon gar nicht nennen, wenn du einen Job kriegst, weil deine Vorgängerin gefeuert worden ist!»
«Trotzdem», beharrt Pelle, «*du* hast Glück gehabt!»
«Des einen Tod ist des andern Brot, nicht?»
Pelle zuckt mit den Schultern, etwas verunsichert.
Aber er hat schon recht, denkt Ulla. Ich sollte besser etwas abwarten und nicht gleich den Mund zu weit aufreißen. Ich sollte endlich versuchen, geduldig zu sein und eins nach dem andern zu machen. Und zuerst einmal mit den anderen ins Gespräch kommen.
Das Telefon klingelt. «Wie immer beim Essen!» sagt Pelle.
«Laß es doch klingeln!» sagt Ulla.
«Und wenn es was Wichtiges ist?» sagt Hanne.
«Du meinst, wenn es Lars ist?»
Hanne ist schon aufgesprungen. Alice. Dann wird es länger dauern. «Ganz schön frech von Alice, immer zur Essenszeit anzurufen», sagt Ulla.
«Dann weiß sie, daß Mutti da ist», sagt Pelle.
«Aha!»

«Ist doch wirklich der einzige Zeitpunkt, wo man halbwegs sicher sein kann, daß sie zu Hause ist. Ich weiß nicht, wo sie dauernd rumrennt, wenn sie doch nicht mal zur Arbeit muß!»
So wie Pelle das gesagt hat, muß Ulla ihre Mutter in Schutz nehmen. «Sei froh, daß sie etwas unternimmt. Wenn sie sich darauf beschränken würde, ihren Herrn Sohn zu versorgen», sagt sie spitz, «würde sie vor lauter Langeweile bald genauso unausstehlich sein wie Alice.»
«Blödsinn!» sagt Pelle. «Da gibt es doch wohl noch einen Mittelweg. Im übrigen hängt Alice gar nicht nur zu Hause rum. Ich habe sie heute nach der Schule getroffen.»
«Und was hat sie gesagt?»
Pelle grinst. «Sie hatte keine Gelegenheit, was zu sagen. Glücklicherweise hat sie mich nicht gesehen.»
«Sicher war sie hinter irgendeinem Sonderangebot her. Ich wüßte nicht, was sie sonst hier in der Gegend macht. Vielleicht wollte sie auch nur mal von zu Hause weg ...»
«Du, glaubst du, Axel findet wieder Arbeit?»
«Nein, glaube ich nicht. Wenn nicht ein Wunder geschieht ...»
«Könnte er sich nicht einfach umschulen lassen?»
«*Einfach umschulen!* Du bist gut! Axel hat über zwanzig Jahre lang immer am selben Arbeitsplatz und immer an denselben Maschinen gestanden. Er hat seine Maschinen besser gekannt als die meisten Leute ihre Kinder. Aber diese Maschinen werden nicht mehr gebraucht. *Einfach umschulen!* Wie soll er das schaffen mit seinen über fünfzig Jahren, und *wer* hat wohl ein Interesse daran?»
«Verstehe ich nicht. Er ist doch noch gesund und munter. Irgend jemand *muß* ihn doch brauchen können, auch wenn er über fünfzig ist.»
«So ist das nun mal», sagt Ulla. «Das ist unsere perverse Wegwerfgesellschaft. Unser System, das mit Menschen ebenso umgeht wie mit Sachen ...»
«Du redest vom *System* wie von einem Lebewesen.»
«Es ist kein Lebewesen, es ist ein *totes* Gebilde, starr und ver-

knöchert. Diesem Gebilde ist es egal, was mit den Menschen geschieht, die ihm zum Opfer fallen. ‹Wo gehobelt wird, fallen Späne› – das ist der Leitspruch des Systems.»
«System, System – du redest, als ob's der Teufel persönlich wäre! Ich meine, als ob ...»
«Stimmt! Es ist der Teufel persönlich!» sagt Ulla.
«Unterbrich mich nicht immer!»
«Dann sag, was du meinst!»
«Versuche ich doch die ganze Zeit!»
Er überlegt. Ulla pellt eine Kartoffel – sie hat eine von diesen nervtötenden Knollen erwischt, bei denen die Schale nur in Ministückchen abgeht.
Ihr Bruder versucht es noch einmal: «Es klingt immer so idiotisch, wenn du auf dem SYSTEM rumhackst, als ob es so etwas wie ein Gewitter wäre, das aus heiterem Himmel über die Menschen hereinbricht und Brände verursacht und massenhaft Schäden anrichtet ... Es muß doch auch Menschen geben, die das System *gemacht* haben ... und zwar so, wie es ist. Es ist doch bestimmt nicht von selbst gekommen, oder?»
Ulla weiß nicht, was sie darauf antworten soll. Sie fühlt sich verunsichert.
«Wenn du schon solche schlauen Fragen aus deinem kleinen Gehirn zaubern kannst, sollte es dir auch möglich sein, sie dir selbst zu beantworten», zischt sie.
«Dann hätte ich dich nicht gefragt», sagt er, nicht ohne Logik, und fügt hinzu: «Dumme Gans!»
Ulla würde ihm am liebsten ihre frisch gepellte Kartoffel an den Kopf werfen. «Wie wär's, wenn du ab und zu mal Zeitung liest, statt immer nur deine schwachsinnigen Schulbücher.»
«Weil meine kluge große Schwester nicht den blassesten Schimmer hat ...?»
«Ach, du kannst mich mal!» faucht Ulla.
Hanne kommt zurück.
«Schon fertig?» fragt Ulla. Dann sieht sie Hannes Gesicht. «Ist was?»
Hanne bleibt stehen. Sie lehnt sich erschöpft an den Kühl-

schrank. «Axel ist ins Krankenhaus gebracht worden. Er hat zwei Röhren Schlaftabletten geschluckt.»
«Das kann doch nicht sein ...» Ulla hat das Gefühl, daß sich ihr Magen verkrampft.
«Ist er ...?» fängt Pelle an.
Hanne schüttelt abwesend den Kopf. «Im Moment kann noch niemand was sagen. Alice ist bei ihm. Sie hat versprochen, später noch mal anzurufen.»
Hanne schüttelt immer noch den Kopf. Ulla weint.

Opfer des Systems

«Warum ausgerechnet heute?» fragt Pelle.
Es ist erst kurz nach neun. Sie haben sich ins Wohnzimmer gesetzt. Als würde es helfen, in der Nähe des Telefons zu sein. Ulla raucht. Pelle spielt mit seinem Rechenschieber herum. Hanne blättert abwesend in einem Buch, von dem sie nicht aufsieht, als sie Pelle antwortet.
«Es hängt, glaube ich, damit zusammen, daß er demnächst kein Arbeitslosengeld mehr bekommt.»
«Aber dann kann er doch Sozialhilfe beantragen», sagt Ulla.
«Sicher. Aber wahrscheinlich empfindet er es als Schande, von Sozialhilfe zu leben ...»
«Das glaube ich auch», sagt Pelle.
«Obwohl er das Geld, was er als Sozialhilfe bekommen würde, selbst mit angeschafft hat!» sagt Hanne verzweifelt. «Er hat doch sein Leben lang seine Steuern und seine Sozialabgaben gezahlt!»
Pelle sieht zu seiner Mutter hinüber und fragt vorsichtig: «Du, wie ist das eigentlich gekommen, daß Axel plötzlich arbeitslos war?»
Hanne legt das Buch auf den Tisch.
«Axel ist arbeitslos geworden, weil die Fabrik geschlossen hat. Genauer gesagt, der Fabrikbesitzer hat die Fabrik geschlossen,

weil sie keinen Gewinn mehr abgeworfen hat oder nicht genug Gewinn.»
«War es dann denn nicht vernünftig, die Fabrik zu schließen?» fragt Pelle.
«Äußerst vernünftig», sagt Hanne bitter. «Es war auch sehr vernünftig von ihm, die Produktion nach Irland zu verlegen. Dort kriegt er nämlich Leute, die für weniger Geld arbeiten. Billige Arbeitskräfte. Sehr vernünftig.»
Pelle zieht die Schultern hoch.
«Aus kapitalistischer Sicht», sagt Hanne, «ist es natürlich vernünftig, denn bei niedrigeren Löhnen kann er billiger produzieren. Und folglich billiger und besser verkaufen. Aber Axel und hundertzwanzig andere sind arbeitslos. Opfer des Systems. Opfer eines Unternehmers –»
«Aber ...» sagt Pelle.
«– dem das überhaupt nichts ausmacht. Auch wenn Axel immer wieder erzählt hat, daß der Boss immer wie ein Vater zu ihnen allen gewesen sei – in Wirklichkeit hat er seine Arbeiter bestimmt gehaßt.»
«Warum soll er sie gehaßt haben?»
«Weil sie mit schuld daran waren, daß seine Produkte immer teurer und damit schwerer verkäuflich wurden.»
«Warum wollen die dänischen Arbeiter auch immer höhere Löhne haben?» sagt Pelle. «Es geht ihnen doch gut. Jeder hat sein Auto, jeder seinen Fernseher!»
«Warum auch nicht? Denkst du, die Fabrikbesitzer haben das nicht? Und warum sollten die Arbeiter weniger haben als die Arbeitgeber?»
«Es reicht doch, wenn sie *genug* haben. Sie müssen doch nicht genausoviel haben.»
«Erstens gibt es meiner Meinung nach gar keinen Grund, warum ein Arbeitgeber mehr haben soll als ein Arbeitnehmer. Bloß weil er am Anfang das Kapital oder die Produktionsmittel, die Maschinen und Werkzeuge, gehabt hat?»
Hannes Stimme klingt sehr erregt.
«Und zweitens geht es nicht nur um Löhne und Lebensstandard,

sondern auch um die Art der Arbeit und die Arbeitsbedingungen. Zu welcher Tageszeit du arbeiten mußt, wie viele Stunden du an einer Maschine stehen mußt, wie schnell du die Finger bewegen mußt – und so weiter. Darüber kannst du als Arbeiter nicht selbst entscheiden. Und genauso kannst du auch nicht darüber entscheiden, ob du Arbeit hast oder ob du plötzlich auf der Straße stehst.»

«Das ist also das System?» fragt Pelle.

«Wieso System?»

«Das SYSTEM, verdammt!»

«Laß Mutti damit zufrieden», sagt Ulla.

Pelle fährt auf. «Dann erklär du mir doch, warum ihr immer vom System redet, als wäre es nicht von Menschen gemacht!»

«Das ist sehr schwer zu erklären, Pelle», sagt Hanne. «Natürlich sind es Menschen, die ein System machen. Und Menschen, die es in Gang halten. Allerdings ist es oft fast unmöglich, genau zu sagen, welche Menschen oder wer oder was das System eigentlich in Gang hält.»

«Okay. Aber welche Menschen sind denn nun schuld an der Arbeitslosigkeit?» fragt Pelle.

«Die Kapitalisten sind schuld!» sagt Ulla.

«Die Kapitalisten! Ha!» sagt Pelle und schüttelt den Kopf. «Auch wieder so ein Schlagwort! Welche Kapitalisten? Ihr redet von den Kapitalisten, als wären sie eine besondere Gattung.»

Hanne sagt: «Ich will versuchen, es anders auszudrücken ...»

«... damit auch Pelle der Eroberer es kapiert!»

«Ulla!!» sagt Hanne.

Pelle springt wütend auf, als wollte er Ulla verprügeln.

Ulla bereut ihre alberne Bemerkung. «Entschuldige, Pelle. Tut mir leid. Ist mir nur so rausgerutscht. Es nervt mich so, daß wir hier sitzen und abwarten müssen, ohne was tun zu können.»

Wortlos setzt Pelle sich wieder hin. Hanne redet weiter, als wäre nichts gewesen. Nur an ihrer Stimme merken Ulla und Pelle, wie angespannt sie ist.

«In anderen Ländern versuchen sie es mit einem anderen System. Der wesentliche Unterschied zu unserem ist, daß dort die Produktionsmittel allen gemeinsam gehören. Alle sollen an allen Gütern einen gleichgroßen Anteil haben. Dazu gehören auch zum Beispiel die Wohnungen und die Ausbildung und so.»

«Aber warum gibt es bei uns Arbeitslosigkeit?» fragt Pelle.

«Um es vereinfacht zu sagen: Die Schuld daran haben diejenigen, die davon leben, daß andere Menschen für sie arbeiten. Sie hatten irgendwann einmal das Kapital, also das nötige Geld, um Produktionsmittel, also Maschinen, und Arbeitskräfte, also Menschen, kaufen zu können. Und meistens haben sie dieses Geld nicht einmal selber verdient.»

«Aber *warum* gibt es Arbeitslosigkeit?»

«Weil die die Arbeitslosigkeit wollen!» sagt Ulla.

«Das glaube ich nicht!» sagt Pelle.

«Das ist auch schwer zu glauben, aber in gewisser Weise stimmt es», sagt Hanne. «Es ist schwer zu erklären. Es hängt damit zusammen, daß diejenigen, die das Geld und die Maschinen und damit die Macht haben, ohne Rücksicht auf die Arbeiter und die Käufer immer mehr Waren produzieren, um ihren Profit zu erwirtschaften. Diese Waren müssen verkauft werden, damit die Produktionskosten wieder reinkommen, plus ein Gewinn! Und damit die Waren verkauft werden, müssen sie billig sein. Und damit sie billig angeboten werden können, müssen sie billig produziert werden – deshalb werden immer mehr Arbeiter durch Maschinen ersetzt.»

«Klar!» sagt Pelle.

«Kapitalist!» sagt Ulla.

«Ulla!» sagt Hanne.

«Wenn Pelle das in Ordnung findet, dann gehört er zu den Kapitalisten!»

«Nein! Er hat weder Geld noch eine Fabrik. Er kann also allenfalls einer von denen sein, die die Kapitalisten stützen.»

«Verstehe ich nicht», sagt Pelle geknickt.

«Weil ich es nicht so gut erklären kann», sagt Hanne und schüttelt bedauernd den Kopf. «Aber es ist schon wichtig zu wissen, wie alle diese Dinge zusammenhängen – und vor allem, *daß* sie zusammenhängen!»

«Können wir nicht reden und gleichzeitig etwas Praktisches tun, während wir hier warten?» fragt Pelle. «Du könntest doch zum Beispiel backen!»
Ulla geht schon wieder an die Decke. «Also, Pelle!»
Aber Hanne sagt: «Gute Idee! Es beruhigt und tut gut, wenn man die Hände für etwas Vernünftiges gebraucht. Und wir brauchen sowieso Brot.»
Sie gehen in die Küche. Hanne sucht die Zutaten zusammen und holt die große Schüssel, in der sie den Teig anrührt. Ulla wird plötzlich bewußt, daß sie Hanne schon eine Ewigkeit nicht mehr hat backen sehen.
Sie und Pelle haben sich an den Küchentisch gesetzt. Ulla spürt, daß Hanne jetzt viel ruhiger ist.
«Ja. Natürlich ist das System von Menschen gemacht», beginnt Hanne wieder. «Und nur Menschen können es verändern, sofern sie es verändern *wollen*.» Sie denkt einen Moment nach. «Es ist ungeheuer wichtig, zu verstehen, daß ein Kapitalist die Arbeitskraft anderer Menschen kauft, um Waren zu produzieren. Um die Waren zu verkaufen, muß er mit anderen Kapitalisten konkurrieren. Wenn er also durch geringere Kosten, zum Beispiel durch niedrigere Löhne, seine Waren billiger produzieren und anbieten kann, hat er bessere Chancen als die anderen, seine Waren zu verkaufen und Profit zu erwirtschaften.»
«Klar!» sagt Pelle wieder. «Wir kaufen die Kartoffeln auch da, wo sie am billigsten sind. Wir haben doch selber den Nutzen von dieser Konkurrenz!»
«Es geht nicht nur um Kartoffeln!» sagt Hanne seufzend. «Wir sollen ALLES kaufen! Kosmetika und elektrische Dampfbügeleisen, geblümtes Toilettenpapier und jedes Jahr die neuesten Automodelle, die, was das Material und die Sicherheit betrifft, genauso schlecht sind wie die vom letzten Jahr. Damit wir all das kaufen, müssen die Sachen wie gesagt möglichst billig sein und also möglichst billig hergestellt werden. Deshalb kann es sich auch lohnen, einen ganzen Produktionsbetrieb nach Irland zu verlegen – wegen der billigeren Arbeitskräfte dort.»
Das Telefon klingelt. Hanne ist zusammengefahren – und

streicht sofort den Teig von den Fingern. Aber Ulla kommt ihr zuvor. «Ich gehe schon ran», sagt sie und läuft zum Telefon.
Es ist Alice. Ihre Stimme klingt anders als sonst, weder wehleidig noch weinerlich. «Ich wollte nur schnell mal zwischendurch Bescheid sagen. Im Moment gibt es noch nichts Neues. Der Arzt sagt, die Chancen stünden gut. Mehr kann er vorläufig noch nicht sagen.»
«Ah, das ist gut!» sagt Ulla erleichtert.
«Also, ich rufe wieder an, sobald ich mehr weiß. Ich sitze die ganze Zeit an seinem Bett. Ich möchte gern bei ihm sein, wenn er aufwacht. Also, bis später, Ulla.»
Ulla geht in die Küche und wiederholt, was Alice gesagt hat. «Und wißt ihr was», fügt sie hinzu, «Alice klang irgendwie ganz anders als sonst. Irgendwie stärker!»
«Sie hat vielleicht wieder gemerkt, wie wichtig es für Axel ist, daß sie da ist.»
Ulla nickt. «Darüber habe ich neulich auch mit Hans-Jørgen gesprochen. Alice ist auf ihre Art auch ein Opfer des Systems. Erst hat sie dauernd für Axel und Hans-Jørgen sorgen müssen – und plötzlich wird sie nicht mehr gebraucht.»
«Ist doch aber ganz natürlich», sagt Pelle.
«Chauvi!» sagt Ulla. «Daß Frauen ihre Kinder füttern, ist natürlich. Aber daß sie deshalb von der Gesellschaft zur Randgruppe gemacht werden, finde ich abartig!»
«Sie sind selber schuld!» sagt Pelle. «Alice hat zum Beispiel nie versucht, eine Arbeit zu finden, oder?»
Hanne hört auf, den Teig zu kneten und richtet sich kerzengerade auf. «Erstens ist sie als Mädchen nie in den Genuß einer Ausbildung gekommen. Das sei nicht notwendig, sie heiratet ja doch, meinte man damals in ihren Kreisen. Und zweitens, wer würde heute eine Frau in Alices Alter einstellen, wo jüngere und qualifiziertere Frauen noch nach den miesesten Jobs Schlange stehen?»
Hanne wäscht sich die Hände. Dann setzt sie sich zu Ulla und Pelle.
«Bist du auch Arbeiter, Mutti?» fragt Pelle.

«Ja, natürlich! Irgendwie schon. Auch wenn ich an einer Schreibmaschine und nicht an einer Stanzmaschine gesessen habe!»
«Und damals, als du verheiratest warst? Warst du da auch Arbeiterin?» fragt Ulla.
«Du meinst, als ich ausschließlich Hausfrau war? Hm. Ich weiß nicht. Das kann ich so nicht sagen. Jedenfalls habe ich mich nicht als Arbeiterin gefühlt. Damals habe ich mich als gar nichts gefühlt. Was natürlich verkehrt war.»
«Aber», sagt Pelle, «wir sind doch keine Arbeiterkinder – oder?»
«In gewisser Weise seid ihr heute Arbeiterkinder. Aber im eigentlichen Sinn seid ihr's nicht. Ihr seid nicht, wie ich, in einer Arbeiterfamilie aufgewachsen. Euer Zuhause war von Anfang an davon geprägt, daß euer Vater eine lange Ausbildung durchgemacht und so seiner Familie ein gutes Auskommen und sogar einen gewissen langsam wachsenden Wohlstand ermöglicht hat. Ihr hattet immer euer eigenes Zimmer, wir hatten eine schöne Wohnung, gutes gesundes Essen und alles, was wir brauchten. Und es war von Anfang an völlig klar, daß ihr einmal eine bessere Ausbildung haben könntet als die meisten euer Freunde aus Arbeiterfamilien ... Oder auch als ich selbst.»
«Und woran hat es gelegen, daß du jetzt arbeitslos bist? Deine Firma ist doch nicht ins Ausland verlegt worden.»
«Nein. Das nicht. Aber in meiner Firma ist rationalisiert worden, wie das genannt wird. Sie haben ein Computersystem gekauft, durch das ein Teil des Büropersonals überflüssig geworden ist.»
«An und für sich ist doch nichts dagegen einzuwenden, wenn man Maschinen Arbeiten verrichten läßt, die sonst Menschen machen müßten, oder?» sagt Ulla.
«Das stimmt. Aber angenommen, wir lebten in einem anderen System ... Wäre dann auch die Hälfte der Büroangestellten arbeitslos, während die anderen noch eintönigere Arbeit an den Bildschirmen oder mit Lochstreifen verrichten müßten?»
Ulla und Pelle sehen sie an.

«Sicher nicht. Man könnte sich zum Beispiel darauf einigen, daß dann alle eben nur noch halb so lange arbeiten.»
Pelle nickt.
«Du hast doch aber nicht in einer Fabrik gearbeitet», sagt er. «Also hat auch kein Fabrikbesitzer die Schuld, oder?»
«Ich habe damals in der kleinen dänischen Niederlassung eines riesigen multinationalen Konzerns gearbeitet, der überall in der Welt vertreten ist. Die Besitzer sitzen in den Vereinigten Staaten, wo sie das große Geld scheffeln. Und je mehr sie scheffeln, um so größer werden sie. Sie schlucken oder ruinieren die kleineren Firmen – jedenfalls die, die nicht so clever sind wie Axels früherer Chef. Es gibt viele kleine Kapitalisten, die gegen die Konkurrenz der großen nicht ankommen. Irgendwann ist es dann soweit, daß sie ihre Unternehmen an die Großkonzerne verkaufen müssen, die immer größer werden und immer mehr Macht und Einfluß gewinnen.»
«Ja, aber du hast gesagt, sie haben rationalisiert. Das heißt doch, daß sie sich einschränken!» protestiert Pelle.
«Das einzige, was sie einschränken, sind die Personalkosten. Nicht nur hier in Dänemark, sondern sicher auch in anderen Ländern. Weil auf lange Sicht Maschinen billiger sind als Arbeiter. Solange die Arbeiter billiger sind, brauchen sie sie. Wird aber eine Maschine erfunden, die ein paar Arbeiter ersetzt, dann entlassen sie die Arbeiter und nehmen lieber die Maschine.»
Hanne steht auf, um den Backofen anzumachen. «Und die Maschine hat den ungeheueren Vorteil, daß sie niedrige Folgekosten hat.»
Das Telefon klingelt.
Hanne läuft eilig hin. Kurz darauf kommt sie zurück und atmet erleichtert auf.
«Er hat das Schlimmste überstanden. Er wird durchkommen. Alice bleibt bei ihm.»
«Gott sei Dank!» sagt Ulla. Obwohl die akute Gefahr vorbei ist, kann sich Ulla nicht unbeschwert freuen. Was soll – auf lange Sicht – aus Axel und Alice werden?
Hanne und Pelle geht es genauso. Sie sitzen eine Zeitlang schwei-

gend da. Dann fragt Pelle: «Mutti, hast du auch das Gefühl, du bist ein Opfer?»
Es dauert eine Weile, bevor Hanne antwortet.
«Nicht mehr so wie am Anfang. Und besonders dann nicht, wenn ich hin und wieder ehemalige Kollegen von damals treffe. Dann habe ich eher irgendwie das Gefühl, daß die Arbeit, die ich jetzt im Arbeitslosenausschuß mache, wichtiger und sinnvoller ist als meine Arbeit damals im Büro. Vielleicht kann ich dazu beitragen, daß wir eines Tages ein anderes System haben. Jedenfalls habe ich mich dem Kampf gegen diejenigen angeschlossen, die mit Gewalt und Macht das alte System am Leben zu erhalten suchen.»
«Soll das heißen, du bist ganz zufrieden damit, daß du arbeitslos bist?» fragt Pelle.
Ulla sieht ihre Mutter gespannt an.
«Ja!» sagt Hanne.
Ulla wird ganz warm ums Herz vor Stolz. Sie springt auf und umarmt Hanne.

Bei Kenneth

Noch nie im Leben ist Ulla so geduldig gewesen. Noch nie hat sie so aufgepaßt, daß sie bloß den Mund nicht zu weit aufmacht. Aber insgeheim hat sie schon einiges vorbereitet. Sie hat mit diesem und jenem geredet, hat Zahlen in ein kleines Notizbuch geschrieben, hat sich den Taschenrechner von Pelle geliehen und die Zahlen verglichen – Irrtümer ausgeschlossen.
Auch was Kenneth betrifft, ist sie äußerst geduldig. Sie nicken einander zu, reden hin und wieder – das übliche Zeug – und gehen im übrigen ihrer Arbeit nach. Dazu kommt, daß Kenneth auch meistens im Lager ist. Ulla wundert sich, daß nicht mehr passiert. Er mag sie offensichtlich gern. Vielleicht hat er Angst, mit ihr zu reden. Vielleicht hat er eine Freundin. Oder will sich in nichts reinziehen lassen.

Etwas an Kenneth ist anders als bei den meisten Männern, die Ulla kennt. Sie hat gegrübelt, was es wohl sein mag, und ist zu dem Schluß gekommen, daß er einfach nicht so ein Bumskopf ist, dem die Hormone schon von den Ohrläppchen tropfen.

Diesen Ausdruck hatte Eva geprägt. Für einen Rockmusiker, der drauf und dran war, das Mikrofon zu vergewaltigen. Er hatte es umklammert und geschüttelt, hin und her geschleudert und mit ausgestreckten Armen von sich weggestreckt und mit dem Becken Kreisbewegungen vollführt und es vor- und zurückgestoßen, als wollte er sich warm stoßen, um sich im nächsten Moment von der Bühne bis in den hintersten Winkel des Saales durchzubumsen. Und das würde er sicher auch schaffen! hatte Ulla damals gedacht.

Kenneth ist das genaue Gegenteil. Schüchtern und zurückhaltend. Und vermutlich auch so leicht verletzlich, wie sie ihn sich vorgestellt hat – mit seinem Engelsgesicht. Und mit diesem verschmitzten Blick, als ob es ihm ein Leichtes wäre, mit den Flügeln zu schlagen und emporzufliegen und auf der Leuchtstofflampe zu landen und zu ihnen hinunterzuwinken.

Ist er nicht etwas feminin? fragt sie sich. Und nimmt es sofort zurück. Was heißt feminin! Eines steht jedenfalls fest, wenn sie mehr über Kenneth wissen will, muß etwas passieren. Muß sie etwas unternehmen.

Sie legt sich einen Plan zurecht. Das ist notwendig. Sonst würde sie sich nicht trauen. Mit einem Plan ist es irgendwie leichter. Man fängt bei Punkt 1 an und geht in der vorgegebenen Reihenfolge weiter vor. Ein Plan gibt ihr Mut.

Komisch, denkt sie. Normalerweise kenne ich kein Lampenfieber. Warum bin ich bei Kenneth so nervös? Weil er anders ist als die Typen, die ich sonst kenne und bei denen ich die Spielregeln auswendig weiß?

Punkt 1 ist natürlich der wichtigste. Sie muß den richtigen Zeitpunkt finden. Und den richtigen Ort. Sie beschließt, während des dicksten Betriebs, wenn auch er immer am meisten zu tun hat, zu ihm ins Lager zu gehen. Also etwa gegen 17 Uhr – da sind

die meisten Kunden im Laden. Sie hat keinen Mut für lange Gespräche.
Punkt fünf Uhr nachmittags sagt Ulla zu ihrer Kollegin: «Ich geh mal zur Toilette.» Und sieht bei Kenneth hinein.
«Hej, Kenneth!» sagt sie.
Er blickt überrascht auf. «Hej, Ulla! Was machst du denn hier?»
«Ich wollte nur mal fragen, ob du heute abend was vorhast.»
«Nein, eigentlich nicht.»
«Wollen wir uns treffen?» Ulla merkt, wie ihr Herz heftig schlägt.
«Toll! Wollen wir irgendwo ein Bier trinken gehen?»
«Ich könnte auch zu dir kommen.»
«Noch besser», sagt Kenneth. «Dann komm zu mir. So gegen acht? Weißt du, wo ich wohne?»
Ulla schüttelt den Kopf.
Kenneth schreibt es ihr auf, und sie merkt, wie sich der Schweiß in ihren Achselhöhlen sammelt und hinunterläuft.
«Also, bis dann. Mach's gut! Ich muß zurück!» Und weg ist sie.
«Bis später!» ruft Kenneth ihr nach.
Alles ist nach Plan gelaufen, Punkt 1, Punkt 2 und auch Punkt 3: Sie ist zu Kenneth gegangen. Sie hat herausbekommen, daß er nicht in einer festen Zweierbeziehung lebt, denn sonst hätte er nicht so schnell ja gesagt, als sie vorschlug, zu ihm zu kommen. Und sie hat sich für heute abend mit ihm verabredet. Was will sie mehr!

Kurz vor acht klingelt Ulla bei Kenneth. Sie hat eine Miniflasche Pernod mitgebracht. Sicherheitshalber. Falls es zu schwerfällig läuft und sie absolut keinen Kontakt zueinander kriegen. Aber sie läßt die Flasche vorerst in der Tasche.
Sie weiß genau, was sie will. Sie *will* ihn. Sie will richtigen Kontakt, will Berührung. Und wenn sie auch ziemlich nervös ist, sie wird nicht von ihrem Plan abweichen.
Seine Matratze liegt auf dem Fußboden. Mit einer roten Decke

darüber. Sie lenkt es so, daß sie nebeneinander sitzen. Kenneth sieht aus, als hätte er genau damit gerechnet.
Er hat eine Flasche Wein gekauft. Ulla atmet erleichtert auf. Nicht daß sie sich Mut antrinken müßte. Aber sie nimmt es als ein sicheres Zeichen dafür, daß Kenneth auch etwas mit ihr vorhat.
Sie kann sich also beruhigen. Sie sitzen nebeneinander und reden. Trinken Wein, hören Platten. Kenneth hat viele Platten, die Ulla nicht kennt. Es fällt ihnen leicht, miteinander zu reden. Über Musik, welche Art Musik sie mögen, über sich selbst, was sie gemacht haben, ehe sie zu Olsen kamen. Ihre Hände liegen nebeneinander auf der roten Decke. Ihre Hand streift seine Hand. Seine Hand ergreift ihre Hand. Sie legt den Arm um seinen Hals. Sie sehen sich an, ihre Lippen treffen sich.
Dann bricht der Plan zusammen – alles kommt anders, als sie berechnet hat.
Kenneth kann nicht. Er ist impotent. Darauf ist Ulla noch vorbereitet. Sie hat sich auch zurechtgelegt, wie sie ihn trösten will. Sie will ihm sagen, er soll ganz ruhig und entspannt sein, und vor allem soll er nicht traurig sein, daß es ja das erste Mal ist und daß sie genauso viel davon hat, wenn sie es anders machen.
Aber weiß der Teufel, was los ist! Sie bringt ihre klugen Sätze nicht über die Lippen. Vielleicht weil Kenneth gar nicht traurig ist. Er sieht so aus, als kenne er das schon. Als hätte er schon tausendmal nicht gekonnt.
«Keine Sorge», sagt er. «Das ist ganz natürlich. Beim ersten Mal. Und vor allem denk nicht, du machst irgendwas verkehrt. Laß uns ein bißchen warten, dann wird's schon klappen.»
Ulla ist so überrascht, Kenneth genau das sagen zu hören, was sie eigentlich zu ihm sagen wollte, daß sie laut loslacht.
Kenneth sieht sie zuerst verwundert an. Dann lacht er mit. Sie liegen beide da und lachen, lange und herzlich. Bis sie allmählich ruhiger werden und sich gegenseitig langsam, zärtlich streicheln. Sie haben jetzt beide keine Lust zu erklären, worüber sie eigentlich gelacht haben.
Kurz danach kann Kenneth ganz gut. Er bewegt sich langsam in

ihr, bewegt sich langsam hin und her. Ulla genießt es so sehr, daß sie gar nicht daran denkt, ob sie so auch kommt. Sie kommt nicht. Und als Kenneth kommt, ist sie von einem Orgasmus weit entfernt.
Trotzdem ist es eine Art Höhepunkt für sie, als sie merkt, daß er kommt. Sie fühlt sich irgendwie mit einbezogen in seinen Rhythmus, so daß ihre eigenen Empfindungen und Gefühle darin mitschwingen und sie mitgetragen wird von der Welle, die ihn forträgt und sich mit ihm überschlägt. Sie hört sich schreien, als seine Bewegungen kurz und heftig werden. Aber das tut sie nicht, damit er glaubt, sie kommt. Sie kann nicht anders.
Dann sagt Kenneth: «Du bist nicht gekommen, nicht wahr?»
«Nein. Aber das macht nichts. Es war sehr, sehr schön.»
«Wir werden es schon lernen.»
«Na klar.»
Kenneth steht auf und dreht die Platte um. Wahnsinnig, wie schön so lange Spinnenbeine sind, denkt Ulla und muß grinsen. Und seine Hüftknochen! Wie spitz und scharfkantig! Ulla würde sie gern berühren, sie mag nur nicht aufstehen.
Sie trinken wieder Rotwein, reden, lachen, sind ernst. Dann sagt Ulla: «Weißt du was?»
«Na?»
«Ich hab schon gedacht, du bist schwul!»
«Weil ich nicht gleich versucht hab, dich anzumachen?»
«Ach, Quatsch! ... Oder doch? Jetzt, wo du's sagst ...»
«Du magst die Männer, die dich auf der Stelle verführen wollen, ja?»
«Nein, natürlich nicht ...»
«Wirklich nicht?»
Ulla überlegt. Sie will aufrichtig sein. Sie sagt: «Also, ehrlich gesagt, so etwas kann sehr schön sein. Du kannst dann jedenfalls sicher davon ausgehen, daß der Typ auch Lust hat, mit dir ins Bett zu steigen.»
«Hab ich mir gedacht. Es ist immer das gleiche!» Seine Stimme klingt jetzt ganz anders. Ulla sieht ihn erstaunt an. Er hat Tränen in den Augen. Er schüttelt den Kopf und sieht nach unten.

«Es ist *immer* das gleiche. Ich begreife das einfach nicht. Ich bin nicht so, und ich kann auch nicht so tun. Ich hab keine Lust, rumzulaufen und Supermann zu markieren. Ich hab's versucht, aber es geht einfach nicht. Wenn ich mit einer Frau schlafe, muß ich das Gefühl haben, ich bin mit ihr auf der gleichen Wellenlänge. Sonst hat für mich das alles keinen Sinn ...»
Ulla weiß nicht, was sie sagen soll. Sie zieht seinen Kopf zu sich heran und streicht ihm zart mit der Hand über das Haar.
«Und ich habe gedacht, du bist anders», sagt Kenneth schluchzend. «Ich habe gedacht, mit dir könnte man ... könnte man sich auf halbem Weg treffen, verstehst du? Aber du willst auch nur aufs Kreuz gelegt werden ...»
«Nein. Will ich nicht», sagt Ulla ernst. «Ich habe nur gesagt, es *kann* sehr schön sein. Kannst du dir das nicht vorstellen?»
Kenneth hebt den Kopf und sieht sie an. In seinen Augen ist einen Moment lang ein Lächeln zu sehen. «Doch. Eben weil –!»
«Das ist gut», sagt Ulla. Sie ist sehr froh darüber.
«Deshalb habe ich mich ja auch so darauf gefreut, mit dir zusammen zu sein. Zugleich hatte ich aber auch Angst davor. Ich habe gemerkt, daß du ziemlich forsch bist.»
«Ich weiß. Ich hab sicher mehr ausprobiert als andere in meinem Alter. Ich habe ziemlich früh angefangen und mich immer in alles voll reingestürzt. Ich will *alles*, ich will alles erleben ... Findest du, das ist schlecht?»
Kenneth schüttelt den Kopf. «Ach was! Natürlich nicht. Im Gegenteil, ich finde es gut, daß –»
«– daß ich mich aufgerafft hab, dich zu verführen? Um meinem Image gerecht zu werden?»
«Genau! Und ich finde es auch gut, wenn ich *sicher* weiß, daß eine Frau *sicher* weiß, daß sie Lust hat, mit mir ins Bett zu gehen!»
«Ja?»
«Komisch – was?»
«Nein. Ich habe nur nicht gewußt, daß Männer so denken können.»

«Anscheinend weißt du trotz allem nicht so viel, wie ich gedacht hatte! Jedenfalls nicht über Männer!»
«Wenigstens weiß ich jetzt, daß du nicht schwul bist!»
«So? Und woher weißt du das?»
Ulla lacht und fängt wieder an, ihn zu streicheln. Aber Kenneth redet weiter: «Im Ernst, wie willst *du* das wissen, wenn ich selbst noch nicht mal weiß, was Trumpf ist!»
«Du wirkst nicht wie einer, der Frauen verabscheut.»
«Natürlich bin ich nicht schwul, so wie du das meinst. Ich berühre Frauen unheimlich gern, ich liege unheimlich gern bei Frauen und ich schlafe gern mit ihnen. Aber ich berühre auch gern Jungen.»
«Bist du schon mal mit einem Jungen ins Bett gegangen?» fragt Ulla.
«Ja, einmal.»
«Und wie war das?»
«Es war ganz anders. Aber sehr schön. Und sicher nicht das letzte Mal.»
«Ich bin noch nie so mit einer Frau zusammen gewesen», sagt Ulla. «Ich habe mit einer zusammen gewohnt, mit Bolette. Wir haben miteinander getanzt, und wir haben auch manchmal ein bißchen geschmust. Aber so richtig sind wir nie zusammen gewesen.»
«Dann hast du ja noch was vor dir», sagt Kenneth. «Dann bist du ja noch ein ganz kleines unschuldiges Ding! Nicht einmal ein bißchen bi bist du? Also, ich will ja nichts sagen ...»
«Moment. Kann doch sein, daß ich es eines schönen Tages ausprobiere!»
«Das solltest du unbedingt», sagt Kenneth ernst.
Eine Sekunde lang fühlt Ulla sich vor den Kopf gestoßen. Er fordert sie tatsächlich auf, mit jemand anders ins Bett zu gehen. Sie schluckt. Aber dann sagt sie sich, daß sie Männer, die sie an sich ketten wollen, nicht ausstehen kann. Und ist wieder fröhlich.
«Bist du sauer, weil ich das gesagt hab?» fragt Kenneth. «Kein Grund! Ich finde es nur echt schlimm, wenn alles immer in festen

Bahnen verläuft. Ich fände es optimal, wenn ich jeden berühren und streicheln und mit jedem schmusen könnte.»
«Dann streichle mich doch!»
Kenneth legt die Hand auf ihren Busen. Und da macht Ulla etwas – es kommt aus ihrem tiefsten Innern. Sie schlägt die Decke zurück und setzt sich auf. So, daß das Licht direkt auf ihre nicht vorhandenen Brüste fällt.
«Sieh dir das an», sagt sie. «Ich bin obenrum nicht gerade hübsch. Ich sehe gar nicht aus wie eine Frau ...» Ihre Stimme wird unsicher.
Aber Kenneth legt beide Hände auf ihre Brust. Er streichelt sie liebevoll und verspielt. Als ob es ganz normale Brüste wären.
«Glaubst du, das habe ich nicht gewußt?» sagte er. «Das ist doch einer der Gründe, weshalb ich mich so irre gefreut hab, als du sagtest, daß du mich besuchen wolltest. Außerdem habe ich manchmal sogar Angst vor Frauen, die in dieser Beziehung zu perfekt sind.»
Ulla sieht ihn an. Er meint es so, sie sieht es ihm an.
«Ich mag gern, wie du aussiehst», sagt er. «Genau richtig. Und deine Brüste finde ich unheimlich gut!»
Ulla kann sich nicht länger beherrschen, sie versteckt den Kopf in seinen Haaren und weint leise. Kenneth küßt sie liebevoll. Küßt ihr die Tränen unter den Augen weg.
Später sagt er: «Weißt du, was mich besonders freut?»
Ulla schüttelt den Kopf.
«Daß du nicht so verdammt selbstsicher bist, wie du manchmal wirkst!»
«Wie wirke ich denn?»
«Manchmal wirkst du so selbstsicher, daß ich das große Zittern kriegen könnte!»
«Aha! Dir gefällt es also, wenn ich selbstsicher und zugleich unsicher bin?»
«Genau!»
«Du bist vielleicht eine Zitterpappel!»
«Werd bloß nicht frech, Fettwanst!»

Eine vollkommen andere Arbeit

Es ist unvermeidlich, daß die anderen «Mitarbeiter» im Laden etwas merken. Ulla und Kenneth haben zwar abgemacht, ihre Liebesgeschichte nicht an die große Glocke zu hängen, und Kenneth frühstückt wie immer im Lager, während Ulla nach wie vor ihre Pause mit den anderen verbringt. Aber obwohl sie es sich nicht so richtig vorstellen können, sehen die anderen ihnen wohl an, wie unsterblich verliebt sie sind.

Ulla wundert sich. Das ist ja wie bei meiner Mutter, geht es ihr eines Tages durch den Kopf. Und ist es dann nicht künstlich und verrückt, die Sache geheimhalten zu wollen? Sollten wir anderen gegenüber nicht viel offener sein?

Sie treffen sich jetzt fast jeden Tag nach der Arbeit, sie müssen sich einfach sehen! Sie gehen miteinander ins Bett, reden über tausend Sachen. Und je mehr sie sich kennenlernen, um so mehr haben sie einander zu erzählen.

Sie reden auch über die Arbeitsbedingungen im SUPERMARKT OLSEN. Eines Tages macht Kenneth sie auf etwas aufmerksam, was sie noch nicht gewußt hatte. Olsen zahlt nicht nur unter Tarif, er zahlt Frauen niedrigere Gehälter als Männern.

Ulla ist empört. Das ist der Tropfen, der das Faß zum Überlaufen bringt. Jetzt muß allmählich etwas unternommen werden! Sie ist sich mit Kenneth darüber einig, daß diese Ungerechtigkeit ans Licht gebracht werden muß.

Sie redet jetzt offen mit Annegrethe und Berit. Sie ist nicht ganz sicher, ob die beiden es schon immer gewußt und sich einfach damit abgefunden haben oder ob sie sich an Olsens Weisung, nicht über Gehaltsabsprachen zu reden, gehalten haben.

Nur Frau Holm hält sich heraus.

In der Frühstückspause stecken sie die Köpfe zusammen und diskutieren, was sie machen könnten. Ulla würde am liebsten auf der Stelle zu Olsen gehen und ihn fragen, was er sich eigentlich dabei denkt. Aber sie ist noch zu neu hier. Kenneth schlägt vor, daß Annegrethe mit Olsen redet. Sie ist am längsten hier.

Freiwillig wird Olsen keinen Millimeter zurückstecken. Das ist ihnen klar. Darum ist auch niemand überrascht, als Annegrethe mit einem betretenen Gesicht aus Olsens Büro kommt. Die Besprechung mit ihm hat kurz vor der Mittagspause, als im Laden wenig los war, stattgefunden. Olsen hat wohl nicht bedacht, daß sie in ihrer Mittagspause sofort alles durchsprechen würden.

Mittag. Sie schließen den Laden ab.

«Puh! Das war vielleicht unangenehm!» sagt Annegrethe. «Er saß da und hat mit den Fingern getrommelt und geredet, als ob ihm die ganze Welt gehört. Und als ob wir nur kleine dumme Kinder wären, die nicht wissen, wie gut es ihnen geht. Wißt ihr, was er gesagt hat? Wir wären doch alle gut angezogen, hat er gesagt! Dann würden wir wohl auch ausreichend bezahlt!»

«Irre!» sagt Ulla. «Hast du ihm gesagt, was wir besprochen hatten?»

«Ja. Ich hab's gesagt, aber ich glaube, es hat ihn nicht besonders beeindruckt. Und ich glaube auch, ich bin mit der Zeit immer kleinlauter geworden ...»

«Das macht nichts», sagt Berit.

«Ich habe ihn gefragt, wie es angehen kann, daß wir weniger kriegen als die Männer.»

«Und? Was hat er gesagt?»

«Das hätte überhaupt nichts damit zu tun, daß wir Frauen sind, sondern damit, daß wir andere Arbeit machen als die Männer! *Vollkommen* andere Arbeit!»

«Das stimmt doch nicht!» sagt Ulla wütend.

«Doch, das stimmt schon – irgendwie», sagt Annegrethe. «Deshalb wußte ich auch nicht, was ich sagen sollte. Es ist doch richtig: wir nehmen nicht die Pfandflaschen an und füllen auch nicht die Zigarettenautomaten auf.»

«Aber dafür wischen wir abends seinen Laden bevor wir gehen!»

«Hm, das hätte ich vielleicht sagen sollen.»

Als Ulla abends nach Hause kommt, telefoniert Hanne gerade mit Alice – alles offenbar wie gehabt, wie vor Axels Selbstmord-

versuch. Alice ruft fast jeden Tag an, aber immer nur abends. Sie wartet, bis Axel seinen Abendspaziergang macht.
Ulla läßt sich aufs Sofa fallen und wartet.
Hanne sagt immer nur ja und nein. Dann endlich: «Auf Wiedersehen.» Müde legt Hanne den Hörer auf.
«Ich fürchte, ich war nicht sehr freundlich zu Alice», sagt sie. «Aber ich *kann* einfach nicht mehr mit ihr reden. Ich glaube, sie hat was gemerkt.»
«Wie geht's ihnen denn?»
«Axel ist immer noch in Behandlung. Aber das einzige, was ihm wirklich helfen würde, gibt ihm niemand – Arbeit.»
«Trotzdem, er ist doch nicht krank!»
«Früher war er gesund und munter», sagt Hanne. «Jetzt ist er im Grunde ein kranker Mann. Vielleicht lenken ihn die regelmäßigen Arztbesuche jedenfalls etwas ab.»
«Einer weniger, der auf die Barrikaden geht!» sagt Ulla bitter.
«Das ist es ja gerade! Das hat er nie gemacht! Statt dessen ist er ganz für sich allein immer unglücklicher geworden ...» Das Telefon klingelt.
Ulla stöhnt lauf auf. «Alice! Was denn nun noch!» Sie nimmt sich die Zeitung. Aber das Gespräch dauert nicht lange. Hanne legt auf. Sie schüttelt ratlos den Kopf.
«Was hat sie denn nun schon wieder gewollt?» fragt Ulla.
«Sie wollte sich dafür entschuldigen, daß sie mir dauernd lästig wird! Und weißt du, was sie zum Schluß gesagt hat? ‹Vielen Dank, daß du abgenommen hast, Hanne.›«
Ulla sieht ihre Mutter an. Dann schüttelt sie auch den Kopf. Sie gehen in die Küche.
Ulla fragt Hanne, ob sie meint, daß Pelle für eine Aktion gegen Olsen gewonnen werden könnte.
«Ich würde an eurer Stelle nicht mit Pelle rechnen. Er denkt in erster Linie an sein Moped. Er überblickt noch nicht, was es bedeutet, daß Herr Olsen die katastrophale Situation auf dem Arbeitsmarkt so für sich ausnutzt. Zum Glück ist Pelle ja auch nur als Aushilfe dort, sonst stünde er am Ende noch als Streikbrecher da! Er ist einfach noch zu jung.»

Ulla weiß nicht recht.
«Ich finde, ihr solltet unbedingt Kontakt zur Gewerkschaftsjugend aufnehmen!» sagt Hanne.
Sie hören Schlüsselgeklimper an der Tür.
«Da kommt er ja gerade im richtigen Augenblick», sagt Ulla.
«Es könnte auch Lars sein», sagt Hanne mit einem etwas unsicheren Blick zu Ulla hin. «Ich habe ihm einen Schlüssel gegeben. Ich hoffe, du hast nichts dagegen –»
«Natürlich nicht! Darüber bin ich weg!»
Es ist Lars. Er gibt Hanne einen Kuß und nimmt Ulla kurz in den Arm. Er sieht hundemüde aus. «War's schlimm?» fragt Hanne.
Ulla geht in ihr Zimmer. Sie will die beiden in Ruhe lassen. Auch Lars ist von der Arbeitslosigkeit betroffen. Obwohl er nicht arbeitslos ist – im Gegenteil, er ist einer von denen, die auf Grund von Einsparungen mehr und härter arbeiten müssen. Da reihenweise Erzieher entlassen werden, wird der Streß für die übrigen immer größer.
Sie hört Hanne laut reden. Schließlich hält sie es nicht mehr länger aus und geht wieder in die Küche. Lars sitzt am Tisch, den Kopf in die Hände gestützt. Hanne steht neben ihm.
«Das ist mir unbegreiflich! Daß die Eltern das nicht sehen! Denken die denn, es ist eure Schuld?»
«Das denken viele. Sie meinen, wir arbeiten gegen sie, oder wir haben kein *Interesse*, uns mit den Kindern zu beschäftigen. Dabei gibt es nichts, was wir lieber täten!»
«Wie immer! Die Leute sind nicht in der Lage, auch nur von hier bis da zu denken!»
«Sei doch nicht so bitter!» sagt Ulla eindringlich.
«Ich werde doch wohl bitter sein dürfen, wenn ich sehe, wie alle um mich herum langsam fertiggemacht werden!»
«Hauptsache, *du* läßt dich nicht unterkriegen ...»
«Nein, ich werde nur immer wütender! Und manchmal habe ich Angst, die könnten plötzlich irgendeinen Job für mich haben, nur um mich an der Mitarbeit im Ausschuß zu hindern.»

Lars schüttelt den Kopf. «Das würden sie nie wagen, Hanne. Das wäre doch viel zu gefährlich. Du wärst keine fünf Minuten da, und schon hättest du den herrlichsten Krawall im Büro angezettelt – egal, wo sie dich hinsetzen!»
Hanne lacht. «Stimmt», sagt sie. Mit ernster Stimme fügt sie hinzu: «Der einzige Vorteil wäre, daß sich dann unsere Finanzlage verbessern würde. Langsam wird's wirklich knapp. Der Scheck mit dem Kindergeld für Pelle ist seit ein paar Tagen überfällig, und schon bricht mein ganzer Finanzplan zusammen. Außerdem verdienst du jetzt ja auch weniger, Ulla ...»
«So eine Frechheit! Können die denn ihren Scheißscheck nicht rechtzeitig abschicken?» schimpft Ulla.
«Denen ist doch egal, wie wir zurechtkommen», sagt Hanne.

Am nächsten Tag erhält Hanne einen Brief vom Sozialamt. Sie wird aufgefordert zu kommen und über ihre privaten Verhältnisse Auskunft zu geben.

Die Aktion

Der Aktionstag, der Tag, an dem die lange geplante Aktion stattfinden soll, fällt auf einen Donnerstag.
Die Gewerkschaftsjugend hatte sich zuvor mit einem offiziellen Schreiben an Olsen gewandt und ihn ersucht, die Mißstände laut Paragraph soundso zu beheben. Ohne Erfolg. Olsen rechnet also nicht mit ernsten Schwierigkeiten. Wahrscheinlich hat er vor, die ganze Bande rauszuschmeißen, falls sie etwas unternehmen – um sich dann vom Arbeitsamt neue «Mitarbeiter» schicken zu lassen. Aber die Leute von der Gewerkschaft sind optimistisch. Sie haben Ulla und ihre Kolleginnen und Kollegen mit Rat und Tat unterstützt, haben Flugblätter gedruckt und dafür gesorgt, daß die Aktion rechtzeitig bei der Polizei und dem zuständigen Ortsamt angemeldet wurde.

Ulla hat mit Bedacht dafür gesorgt, daß die Aktion an einem der Wochentage stattfindet, an denen Pelle nicht bei Olsen arbeitet. Frau Holm hat sich krank gemeldet. Na ja ...

Ein richtiger Apriltag. Kalt und windig. Regen und Schneegestöber. Ulla ist froh, daß sie daran gedacht hat, sich warm anzuziehen. Ganz schön kalt, wenn man so draußen vor dem Supermarkt steht wie die Schneeglöckchen im Vorgarten.
Trotzdem ist sie bester Laune. Wir durchstoßen das Eis und werden BLÜHEN! denkt sie beim Anblick der in Mützen, Tücher und Schals eingemummelten Gestalten. Sie hatten einige Abende gebraucht, um die Plakate und Schilder und Transparente zu machen. Sie haben sie mit Riesenbuchstaben in auffälligen Farben beschriftet – meist in Rot, aber auch in Blau, Grün und Orange. Sie findet selbst, daß sie sich einige sehr gute Parolen ausgedacht haben. «NIEDER MIT DER SUPERMACHT IM SUPERMARKT» steht auf Annegrethes Transparent. Und «UNTER 18 – aber NICHT UNTER TARIF!» steht auf einem anderen. «GLEICHER LOHN FÜR GLEICHE ARBEIT!» steht auf einem dritten. Ulla trägt das Schild mit der Parole: *«Boykottiert die Geschäfte, die Jugendarbeitslosigkeit ausnutzen!»* Aber am besten gefällt ihr die Parole: «FRAUENLOHN IST GLEICHER LOHN!»
Sie steht auf dem Schild, das Kenneth trägt. Sie sind morgens alle pünktlich erschienen. Aber sie sind nicht hineingegangen. Sie sind draußen vor dem Laden stehengeblieben. Olsen war auch pünktlich da. Wie gewöhnlich. Er war ziemlich überrascht. Dann begriff er. Er hat die Ladentür aufgeschlossen und einen Moment lang ausgesehen, als könnte er nicht glauben, daß sie nicht mit hinein wollten.
«Was in aller Welt soll denn *das* bedeuten?» hat er gefragt, aber niemand hat ihm geantwortet. Sie haben abgemacht, sich heute auf keine Diskussionen mit ihm einzulassen – außer er ist bereit, über die Gehälter zu verhandeln.
Sie sind sich einig, daß sie die Tür nicht versperren wollen: Sie stehen hier, um den Leuten die Sachlage zu erklären – wer in den Laden will, soll nicht daran gehindert werden.

Sie stehen mit den Rücken zum Laden. Ulla kann es sich nicht verkneifen, einen Blick nach drinnen zu werfen. Olsen läuft hektisch im Laden hin und her und schielt immer wieder zu ihnen hinaus. Heute muß er sich selber abrackern. Denn es gehen doch viele Leute hinein, um einzukaufen, nachdem sie, oft mit freundlichem Interesse, die Transparente und die Schilder betrachtet und sich ein Flugblatt in die Tasche gestopft haben.

Einige bleiben auch draußen stehen und studieren die großen Stelltafeln der Gewerkschaftsjugend, auf denen die heutigen Lebens- und Ausbildungsbedingungen der Jugendlichen in Dänemark dargestellt sind. Mit Fotos, statistischen Angaben über die Einkommensverhältnisse und über die Arbeitslosigkeit unter den Jugendlichen. Gewerkschaftsleute, die bei den Tafeln stehen, geben auf Wunsch Auskunft.

Eine ältere Frau geht auf Ulla zu.

«Bist du nicht Verkäuferin bei Olsen?»

«Ja. Wir machen hier eine Aktion, weil Olsen uns unterbezahlt.»

«Na, ihr seid ganz schön mutig! Habt ihr nicht Angst, daß er euch rauswirft?»

«Das Risiko gehen wir ein», antwortet Ulla. «Wir dürfen uns nicht gefallen lassen, daß Arbeitnehmer für Gehälter arbeiten müssen, die unter den tariflich festgelegten Sätzen liegen! Wenn wir uns nicht wehren, drücken wir den Lohn!»

«Wieso drückt ihr den Lohn?» fragt die ältere Frau verwundert.

«Weil –» Ulla holt tief Luft, «wenn wir uns damit abfinden und weiterhin unter Tarif bezahlen lassen, führt das am Ende dazu, daß andere Jugendliche in anderen Firmen Schwierigkeiten haben, den angemessenen, tariflich vereinbarten Lohn zu kriegen.»

Die Frau schüttelt den Kopf. «Ich muß schon sagen, ihr seid mutig!» Dann geht sie weg. Aber vielleicht wollte sie auch gar nicht einkaufen.

Andere zeigen sich von der Aktion weniger beeindruckt. Sie

werfen nur einen kurzen Blick auf die Schilder und Transparente – und gehen dann an ihnen vorbei in den Laden. Jetzt, am Vormittag, wird Olsen es wohl noch allein schaffen. Aber Ulla freut sich schon, wenn sie daran denkt, wie es später im Laden wohl aussehen wird.

Einige Männer gehen vorbei und sehen die Jugendlichen feindselig an. Kenneth, dessen lange blonde Haare im Winde flattern, bekommt die üblichen, phantasielosen Sprüche zu hören: «Geh lieber mal zum Friseur, statt hier Ärger zu machen.»

Aber es kommen auch Leute, die unangenehm werden. Ein junger Typ in schicker karierter Jacke und mit einem Aktenköfferchen in der Hand baut sich vor Kenneth auf und glotzt ihn an.

«So so – du kriegst also nicht den gleichen Lohn wie wir Männer, Süße?» sagt er neckisch.

«Komm mich heute abend mal besuchen, Schätzchen! Dann zeige ich dir, was Sache ist!» sagt Kenneth und lächelt zuckersüß.

Der Typ mit dem Aktenköfferchen macht ein Gesicht, als wäre er in Hundescheiße getreten, und zieht schleunigst ab.

Die Frauen, die stehenbleiben, lassen sich in zwei Gruppen einteilen, wie Ulla nach einiger Zeit feststellt. Die einen stellen Fragen, erkundigen sich nach irgend etwas, zum Beispiel nach dem Hintergrund der Aktion, und sagen am Ende oft, wie toll sie es finden, daß jemand etwas tut. Das sind meist die jüngeren Frauen. Denen geht's wahrscheinlich ähnlich wie uns! Und einige sind sicher auch in der Frauenbewegung engagiert. Aber auch ältere Frauen äußern sich positiv.

«Da werde ich richtig neidisch auf euch junge», sagt eine dicke dunkelhaarige Frau, die eine große Plastiktüte trägt. «Wenn ich an meine Jugend denke – das hätten wir nicht gewagt, nie! Na, viel Glück!»

Aber andere Frauen schütteln nur den Kopf und gehen schnell weiter. Als hätten sie sich erschrocken, als wäre ihnen das, was sie da gesehen haben, unheimlich – eine fremde Welt.

Gegen Mittag kommt Hanne. Sie hat ein paar Thermosflaschen mit heißem Kaffee mitgebracht, der sofort begeisterte Abnehmer findet. Sie redet ein paar Worte mit den Gewerkschaftsleu-

ten. Dann geht sie wieder. Sie haben abgemacht, daß sie lieber nicht direkt an der Aktion teilnimmt. Damit es nicht so aussieht, als wäre Ulla auf die Unterstützung ihrer Mutter angewiesen.
Die Stunden schleichen dahin. Es wird immer kälter.
Herr Olsen schwirrt wie eine Fliege in der Flasche im Laden herum. Mit Wonne beobachten sie, wie er Waren aus dem Lager anschleppt, telefonische Bestellungen entgegennimmt, an der Kasse mit dem Wechselgeld durcheinanderkommt und gleichzeitig auch noch alle die Fragen der Kunden beantworten muß. Wer weiß, was er denen erzählt ...
Kurz vor vier öffnet sich die Tür. Olsen kommt zu ihnen heraus.
«So, ich finde, ihr habt euer Spielchen nun lange genug gehabt», sagt er. «Wie wär's, wenn wir jetzt damit freiwillig aufhören? Gleich geht die Stoßzeit los! Also, wenn ihr nicht in fünf Minuten im Laden seid, hole ich die Polizei!»
Mann, ist der blöd! denkt Ulla. Er weiß doch genau, daß die Polizei nichts unternimmt, solange wir die Tür nicht blockieren. Außerdem waren die Bullen längst hier. Sie haben sich angesehen, was hier läuft, und sind wieder abgehauen. Olsen sollte allmählich anfangen, sich auf andere Lösungen des Konflikts zu konzentrieren, indem er zum Beispiel mit uns über unsere rechtmäßigen Ansprüche verhandelt. Er muß doch einsehen, daß das Gesetz auf unserer Seite ist!
Herr Olsen dreht sich um und geht wieder in den Laden.
Und dann beginnt die große Super-Show. Zwar kehren nach wie vor einige Leute um, nachdem sie die Transparente, die Flugblätter und die Stelltafeln studiert und sich über die Hintergründe informiert haben. Aber die meisten gehen trotzdem in den Supermarkt. Und gegen 17 Uhr wartet eine lange Schlange von Kunden vor der Kasse. Herrn Olsen steht der Schweiß auf der Stirn, er ist völlig erschlagen. In seinem SUPERMARKT herrscht das totale Chaos. Herrlich mit anzusehen, wie er, allein auf weiter Flur, das Chaos zu bändigen versucht und sich abrackert und schwitzt.
Klasse! denkt Ulla. Wunderbar. Vielleicht merkt er jetzt, was wir an Arbeit leisten.

Der Tag kommt ihnen länger als erwartet vor, aber die Stimmung draußen vorm Laden ist prächtig. Je kälter es wird, um so dichter rücken sie zusammen. Ulla nutzt ab und zu die Gelegenheit und drückt sich an Kenneth. Er strahlt immer noch Wärme aus. Sie *alle* strahlen trotz Kälte noch Wärme aus, findet Ulla. Es ist ein guter Tag.
Trotzdem ist sie froh, als Herr Olsen gegen halb sechs die letzten Kunden aus dem Laden dirigiert und die Tür abschließt. Sie friert bis auf die Knochen. Auch die anderen trampeln mit den Füßen und haben rote Nasen. Sie alle haben nur noch einen Gedanken: So schnell wie möglich nach Hause, ins Warme! Sie beraten sich kurz und kommen überein, daß sie morgen die Arbeit wieder aufnehmen werden, als ob nichts gewesen wäre. Dann wird sich ja zeigen, was Olsen gelernt hat.
Die Leute von der Gewerkschaftsjugend ziehen mit ihren Stelltafeln ab. Die anderen rollen die Transparente zusammen und nehmen sie mit nach Hause. Vielleicht werden sie noch einmal gebraucht ... Keiner weiß so recht, ob die Aktion zu irgendeinem Resultat führen wird.
Auch Ulla macht sich auf dem Heimweg. Sie verkriecht sich in ihren guten alten Afghanenpelz und senkt den Kopf gegen den eisigen Wind. Ihr Blick fällt auf ein Flugblatt, das sie noch nicht gesehen hat. Was ist denn das? Sie hebt das Blatt vom Bürgersteig auf.
Ihre Losung steht darauf: «FRAUENLOHN IST GLEICHER LOHN!»
Und darunter steht: «Boykottiert den Supermarkt Olsen. Dort werden Jugendliche unterbezahlt!»
Die kantige Schülerschrift kommt ihr bekannt vor. Kein Zweifel. Ein Stück weiter findet sie noch ein solches Flugblatt. Mit demselben Text.
Pelle hat selbst Flugblätter gemalt und im Viertel verteilt! Ihr kleiner Bruder! Er hat sich heimlich an der Aktion beteiligt!
Ulla läuft so schnell sie kann nach Hause.

Eine endlose Moralpredigt

«Es war okay, daß wir die Aktion gemacht haben», sagt Pelle ein paar Tage später. «Und ich fand es auch echt Spitze, da mitzumachen. Aber jetzt siehst du ja, was dabei rauskommt! Hab ich's nicht gesagt?»

Ulla nickt. Herr Olsen hat sie gefeuert – sie als einzige. Olsen ist gar nicht so dumm. Er hat sich zusammengereimt, welche Rolle sie bei der Aktion gespielt hat. Und da sie noch nicht lange bei ihm ist, kann er sie fristlos entlassen.

Zu allem Überfluß hat sie sich bei der Aktion eine Erkältung geholt. Deshalb weiß sie nicht so recht, ob sie nun froh oder traurig sein soll, daß sie die Aktion gemacht haben ... Doch, natürlich weiß sie es: Sie ist froh. Mehr als froh. Denn in einem Atemzug mit ihrer Kündigung hat Olsen sich zu Lohnverhandlungen mit seinen übrigen «Mitarbeitern» bereit erklärt. Ihre Gehälter sind den Tarifsätzen angeglichen worden. Für die Frauen bedeutet das: Mindestlohn *und* gleicher Lohn. Wenn das nichts ist! Die Gewerkschaftsleute sind auch zufrieden.

«Ich bereue es nicht», sagt Ulla. «Nicht eine Sekunde lang! Meine Kündigung hatte ich ‹einkalkuliert› – wie du es nennen würdest!»

«Er hätte dich wahrscheinlich sowieso rausgeschmissen, ehe du achtzehn wirst», sagt Pelle. «Dann hätte er dich nämlich anders einstufen müssen.»

«Ja, natürlich! Stimmt. Daran hatte ich noch gar nicht gedacht. Toll. Da hat er ja gleich zwei Fliegen auf einen Schlag erwischt!»

«Und was machst du nun?»

«Ich suche mir was Neues.»

«Du solltest einkalkulieren, daß du wahrscheinlich nicht jedesmal so viel Glück hast!»

«Abwarten! Ich bin das geborene Glückskind!»

«Kommst du jetzt in das Alter, wo du an die Sterne glaubst?»

«Null! Ich glaube nach wie vor nur an das, was ich mit eigenen

Augen sehe. Aber irgendeinen Grund muß es ja dafür geben, daß ich immer so ein Glück hab!»
«Kein Wunder – mit mir als Bruder!»
Ulla fängt an, das Essen vorzubereiten. «Kannst du mir nicht ausnahmsweise mal helfen? Wenn du schon keine Schularbeiten machst . . .» sagt sie.
«Hm. Okay. Was soll ich machen?»
«Oh, du machst mich rasend! Kannst du dein Gehirn nicht mal selber ankurbeln. Gehirn – das ist das, was du brauchst, wenn du aufs Gymnasium kommst!»
«Mach Platz, du Dragoner!»
Pelle ist in letzter Zeit so nett zu mir, denkt Ulla, fast liebevoll! Schön, daß er sich aufgerafft hat, bei der Aktion mitzumachen. Hätte er es nicht getan, wäre er wahrscheinlich noch verbohrter geworden . . .
«Warum hast du eigentlich mitgemacht, Pelle?» fragt Ulla. «Ich meine, bei unserer Aktion. Irgendein bestimmter Grund?»
«Wieso? Ich wollte auch mehr Lohn!»
«Ach, hör doch auf! Das nehme ich dir nicht ab. Deshalb hast du das nicht gemacht. Das muß irgendwie mit diesem Brief vom Sozialamt zusammenhängen!»
«Warum fragst du, wenn du's so genau weißt?!»
«Weil ich es gern *genau* wissen will!»
Pelle antwortet nicht. Ulla stößt ihm mit dem Ellenbogen in die Seite. «Komm schon. Sag's!»
«Mann, bist du aufdringlich! Also, wenn du's unbedingt wissen willst: Ich finde es schlimm, daß Olsen euch ausgebeutet hat – euch Frauen.»
«Das ist ja irre!» ruft Ulla begeistert. «Hast du angefangen, Bücher über die Emanzipation der Frau zu lesen, oder was!»
«Um Himmelswillen, nein! Aber mir ist aufgegangen, auch durch die Sache mit Mutti und dem Sozialamt . . . Also, wenn die Frauen weiter weniger verdienen als wir, sind letzten Endes *wir* die Angeschissenen. Deshalb!»
Ulla nickt.
Hanne und Lars kommen herein.

«Wart ihr *zusammen* beim Sozialamt?» fragt Ulla.

«Ja. Wir haben lange überlegt», sagt Hanne, «und dann beschlossen, gleich zusammen hinzugehen. Wir mußten zu so einem fetten Behördenhengst rein, der mir eine endlose Moralpredigt über soziale Bedürftigkeit und arglistige Täuschung und was weiß ich nicht alles gehalten hat. Schließlich habe ich ihn gefragt, wovon er – mit Verlaub – eigentlich spricht. Nun ja, hat er gesagt, es sei ihnen zu Ohren gekommen, daß ich in einer – ehäm – wilden Ehe lebe!»

«Und was hast du gesagt?» fragt Ulla gespannt.

«Ich habe ihm gesagt, daß ich *nicht* in wilder Ehe lebe, daß ich einen Freund habe, nämlich Lars, und daß Lars seine eigene Wohnung hat, mich aber ab und zu besucht. Und ich habe den Mann gefragt, ob das etwa verboten sei. Furchtbar, diese Leute mit ihren uralten frauenfeindlichen Moralbegriffen und Vorstellungen! Es ist immer dasselbe: Wenn eine Frau mit einem Mann zusammenlebt, wird der Mann automatisch als der Versorger betrachtet – als ob sie, die Frau, eine Hure ist, die Geld dafür nimmt. Na ja, aber der Kerl konnte ja gar nichts machen, wir sind im Recht. Er hat sich sogar entschuldigt. Und dann sind wir gegangen.» Hannes Augen strahlen.

«Juhu!» ruft Pelle.

«Irre!» sagt Ulla.

«Ein Glück, daß es geklappt hat! Sonst müßtest du uns jetzt – egal wie – versorgen, Lars!» sagt Hanne lächelnd.

«Denkst du!» sagt Lars. Sie küssen sich.

«Hat er was gesagt, von wem sie die Informationen haben?» fragt Pelle.

«Nein, darüber dürfen sie nichts sagen. Aber – ist dir auch was aufgefallen, Lars?»

«Ja», sagt Lars. «Zuerst hat er immer von sich geredet, dann hat er eine Zeitlang den Ausdruck ‹der Betreffende› gebraucht, und irgendwann ist ihm ein ‹sie› rausgerutscht.»

«Ja, genau! Es muß eine Frau gewesen sein, die uns beim Sozialamt gemeldet hat.»

«Klar, der größte Feind der Frau ist die Frau», sagt Pelle.

«Unsinn, Pelle», sagt Hanne, «das ist ein durch nichts gerechtfertigter, absolut idiotischer Spruch!»
«Du – « sagt Ulla, «Pelle hat neulich Alice hier in der Gegend gesehen. Ist es nicht möglich ...» Sie hält inne. Hanne sieht erstaunt erst Pelle und dann Ulla an.
«Nein, bestimmt nicht. Du mußt aufpassen, daß sich deine Phantasie nicht selbständig macht, Ulla!» sagt sie.
Ulla schweigt.
Dann sagt Lars: «Ich finde, wir sollten aufhören herumzuspekulieren, wer es gewesen sein könnte. Wir werden es vermutlich nie erfahren. Außerdem – wer so etwas macht, dem geht es sicher nicht besonders gut.»
«Wer so etwas macht, der muß andere hassen – aus tiefster Seele», sagt Ulla.
«Wenn es eine Frau gemacht hat, muß sie das Gefühl gehabt haben, daß ihr alle anderen Möglichkeiten, ihrem Leben so etwas wie eine Bedeutung zu geben, verschlossen sind», sagt Hanne. «Und jetzt habe ich Hunger.»

MAI

Die Sonne scheint im Faelledpark

Es sieht so aus, als würde es in diesem Jahr ein richtiger 1. Mai. Strahlender Sonnenschein. Danebrogfahnen und rote Fahnen, einträchtig nebeneinander, heben sich vor dem blauen Himmel und dem frischen Grün der Sträucher ab. Ein Motiv für ein Poster, denkt Ulla. Sie geht durch den Faelledpark. Rot ist wirklich eine schöne Farbe. Die Farbe der Eroberer. Die Farbe für mich!

Seit ihre Eltern geschieden sind, ist Ulla jedes Jahr am 1. Mai mit ihrer Mutter zur Kundgebung hier im Park gegangen. Für Hanne war es eine alte Tradition, die sie nur während der Jahre ihrer Ehe vernachlässigt hatte. In diesem Jahr machen Hanne und Lars den 1.-Mai-Marsch mit. Kenneth auch. Ulla will sich gegen drei mit ihm treffen. Am Eisstand im Faelledpark. So haben sie es abgemacht, damit sie sich nicht verfehlen. Ulla macht diesmal den Umzug nicht mit. Sie wollte sich lieber hier ein bißchen umsehen.

Im Park wimmelt es von Menschen. Die Stimmung ist phantastisch. Kein Wunder bei dem schönen Wetter! Und dann noch 1. Mai! Hier trifft man Freunde und Kollegen. Hier findet man vielleicht auch jemanden, mit dem man sich zusammentun kann. Das ist in den letzten Jahren immer Ullas Hauptziel gewesen. Diesmal ist es anders. Diesmal ist sie zwar allein hergekommen, aber trotzdem hat sie das Gefühl, dabei zu sein – mittendrin.

Sie trifft Bekannte. Aber all die vielen Menschen hier, die sie nicht kennt! In Scharen stehen sie um die Tribünen herum. Überall Fahnen. Überall Transparente, die sich im leichten Frühlingswind bewegen. Ulla treibt von Gruppe zu Gruppe.

Plötzlich durchfährt es sie wie ein Stich. Ist das dort drüben nicht Hans-Jørgen – Hand in Hand mit einer großen Rothaarigen? Ob er sie gesehen hat? Nein, noch nicht. Aber wenn er mich nun sieht! Soll sie hingehen und die beiden begrüßen? Sie hat ein seltsames Gefühl in der Magengegend. Am liebsten würde sie hingehen und Hans-Jørgen umarmen und ihm einen Kuß geben. Aber ...

Während sie noch dabei ist, sich zu einem Entschluß durchzuringen, spürt sie plötzlich, wie sich eine Hand auf ihre Schulter legt. Sie dreht sich um. Eva! Ihr rundes Gesicht mit den ausgeprägten Backenknochen unter dem glatten blonden Haar lacht sie breit an.

«Hej, Ulla! Ist das nicht toll hier! Mensch, ist ja Klasse, daß man dich mal trifft! Wo warst du denn die ganze Zeit?»

Ulla ist erleichtert, daß Eva ihr gerade in diesem Moment über den Weg läuft. «Ja, wo war ich eigentlich? Überall ...!»

«Arbeitest du nicht mehr im Krankenhaus? Meine Güte, ist das lange her, seit wir uns das letzte Mal gesehen haben! Sag mal, wollen wir uns nicht hier irgendwo hinsetzen?»

Eva hat sich in weiser Voraussicht eine Decke mitgebracht! Sie ist auch richtig angezogen – graublauer Anorak und Jeans. Aber irgend etwas ist anders an ihr, denkt Ulla. Sie breiten die Decke aus und lassen sich nieder. Sie sitzen mit den Gesichtern zur Sonne.

«Warum haben wir uns eigentlich so lange nicht gesehen?» fragt Eva sie direkt. «Ich hatte das Gefühl, du bist mir aus dem Weg gegangen. Stimmt's?»

«Hm – da ist was dran. Nach dem Fest damals wollte ich nichts mehr mit dir zu tun haben. Ich war stocksauer auf dich.»

«Aber weshalb denn?»

«Weil ich es echt beschissen fand, wie du mir Carsten ausgespannt hast!»

«Was? Ich hab dir Carsten ausgespannt? Aber du warst doch plötzlich spurlos verschwunden!»

Ulla nickt. «Ich habe mit Carsten getanzt, und dann wollte ich nur mal kurz nach meiner Mutter sehen. Als ich zurückkam, war Carsten weg. Ich hab ein bißchen mit Kim getanzt und bin dann runtergegangen, um Carsten zu suchen. Und da sah ich euch beide in der Küche rumknutschen, als ob ihr euch gegenseitig auffressen wolltet.»

«Hör auf, Ulla! Ich habe doch gar nicht gewußt, was da lief! Carsten hat dich mit keiner Silbe erwähnt!»

«Kann ich mir denken! So ein Arsch.»

«Er ist ein viel größerer Arsch, als du denkst! Es stimmt nämlich nicht ganz, daß er dich nicht erwähnt hat. Im Gegenteil, er hat 'ne ganze Menge gesagt.»

«Was?» Ulla ist jetzt ganz ruhig.

«Na, wir wollten zu mir nach Hause, und unterwegs fing er an, mir Komplimente wegen meines Aussehens zu machen. Auf deine Kosten!»

«Was hat er gesagt?»

Eva zögert. «Du, sei mir nicht böse, ich mag das nicht sagen. Es war zu schlimm.»

«Komm schon. Es ist okay. Ich möcht's gern wissen!»

«Wirklich?»

«Ja, du – ich bin nicht mehr so empfindlich wie früher.»

«Also gut. Er fing an, mich am Busen zu betatschen. Und dann sagte er, er fände es toll, wenn er merkt, daß er mit einer richtigen Frau zusammen ist und nicht mit einem Bügelbrett. Und als ich fragte, auf wen er damit anspielt, hat er gesagt: ‹Auf diese Ulla.› Da bin ich wütend geworden! Ich hab ihm eine runtergehauen und hab gesagt, er soll sich verpissen.»

«So ein gemeiner Hund ...» sagt Ulla lahm. Sie merkt, daß sie doch noch nicht so unverwundbar ist.

«Ich konnte ihn nicht länger ertragen – wenn er so über dich redet ...» sagt Eva und überlegt einen Moment. «Aber da war noch etwas anderes. Ich habe gemerkt, daß er sich in Wirklichkeit gar nicht für mich interessiert. Für *mich* – verstehst du? Er war nur hinter meinen Titten her. Er hat mich genauso erniedrigt, wie er dich vorher erniedrigt hat – nur mit umgekehrten Vorzeichen.»

«Ich verstehe», sagt Ulla. «Toll, daß du's ihm so gegeben hast!»

«Ach, das hättest du auch gemacht.»

«Glaubst du?»
«Natürlich.»
Ulla grübelt.
«Ich glaube nicht», sagt sie. «Er ist ja auch über dich hergezogen – als wir zum Tanzen raufgegangen sind ...»
«Ja?» sagt Eva überrascht.
«Ja. Nur anders. So der übliche Mist über Emanzen und so, und wie unmöglich sie aussehen und daß sie mal darüber nachdenken sollten, wie sie eigentlich auf Männer wirken ... Und so weiter, das ganze Bla-bla. Aber es war eindeutig auf dich gemünzt.»
«O je!»
«Aber ich habe *nicht* so reagiert wie du. Ich glaube, ich war unheimlich heiß auf ihn an dem Abend – eigentlich schon seit längerer Zeit. Und da habe ich alles ausgespielt, was ich auf der Palette hatte.»
«Das habe ich auch gemacht!»
«Ich war jedenfalls eifersüchtig und stocksauer auf dich. Aber jetzt steht's eins zu null für dich!»
«Quatsch!» sagt Eva. «Aber wie gut, daß wir endlich darüber reden! Wie ist das Fest denn für dich ausgegangen?»
«Ich war total frustriert, und dann ist meine Mutter mit einem jungen Typ losgezogen – Lars, weißt du? Und ich bin allein nach Hause gefahren und hab mich in Selbstmitleid gewälzt. Ich bin einfach nicht damit fertig geworden, daß ich ... na ja, daß ich keinen Erfolg gehabt habe.»
«Erfolg? Du meinst: keinen im Bett.»
«Ja ja.» Ulla grinst verlegen.
«Oh, mein kleiner Engel!» sagt Eva und umarmt sie. «Das tut mir aber leid für dich. Carsten, der feine Kerl, fand dich nicht gut – also hattest du keinen Erfolg? So ein Blödsinn. *Ich* fand dich gut. Ist das nicht genauso wichtig? Warum sind wir so abhängig davon, was die Männer von uns halten? Wir hätten uns zusammentun und von dem blöden Fest weggehen sollen.»
«Ja, das wäre schön gewesen!»
O Mann, ist es herrlich, daß wir das aus der Welt geschafft ha-

ben, denkt Ulla. Dann sagt sie: «Aber ehrlich gesagt, ich glaube nicht, daß ich das gemacht hätte.»

«Was? Mit zu mir nach Hause gehen?»

Ulla nickt. «Weißt du, so ein Fest – das ist für mich nun mal was mit Männern und so. Für dich nicht?»

«Doch schon», gibt Eva zu. «Aber das hat sich in letzter Zeit etwas gegeben.»

«Mit wem bist du denn jetzt so zusammen?»

«Mit niemandem. Ich mach Pause. Bei uns in der Wohngemeinschaft ist im Moment ziemlich viel los. Da hab ich sowieso keinen Nerv für Männer. Und ich habe auch keine Lust mehr, mit jedem zu schlafen. Und es hat wohl auch nicht mehr jeder Lust, mit mir zu schlafen. Vielleicht weil ich die üblichen Signale nicht mehr aussende ...» Sie zuckt mit den Schultern und öffnet ihren Anorak. «Die Sonne wärmt schon richtig!»

«Mir fällt auf, daß du dich anders anziehst», sagt Ulla. «Vor nicht langer Zeit hattest du immer diese hautengen T-Shirts an. Ich hab dich immer wahnsinnig beneidet, daß du das konntest.»

«Weil ich mich besser verkaufen konnte als du, was?»

«So ähnlich, ja. Ich habe immer diese weiten Dinger an. Bei mir ist es umgekehrt.»

«Du versteckst das, was du nicht hast, und ich unterstreiche das, was ich habe.»

«Genau! Stimmt!»

«Wir sind ganz schön bescheuert, nicht?» sagt Eva und schüttelt den Kopf. «Ich weiß nicht einmal, was eigentlich schlimmer ist, abgewiesen zu werden oder unter Vorspiegelung falscher Tatsachen gekauft zu werden. Gekauft zu werden wie ein Schwein, in Stücke zerlegt – und ein Teil von dir wird für brauchbar befunden, und für den Rest interessiert sich kein Mensch. Kannst du dir vorstellen, Ulla, daß ich manchmal soweit bin, daß ich meinen eigenen Busen hasse? Und das gerade dann, wenn ich mit seiner Hilfe genau das erreicht hab, was ich wollte! Ich fand es ein paarmal derartig erniedrigend, daß ich am liebsten mittendrin abgehauen wäre. Aber das machst du dann ja doch nicht ...

Deshalb bleibt der Laden vorübergehend geschlossen.» In Evas Stimme schwingt ein harter Unterton mit. «Es irritiert mich unheimlich, daß es so schwer ist, einen Typ zu finden, mit dem du gern zusammen bist.»
«Einen, der dich nicht nur wegen deiner großen Brüste will?»
Eva nickt. «Ja. Und du? Immer noch abhängig von den Notierungen am Sexmarkt?»
«Nicht mehr so.» Ulla erzählt Eva von Kenneth. Von ihrem ersten Abend. «Kennst du das?» fragt sie. «Du hast keinen Orgasmus und hast trotzdem das Gefühl, daß du eine Menge davon hast. Fast mehr als sonst.»
«Nein. Bei mir hat es so lange gedauert, bis ich überhaupt einen Orgasmus hatte ... Jetzt bin ich davon fast abhängig!»
«Kannst du dir nicht vorstellen, daß du anders auch was davon hast?»
«Du meinst, weil du so nah mit jemandem zusammen bist?» fragt Eva.
«Ich weiß nicht. Vielleicht eher etwas Physisches – dein Körper ist ganz bei ihm, und du wirst sozusagen angesteckt von dem, was er erlebt ...»
«Weißt du was, Ulla? Du mußt verdammt aufpassen!»
«Keine Sorge, ich hab 'ne Spirale.»
Eva lacht. «Nein, das meine ich nicht. Aber was du sagst, klingt so romantisch. Wie in Romanen, in denen die Männer die Frauen mit Samen vollpumpen und die Frauen dann automatisch glücklich sind. Der alte Trick, den die Männer aus der Truhe holen, wenn sie sich keine Gedanken darüber machen wollen, ob und wie du zum Orgasmus kommst. *Darauf* mußt du aufpassen. Fall nicht auf das alte Märchen herein!»
«Mag ja sein», sagt Ulla beharrlich. «Wir kriegen es inzwischen ja auch schon ganz gut hin. Ich meine doch nur, daß es an dem Abend unwahrscheinlich schön war – und auch danach ein paarmal, als ich auch nicht gekommen bin. Ich verstehe nicht, wieso du so sicher bist, daß es unbedingt so und nicht anders sein muß!»
«Hm. Du hast auch mit dem Onanieren aufgehört?»
«Im Moment ja. Eine Zeitlang hab ich es oft gemacht. Mit Bolet-

tes Massagestab. Aber ein paarmal ging's mir hinterher nicht besonders gut. Auch nach dem super-perfekten Orgasmus nicht.»

«Bist du dir dann auch irgendwie selbst zuwider gewesen?»

Ulla nickt.

Eva seufzt. «Das kenne ich. Meist habe ich das, wenn ich nicht so richtig in Stimmung bin und reichlich phantasieren muß, um durchzukommen.»

Ulla sieht sie groß an. «Phantasierst du auch? Ich dachte, ich mach das nur!»

«Ich habe mit anderen Frauen darüber geredet», sagt Eva. «Na, um ehrlich zu sein, nur mit zweien. Viele Frauen bewegen sich, glaube ich, in ihren Phantasien beim Bumsen oder beim Onanieren auf mystischen Pfaden. Und Männer bestimmt auch. Aber wahrscheinlich nicht immer.»

«Ich hab noch nie mit jemand darüber geredet», sagt Ulla. «Hatte irgendwie nie den Mut dazu –»

«Du hast dich sicher wegen deiner Phantasien geschämt, nicht? Mir ist es jedenfalls so gegangen. Ich hab dann hinterher dagelegen und mich verachtet und gehaßt ...»

«Gehaßt?»

«Ja, mich und die ganze Welt. Aber am meisten mich. Zum Glück hab ich nicht oft so einen Sex-Horrortrip. Aber ich weiß nicht, ob ich das jemals völlig loswerde. Stell dir vor, du wärst richtig zufrieden und glücklich mit dir selbst! Aber das ist höchst unwahrscheinlich, solange du nicht daran glaubst, daß andere mit dir glücklich sind ...»

Kenneth war glücklich mit mir, denkt Ulla und sagt: «Kenneth hat mich jedenfalls ganz enorm weitergebracht. Vielleicht weil ich ihm Gelegenheit gegeben habe, mich so zu mögen, wie ich bin. Das hab ich mich bei Hans-Jørgen nie getraut.»

«Du hast mit Kenneth ungeheures Glück, Ulla!»

«Ja, nicht? Weil er mich mag, wie ich bin.»

«Da hast du wirklich Glück. War es denn anders mit Hans-Jørgen?»

«Ganz anders. Aber vielleicht war es meine eigene Schuld. Ich hab ihn nie so an mich rangelassen, hab mich immer irgendwie versteckt – und dann muß es ja schiefgehen. Bei Kenneth hab ich gelernt, daß es anders ist, wenn du dich so zeigst, wie du bist.»

«Und deine Mutter? Kommt ihr gut miteinander aus?»

«Immer besser. Meine Mutter macht heute Sachen, die ich ihr noch vor knapp einem halben Jahr nie zugetraut hätte. Zum Beispiel die Geschichte mit Lars. Daß sie mit ihm ein Verhältnis anfängt und auch dabei bleibt. Sie sind immer noch zusammen, und offensichtlich geht's den beiden bestens. Eine Zeitlang hatte ich ganz schön damit zu kämpfen – ich war regelrecht eifersüchtig.»

«Warst du in ihn verknallt?»

«Nein – zum Glück nicht! Ich hatte nur immer gemeint, ich hätte ein *Recht* auf sie – daß sie *meine Mutter* ist und nichts anderes. Und dann habe ich einfach nicht begriffen, wie sie sich so plötzlich so sehr verändern konnte. Völlig unlogisch ...»

«Du, das kenne ich auch. Du glaubst gar nicht, wie ich aufpassen muß, daß ich meine Mutter nicht zu sehr mit Beschlag belege.»

Ulla sieht Eva erstaunt an. «Du wohnst doch gar nicht mehr zu Hause.»

«Trotzdem. Wenn wir uns sehen, merke ich, wie ich sofort wieder in die alte Rolle reinschlüpfe: Muttis kleine Tochter, die getröstet und gewärmt und in den Schlaf gewiegt werden will. Wir haben da so unsere Riten, und das ist gar nicht so gut. Irgendwie habe ich den Verdacht, ich *zwinge* sie dadurch, meine Mutter und nichts anderes zu sein. Meine große warme verdammte *Mutter*!»

Sie müssen beide lachen.

Nach einer Weile sagt Ulla: «Sicher sehr egoistisch, wie ich mich verhalte, aber ich finde, es ist schwer, das richtig in den Griff zu kriegen. Und ich habe nun einmal immer noch das Gefühl, ich *brauche* eine Mutter. Vielleicht bin ich noch nicht erwachsen.»

«Ja, wir müssen uns bemühen, langsam erwachsen zu werden», sagt Eva ernst.

«Ja ...»
«Aber jetzt hast du ja Kenneth!»
«Seit ich ihn kenne, hat sich das mit meiner Mutter etwas gegeben.»
«Du hast einen Vater gefunden, was?»
«Da kannst du Gift darauf nehmen, daß ich keinen Vater gefunden habe! Ich weiß nicht, was ich gefunden habe ... Ich hab *Kenneth* gefunden!»
«Und vielleicht dich selbst!»
«Kann sein.»
«Und das ist meiner Meinung nach gar nicht so leicht – zusammen mit einem Mann», sagt Eva. «Womit wir wieder da wären, wo wir angefangen haben.»
«Ja, ja – MÄNNER!» sagt Ulla und muß an ihre alte Liste denken.
«Aber was soll's, wir werden's schon schaffen!»
«Ich finde nur, mit Frauen ist es leichter ...»
«Na, zum Glück gibt's Typen, mit denen ...» Weiter kommt Ulla nicht. Eva stößt sie mit dem Ellenbogen an. Dann schirmt sie mit der Hand die Augen ab.
«Sieh mal an, wer da kommt – im schicken Maifeier-Aufzug!»
Es ist Carsten. Stilvoll gekleidet – verwaschene Jeans, Jeansjacke und ein diskretes rotes Halstuch –, die Haare ordentlich frisiert, der Vollbart gepflegt, und das alles, ohne poppig auszusehen. Jetzt entdeckt er Ulla und Eva, und sie sehen ihm an, daß er am liebsten auf den Absätzen seiner spanischen Naturlederstiefel kehrtmachen würde. Aber es ist zu spät!
«Hallo, Carsten!» ruft Eva ihm entgegen.
Carsten muß zu ihnen kommen. Aber er setzt sich nicht hin. Er bleibt stehen. Er sieht aus wie jemand, der krampfhaft bemüht ist, nur ja keinen Fehler zu machen und zur richtigen Zeit die richtige pfiffige Bemerkung parat zu haben.
«Na, wie geht's?» fragt Eva.
«Danke. Es geht. Und euch? Wieder mal eine Plauderei von Frau zu Frau?»
«Da hast du nicht ganz unrecht», sagt Eva. «Und du? So schick? Willst du was aufreißen?»

«Müßt ihr nicht rüber zu den ‹Schwestern›?» Er macht eine Kopfbewegung.
«Du warst sicher schon dort, nicht?»
«Man muß sich schließlich auf dem laufenden halten, in unserer schnellebigen Zeit!»
«Und? Läuft's?»
«Na, soweit ich sehen kann, ist das Aufgebot an Schwestern auch in diesem Jahr wieder geschrumpft.»
«Oh, keine Sorge», sagt Eva. «Solange Typen wie du rumlaufen, wird die Frauenbewegung schon nicht aussterben.»
«Und warum sitzt ihr dann hier?»
«Momentan finden wir unsere Erfüllung in uns selbst», sagt Ulla zuckersüß. «Und drüben? Waren gute Titten da?»
Carsten taxiert sie von oben bis unten. Es ist ihr egal, es macht ihr nichts mehr aus.
«Ich habe den Eindruck», sagt er, «Eva polt dich um für ihren Männerhaßverein. Bist du schon eingetragenes Mitglied?»
«Wenn ich das werde, dann unter anderem deinetwegen!»
Ulla und Eva sehen sich an. Und lachen.
«Kann ich mir denken», sagt Carsten. «Aber mal ehrlich, ihr habt doch bestimmt gerade über Männer geredet!»
«In der Tat», sagt Eva. «Und mit dir haben wir angefangen.»
«Ah.» Er streicht sich verunsichert über seinen Bart. «Dann dürftet ihr ja für die nächsten Stunden Gesprächsstoff haben.»
«Ach, weißt du, wir waren ziemlich schnell durch mit dir», sagt Ulla. «Wir haben nur unsere Eindrücke von dem Fest bei Bolette ausgetauscht und sind uns schnell einig gewesen!»
«Einigkeit macht stark, nicht? Ihr feiert wohl schon im voraus den Tag, an dem sich euere Parole ‹Frauen sind stark› erfüllt?»
«Natürlich sind wir stark!» sagt Eva.
Carsten lacht. «Das wäre mir neu. Ich erinnere mich noch gut an einen Abend vor nicht allzulanger Zeit, an dem ein uns allen bekanntes kleines Fräulein drauf und dran war, die gute altmodische weibliche Schwäche in ihre Fahne zu sticken!»
«War wohl auf mich gemünzt», sagt Ulla. «Ja. Man lernt, solange man lebt. Und Dank sei dir, Carsten, für das, was du

mich lehrtest. Dafür werde ich deiner immer und ewig gedenken!»
«*Wir* werden deiner bis in alle Ewigkeit gedenken!» sagt Eva lachend.
«Verdammt witzig, wie ihr so zusammenklebt und euch gegenseitig in eurer großen heiligen Schwesternallianz bestärkt!»
«Dir wäre es natürlich lieber, uns einzeln zu haben», sagt Eva. «Nach dem Motto: Die Frau ist der schlimmste Feind der Frau.»
«Ich will euch weder haben noch besitzen, weder einzeln noch beide zusammen!» sagt Carsten voller Verachtung. «Es würde mir nicht im Traum einfallen, eine Emanze anzurühren!»
«Du Armes!» sagt Ulla und fällt Eva lachend um den Hals.
«Frustrierte Lesben!» zischt Carsten. Und Ulla sieht, wie ihm ein feiner Regen von Speicheltröpfchen von den schönen Lippen sprüht.
Er dreht sich schnell um und geht.
«Oh, wie schade! Unser kleiner Spatz geht!» ruft Eva ihm ausgelassen hinterher. Dann sagt sie zu Ulla: «Hast du gemerkt, wie unsicher er geworden ist?»
«Wir waren ja auch zwei gegen einen», sagt Ulla und läßt Eva wieder los.
«Na und? Hast du jetzt Skrupel? Verdammt, wir müssen uns schon auch ab und zu zu zweit gegen einen zusammentun, sonst kriegst du bei solchen Typen nie einen Fuß auf die Erde!»
«Mit anderen Worten: Frauen sind stark – aber nicht stark genug?»
«Nicht jede Frau für sich allein. Noch nicht. Aber wir werden es sein!»
«Das wird ewig dauern, bis wir so stark sind wie die!» sagt Ulla mit einem Seufzer.
«Unsinn. Die Männer sind gar nicht besonders stark. Nicht richtig stark. Sie tun nur so als ob und haben damit den größten Erfolg. Deshalb lernen sie auch so wenig dazu. Hast du das nicht eben gesehen?»
«Ich finde, du bist zu hart, Eva. Daß wir Carsten in den Boden

gestampft haben, war okay. Aber ich finde, wir sollten nicht alle Männer über einen Kamm scheren!»

«Weil du deinen Kenneth hast!»

«Vielleicht weil du keinen Kenneth hast?»

«Fang nicht mit der Tour an! Das klingt fast wie Carstens ‹frustrierte Lesben›. Es gibt *so* viele Typen mit genau derselben Einstellung den Frauen gegenüber – bei Carsten erkennst du es nur schon auf den ersten Blick!»

«Versteh doch», sagt Ulla, «ich habe keine Lust, alle Männer zu hassen. Das führt zu nichts. Für mich ist es wichtiger herauszufinden, warum es so vielen so beschissen geht. Und vor allem, warum es so vielen Frauen so beschissen geht.»

«Ich glaube, das hängt alles miteinander zusammen», sagt Eva. «Mir kommt es manchmal so vor, als ob das ganze eine große Verschwörung ist, bei der die Männer und eigentlich die ganze Gesellschaft sich gegen die Frauen verschworen haben. Und wo es dem einen nicht gelingt, uns unterzukriegen, da gelingt's dem anderen. Aber so kann es doch nicht immer weitergehen!»

Ulla weiß nicht, was sie darauf antworten soll. Sie sitzt stumm da. Sie denkt an das, was sie in den letzten Monaten erlebt hat. Sie erzählt Eva von Axel und Alice. Von Hannes Vorladung zum Sozialamt. Von der Aktion bei Olsen. Von Lis-Jytte und dem Krankenhaus.

«Lis-Jytte habe ich übrigens vorhin getroffen!» sagt Eva.

«Was? Sie ist auch hier? Habt ihr miteinander geredet?»

«Ja. Sie hat mir ihren Sohn gezeigt. Ein herrlicher Junge, frech wie zwei! Sie hat mich auch nach dir gefragt. Aber ich wußte ja nicht einmal, daß sie dich rausgeschmissen haben. Das hätte ich wissen sollen! Vielleicht hätten wir was machen können. Die können doch die Leute nicht einfach fristlos entlassen!»

«Das ist jetzt egal. Ich hatte sowieso die Nase voll von dem Verein. Mir ist dort verschiedenes klar geworden, was irgendwie alles zusammenhängt. Zum Beispiel, daß wir *benutzt* werden, ob wir wollen oder nicht!»

«*Deshalb* müssen wir dafür sorgen, daß wir stark sind – damit

wir nicht einzeln ausgenutzt und fertiggemacht werden!» sagt Eva. «Darum geht's hier doch heute auch, oder!»
Ulla nickt. «Stimmt. Carsten zum Beispiel konnte uns nichts anhaben, weil wir einig waren.»
«War das nicht phantastisch, wie wir beide plötzlich gemerkt haben, daß nicht jede von uns *allein* mit ihm kämpfen muß? Er konnte sagen, was er wollte – wir beide reagierten auf die gleiche Art und waren uns einig. Und sind mit ihm fertig geworden!»
Ulla muß plötzlich lachen. «Wie hat er doch gesagt? Wir ‹kleben zusammen und bestärken uns gegenseitig›. Kriegst du da nicht ein fürchterlich schlechtes Gewissen?»
«Nein, bestimmt nicht. Wenn wir nicht miteinander reden, kommen wir diesen privaten und intimen Sachen nie auf den Grund – bloß weil wir meinen, sie sind *zu* intim und nur für uns selbst von Bedeutung. Aber so finden wir auch nie heraus, was wie womit zusammenhängt. Auch das mit Carsten zum Beispiel – er denkt doch einzig und allein daran, wie er uns gebrauchen oder *miß*brauchen kann.»
Einen Moment lang überlegt Ulla, ob sie Eva von ihren Carsten-Phantasien erzählen soll. Damals hat sie Carsten auch irgendwie mißbraucht, und zwar genau auf die Art, die Eva an den Männern so haßt ... Aber sie erzählt es lieber nicht, es ist zu kompliziert.
«Klar, im Grunde hast du recht», sagt Eva jetzt. «Wir müssen versuchen, genauer herauszufinden, mit wem wir es eigentlich zu tun haben. Wir leben in einer schweren Zeit. Aber es hat keinen Sinn, daß wir deshalb die Augen verschließen und uns verstecken.»
Ulla nickt. «Aber irgendwie war es für mich trotzdem ein starkes Frühjahr. Mensch, was ich alles erlebt habe! Und was ich alles gelernt hab! Aber ich hab ja auch immer mächtig viel Glück gehabt. Das verpflichtet.»
«Das nennst du Glück, wenn du innerhalb kürzester Zeit zweimal hintereinander rausgeschmissen wirst?!»
«Ja! Wenn was Gutes dabei rauskommt ... Die werden mich nie unterkriegen! Deshalb mache ich mir doch so viele Gedanken,

wo und wie ich meine Kräfte am besten einsetzen kann. Manchmal bin ich schon ganz ungeduldig und habe das Gefühl, ich kann keine Sekunde länger warten. Ich möchte etwas tun, und ich bin fest davon überzeugt, daß ich irgendwo gebraucht werde!»
«Schön, wie du das gesagt hast. Wir werden gebraucht ... Daran klammere ich mich auch immer, wenn es mir schlecht geht. Aber weißt du, Ulla, wenn ich's recht bedenke, glaube ich auch, daß du wirklich Glück hast. Du hattest einen guten Start.»
Ulla überlegt. Dann nickt sie und sagt: «Bei uns war immer ausreichend Geld da. Manchmal knapp ausreichend, manchmal etwas mehr. Das hat natürlich eine wichtige Rolle dabei gespielt, wie ich aufgewachsen bin. Und genauso entscheidend ist, glaube ich, daß wir nie *zu* viel Geld hatten.»
«Ich hab das auch noch anders gemeint», sagt Eva. «Du hast eine starke, selbständige Mutter, die sich auch nicht unterkriegen läßt. Das ist meiner Meinung nach genauso wichtig. Dir ist etwas erspart geblieben: Du bist nicht so erzogen worden, wie früher Mädchen erzogen wurden.»
«Stimmt», sagt Ulla froh.
Eva lächelt. «Ich hab mich mit soviel Ballast rumschlagen müssen – du kannst dir das nicht vorstellen. Ich *mußte* mich verändern – so gründlich, daß ich mich manchmal selbst nicht mehr wiedererkenne! Aber das ist, meine ich, *mein* großes Glück ...»
«Weißt du», sagt Ulla, «unser Glück besteht, glaube ich, darin, daß wir nicht angekettet sind, nicht in eine bestimmte Form gepreßt sind. Daß wir die Möglichkeit haben, aus jeder neuen Situation etwas rauszuholen und das Beste draus zu machen.»
«Ja.» Eva nickt. «Die Möglichkeit, aus uns selbst das Beste zu machen ...»
Sie sitzen schweigend und nachdenklich da. Ulla sieht auf ihre Uhr. «O je! Schon gleich drei! Ich bin mit Kenneth verabredet!» Sie steht auf. «Willst du nicht mitkommen?»
Eva schüttelt den Kopf.

«Nein, du. Ich gehe noch mal rüber. Mal sehen, wie's bei den ‹Schwestern› steht, wie Carsten sagen würde.»
«Okay. Wir kommen vielleicht auch noch hin. Und falls nicht – wir müssen uns unbedingt bald wiedersehen! Ich möchte noch über vieles mit dir reden!»
Eva steht auf.
«Ja, ich auch», sagt sie.
Sie umarmen sich und geben sich einen Kuß.
«Also, bis bald!»
«Bis bald!»
Ulla geht zum Eisstand. Sie dreht sich noch einmal um und sieht Eva auf ein großes Transparent zugehen.
KEIN FRAUENKAMPF OHNE KLASSENKAMPF – KEIN KLASSENKAMPF OHNE FRAUENKAMPF.
Die Sonne scheint. Um Ulla herum leuchten die roten Fahnen. Wieder sieht sie Leute, die sie kennt – und viele, zahllose, die sie nicht kennt.
Dann sieht sie Kenneth.

Pistazieneis im «Roma»

Sie sitzen wieder an einem der Tische mit den rotkarierten Dekken. Ulla hat Spaghetti bolognaise bestellt. Wie letztesmal. Mit viel Tomate und viel Knoblauch in der leckeren Fleischsoße. Und auch diesmal trinken sie Rotwein dazu.
Eigentlich können sie sich das überhaupt nicht leisten. Aber es ist der Abend vor Ullas Geburtstag. Und heute morgen ist mit der Post ein Scheck über hundert Kronen von ihrem Vater gekommen. Und ein kurzer Brief: *«Herzlichen Glückwunsch zum Achtzehnten, liebe Ulla. Hoffe, Du kannst Beiliegendes gebrauchen. Viele liebe Grüße, Dein Vater.»*
Ihr Vater hat sicher gemeint, daß sie sich irgend etwas davon kauft. Aber Ulla hat statt dessen Hanne ins «Ristorante Roma» eingeladen – wie damals.

Diesmal sitzen sie einander gegenüber, nicht nebeneinander. Hanne hat eine flotte dunkelblaue Häkelweste an – sieht sehr gut aus zu ihren Jeans. Ulla hat auch eine Häkelweste an – lauter kleine türkisene und hellgrüne Sechsecken mit kleinen blauen Perlen dazwischen. Auf diese Weste ist Ulla besonders stolz. Sie ist das Abschiedsgeschenk von den anderen im Supermarkt – von ihren ehemaligen Kolleginnen und Kollegen.

«Weißt du noch, wie wir letztesmal hier gesessen haben?» fragt Ulla.

«Und ob! Das war der schlimmste Tag meines Lebens!»

«Für mich auch. Ich bin nicht damit fertig geworden, daß du mich nicht haben wolltest.»

«Und ich bin nicht damit fertig geworden, daß ich dich nicht haben wollte ...»

Ulla sieht Hanne überrascht an. «Bist du deshalb so traurig gewesen? Ich dachte immer, du seist traurig gewesen, weil ich wieder bei dir wohnen wollte und du das nicht gut fandst!»

«Das natürlich auch. Aber das andere war schlimmer. Ich wußte, es geht dir nicht gut. Aber ich konnte die Lage nicht überschauen. Und da habe ich das Gefühl gehabt, alles sei völlig verfahren, ich wäre unmöglich und eine miserable Mutter – all das, was ich schon tausendmal vorher gedacht hatte.»

«Ja?»

«Ja, vor allem seit der Zeit, als ich wieder angefangen hatte zu arbeiten. Seitdem hatte ich fast täglich dieses Gefühl. Obwohl ich auch froh war, wieder rauszukommen und selber Geld zu verdienen! Aber ich hatte immer Angst, ich würde euch vernachlässigen und könnte euch das, was ihr zu Recht fordert, nicht geben.»

«Ich hab nie gewußt, daß du es so gesehen hast!» sagt Ulla.

«Ist auch nicht so wichtig.»

«Glaubst du? Findest du nicht, es wäre besser gewesen, wenn du wenigstens versucht hättest, es mir zu erklären?»

«Darauf wäre ich nie gekommen. Ich war so sicher, du würdest mich doch nicht verstehen. Du hast ja keine Kinder!»

«Zum Glück!»

«Na ja. Jetzt ist es überstanden», sagt Hanne. «Jedenfalls so ziemlich. Ganz kommt man darüber sicher *nie* weg.»
«Du meinst, *du* kommst da sicher *nie* ganz darüber weg», verbessert Ulla sie.
«Ich glaube, daß es den meisten Müttern so geht. Es ist eine Art eingebautes schlechtes Gewissen. Und es sitzt so tief, daß immer ein Rest zurückbleibt – solange man lebt.»
«Und dann bin ich auch noch gekommen und hab es angefacht, und es ist wieder hell aufgelodert!»
«Allerdings.»
«Dabei müßte ich eigentlich ein schlechtes Gewissen haben», sagt Ulla.
«Warum?»
«Ach, weißt du, mir ist klargeworden, daß ich dich immer auf etwas festnageln wollte, wovon du dich immer freimachen wolltest. So wie Pelle dich an deinen Hausfrauen-Job bindet, so habe ich dich immer an deinen Mutter-Job gebunden!»
«Vielleicht. Trotzdem, es ist meine Schuld.»
«Ich finde, es ist meine Schuld!»
Sie müssen beide lachen – wie damals. Aber sie werden schnell wieder ernst.
«Zu verrückt», sagt Ulla nachdenklich. «Du findest, du warst eine schlechte Mutter, und ich finde, ich war eine schlechte ... Freundin!»
«Dabei bist du eine so gute Freundin! Wenn ich daran denke, was du in den letzten Monaten alles für mich getan hast!»
«Dieses ewig schlechte Gewissen hat keinen Wert. Es führt nur dazu, daß wir uns festrennen. Und die anderen haben dann die große freie Auswahl ...»
«Welche anderen?» Hanne sieht sie fragend an.
«Na alle, die so hervorragend davon leben, daß wir schön brav da bleiben, wo sie uns brauchen. Und daß wir ein schlechtes Gewissen kriegen, sobald wir uns nur einen Zentimeter von der Stelle wegbewegen, wo sie uns haben wollen! Es ist doch deren Schuld, daß du traurig warst und dir eingeredet hast, du bist eine schlechte Mutter!»

«Vielleicht hast du recht, ich weiß nicht ...»
Sie prosten sich zu. Dann sagt Ulla: «Weißt du was? Ich werde bald ausziehen.»
«Aber *Ulla*!»
«Ich weiß, alles in allem bist du ganz froh, daß ich bei euch wohne, aber ...»
«Willst du mit Kenneth zusammenziehen?» fragt Hanne.
«Nein. Zuerst will ich in Evas Wohngemeinschaft ziehen. Dann werden wir weitersehen.»
«Wovon willst du leben?»
«Keine Angst! Ich werde dir nicht auf der Tasche liegen! Ich komme schon zurecht. Entweder ich suche mir einen Job oder ich versuche, Ausbildungsbeihilfe zu kriegen.»
Hanne sieht sie erschrocken an.
«Ich habe darüber nachgedacht. Ich würde doch gern mit irgendeiner Ausbildung anfangen.»
«Hat Pelle dich ...»
«Nein, und ich weiß auch noch nicht, ob ich studieren will. Aber ich will etwas lernen. Und zuallererst will ich mal gründlich nachdenken und mit ein paar Leuten reden und mich hier und da informieren. Irgendwann im Laufe des Sommers werde ich dann wohl rausgefunden haben, ob ich mehr lernen kann, wenn ich das Abi nachmache, oder ob ich es lieber gleich mit einer fachlichen Ausbildung versuchen soll.»
Hanne sieht sie nur an, ohne ein Wort zu sagen.
«Ich will nicht Karriere machen – falls du das denkst! Aber mir ist klargeworden, daß ich so, wie ich es bisher gemacht habe, auch nicht richtig liege – so wie die Situation heute ist. Und ich möchte nicht eines Tages, wenn ich älter bin, so dastehen wie Lis-Jytte. Außerdem, du weißt, ich will mich nicht unterbuttern lassen, und auch deshalb muß ich noch sehr viel mehr lernen. Meinst du nicht?»
Hanne stimmt ihr zu. Dann sagt sie: «Aber daß du nun plötzlich ausziehen willst...» Ihre Augen sind feucht geworden. Ulla umfaßt die Hände ihrer Mutter. Auch ihr ist zum Heulen zumute.

«Warte nur ab», sagt sie, «es wird schon gehen. Und wir werden uns auch weiterhin ganz oft sehen. So leicht wirst du mich nicht los!»
«Das klingt gut, Schatz. Darauf wollen wir trinken!»
Sie stoßen an. Aber bevor sie trinken, sagt Ulla: «Willst du wissen, wie ich mich manchmal heimlich nenne?»
«Laß mich raten!»
«Also los!»
«Ulla die Eroberin?»
Ulla lacht.
«Nein. Würde ich zwar gern, aber ich traue mich nicht. Dazu muß ich zuerst ganz genau wissen, *was* ich erobern will!»
«Dann gebe ich's auf ...»
Ulla sieht Hanne fest an. «Ulla im Glück!»
Hanne staunt.
«Das finde ich besser», sagt Ulla. «Obwohl es fast das gleiche ist. Auch ein Name, der verpflichtet – den man sich irgendwie verdienen muß. Und ich hab ihn für mich gewählt, damit ich mir immer rechtzeitig einen Tritt in den Hintern gebe!»
Sie trinken.
Ulla gibt dem Kellner ein Zeichen und bittet ihn um die Speisekarte. Sie studiert die Desserts.
«Wollen wir nicht Cassata nehmen? Wie letztesmal?» schlägt Hanne vor. «Das war doch lecker!»
Aber Ulla schüttelt den Kopf. «Ich finde, diesmal nehmen wir Pistazieneis. Klingt spannend. Wir müssen doch auch mal was Neues probieren!»

Inhalt

rororo panther

herausgegeben von Jutta Lieck
und Uwe Wandrey

Dieter Bongartz/
Alexander Goeb
Das Drogenbuch
rororo 4690 Febr. 81

Michel del Castillo
Elegie der Nacht
Eine Jugend in
Straflagern.
rororo 4482

Jane Cousins
Make it happy
Das Buch über Liebe, Lust und Sexualität für Anfänger, Ratlose, Draufgänger. Übersetzt und bearbeitet von K. Albrecht-Desirat und K. Pacharzina.
rororo 4495

Hans Eppendorfer
Barmbeker Kuß
Szenen aus dem Knast.
rororo 4667 Dez. 80

Roswitha Fröhlich
Ich konnte einfach nichts sagen
Tagebuch einer
Kriegsgefangenen.
rororo 4470

Ronald Glomb/
Lothar Reese
Anders als die Blumenkinder
Gedichte der Jugend aus den 70er Jahren.
rororo 4656 Nov. 80

Frank Göhre
So läuft das nicht
Roman
rororo 4639

Schnelles Geld
Roman
rororo 4715 April 81

Grüne Lieder
Umwelt-Liederbuch
Anders leben 2
Hg. von Manfred
Bonson
rororo 4640

Michael Grupp
Umschalten
Energiefibel.
Anders leben 1
rororo 4457

Jan Hans (Hg.)
Aber besoffen bin ich von dir
Liebesgedichte.
rororo 4456

Rudolf Herfurtner
Hard Rock
Roman
rororo 4702

Michael Holzner
Treibjagd
Die Geschichte des
Benjamin Holberg.
rororo 4622

Ich
Ideen zur Weltverbesserung
rororo 4714 April 81

Kein schöner Land?
Deutschsprachige Autoren zur Lage der Nation.
rororo 4458

975/4

rororo panther

herausgegeben von Jutta Lieck
und Uwe Wandrey

Komische Grüße
Postkartenbuch
rororo 4596

Udo Lindenberg
Hinter all den Postern
Aufgerissen von Steve Peinemann
rororo 4522

Ortwin Löwa/
Carl-Wilhelm Lohmann
Dach überm Kopf
Vom Wohnen – allein, zu zweit, in der Wohngemeinschaft, auf dem Land, in der Stadt und anderswo.
Anders leben 3
rororo 4691 Febr. 81

Alberto Manzi
Amigo, ich singe im Herzen
Roman
rororo 4621

Hansjörg Martin
Der Verweigerer
rororo 4508

Angelika Mechtel
Wir sind arm, wir sind reich
rororo 4459

Rüdiger Nüchtern
Schluchtenflitzer
Filmroman
rororo 4481

Steve B. Peinemann
Die Wut, die du im Bauch hast
Politische Rockmusik: Interviews, Erfahrungen.
rororo 4668 Dez. 80

Brigitte Rohkohl
Rock-Frauen
rororo 4454

Harald Tondern
Colombian Connection
Drogenkrimi
rororo 4455

Wie schafft ihr das?
Mädchen fragen Frauen.
rororo 4509

Klaus-Peter Wolf
Dosenbier und Frikadellen
Roman
rororo 4678

Aki Wolter (Hg.)
Was auf den Nägeln brennt
Literarische Texte seit '65
rororo 4570

panther rororo

975/4a

Maria Rita Parsi

Abfall

Marco und Maria, zwei Jugendliche
aus dem Großstadtghetto
erzählen ihre Geschichte.
Roman.
Deutsch von Pieke Biermann.
173 Seiten. Kart.

San Brasilio heißt das Ghetto, in dem Maria und Marco aufwachsen. Sie sind Kinder unbescholtener, arbeitsamer, armer Familien, von denen sie nicht verstanden und für krank erklärt werden. Sie sind befreundet; denn sie sind beide «anders»: sie sind homosexuell. Ihre Altersgenossen lehnen sie ab, sie haben nur sich beide, um nicht verrückt zu werden. San Brasilio ist von den Faschisten als Schlaf- und Gefängnisstadt für aufsässige Proletarier, Diebe, Mörder, Zigeuner, Prostituierte und andere an den Rand gedrängte Leute gebaut worden und ist seit mehr als zehn Jahren Versuchsgelände der verschiedenen Linken (und Rechten).

Rowohlt

1018/1

Lidia Ravera

Die Zeit totschlagen

Roman
Deutsch von Pieke Biermann
203 Seiten. Kart.

Sara, Protagonistin dieses autobiographischen Romans, die ihr politisches Erwachen als Schülerin und Studentin in der 68er-Bewegung erlebte, ist inzwischen 27 und arbeitet als Journalistin in Mailand. Die Jüngeren, die Barrikaden- und Bombenbauer von 77, verachten sie als Kollaborateurin der Medien und der Kultur, gegen die sie kämpfen. Sara gerät in eine Identitätskrise, die ihr beides unmöglich macht: ich zu sagen und sich in irgendeinem Wir repräsentiert zu finden. So versucht sie die Zeit totzuschlagen, die nicht mehr Boden unter ihren Füßen ist.
Lidia Ravera, 1951 in Turin geboren, schrieb 1976, zusammen mit Marco Lombardo-Radice, das Buch «Schweine mit Flügeln».

Rowohlt

1026/1

Caterina Saviane

Verlorene Stunden

Leben mit sechzehn.
Deutsch von Sigrid Vagt.
144 Seiten. Kart.

«Verlorene Stunden» ist der Zustandsbericht eines jungen Mädchens auf der Kippe zwischen behütetem Kind und erfahrener Frau. Caterina Saviane schreibt in diesem Niemandsland, das in ihr einen Lebensüberdruß schafft, noch bevor das Leben richtig losgegangen ist. Aber immer wieder unterbricht sie die Melancholie durch den Versuch der Ironie, parodiert sie Selbstmitleid: sie nimmt ihre Einsamkeit achselzuckend als Ausgangspunkt.

Rowohlt

1017/1

Rita Mae Brown

Rubinroter Dschungel

Roman
Deutsch von
Barbara Scriba-Sethe
255 Seiten. Kart.

«Das Prädikat ‹ein ehrliches Buch› wird an zu viele verlogene Werke vergeben. Hier ist es angebracht.»
EMMA

Jacke wie Hose

Roman
Deutsch von Margarete Längsfeld
380 Seiten. Doppelkart.

«Ich glaube, daß Rita Mae Brown Geschichte Revue passieren läßt, um ihre Überzeugung zu stützen, daß das, was in der ersten Hälfte unseres Jahrhunderts für das Leben der Frau gehalten wurde, nur Äußerlichkeiten erfaßte, nicht die unter der Oberfläche verborgene Wirklichkeit.»
Washington Post Book World.

Rowohlt

978/2

Andrea, Guido, Marcello und Roberto

Der letzte Mann

Vier Männer zwischen 18 und 30 – Marcello, der Intellektuelle, Guido, der Basisgenosse, Andrea, der Politiker, und Roberto, der Jüngste –, alle vier Angehörige der italienischen Linken, alle vier in Atem gehalten von den Problemen, die der Feminismus aufwirft, legen ein persönliches Bekenntnis ab. Um äußerste Aufrichtigkeit bemüht, berichten sie über die Entwicklung ihrer Krise, über ihre Reaktionen, über ihre Versuche, eine Antwort zu finden, neue Wege zu gehen.

Sie verstehen ihre «Bekenntnisse» als Beitrag zur Diskussion über das sich verändernde Verhältnis zwischen Mann und Frau. Sie verstehen die Krise des Mannes als dauernde «Suche, die sich nicht darauf beschränkt, Erfolge zusammenzuzählen und Niederlagen zu unterschlagen, sondern aus den Niederlagen ohne Masochismus oder Opferwillen wirkliche und konkrete Lehren zu ziehen». Sie verstehen sich als letzte Männer von früher, weil sie wissen, daß sie es nicht mehr fertigbringen werden, die ersten neuen Männer zu sein. Die einzige Sicherheit ist die Unsicherheit.

192 Seiten, kart.

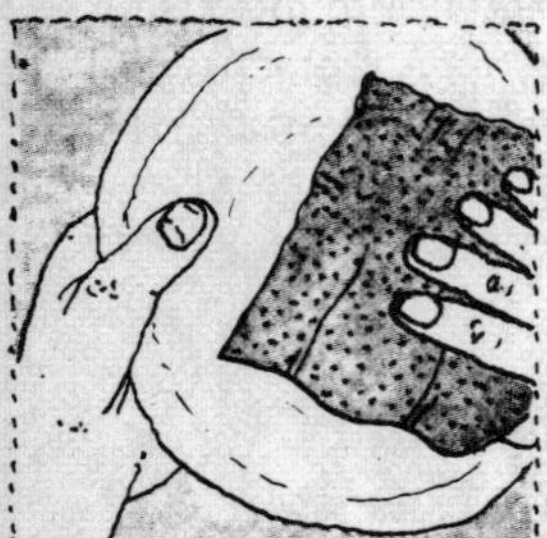

Rowohlt

939/1